Talo ja tie

© 2025 Jouni A.Vest
Kannen kuva: Museovirasto, Kansantieteen kuvakokoelma (KK5079:34.UTSJ.14),
kuvaaja Matti Poutvaara, 1959
Taitto ja kansi: Books on Demand
Kustantaja: BoD · Books on Demand, Mannerheimintie 12 B, 00100 Helsinki, bod@bod.fi
Kirjapaino: Libri Plureos GmbH, Friedensallee 273, 22763 Hampuri, Saksa
ISBN: 9789528087182

Jouni A. Vest

TALO JA TIE

1.

Jooseppi-vainajan kotitalo oli ollut jo vuosikausia tyhjillään. Se oli pyöreistä hirsistä muinoin pystytetty rakennus – vahvaa tekoa, jonka piti kestää pitkään ajan hampaan kulutusta. Suvun vaikutusvaltaisen patriarkan poismenon jälkeen talo oli autioituneena hiljalleen ravistunut. Joosepin ja hänen vaimonsa monipäinen lapsikatras oli muuttanut heti kynnelle kyettyään syrjäisestä kotitalostaan kuntakeskukseen ja kauemmaksikin Suomeen, pojista nuorin ihan pääkaupunkiin asti kohta rintamalta palattuaan. Pirita-puolison kuoltua Jooseppi oli oleillut vielä muutaman vuoden omin päin talossaan ja siirretty sitten vanhainkotiin kuolemaan.

Talo oli ollut aikoinaan tärkeä tukikohta alueella porokarjojaan paimentaville kuntalaisille, parhaat riekonpyyntipaikat, kalaisat järvet ja marjaisat hillasuot olivat sijainneet tuolla perällä. Talo oli toiminut myös vuosikymmeniä eräänlaisena majatalona etelästä päin saapuville ja kuntakeskukseen jatkaville valtion virkamiehille ja muille matkustavaisille. Siinä oli pistäytynyt ja yöpynyt monenlaista kulkijaa, kuten talon vieraskirjoista saattoi todeta. Läänin pari maaherraa olivat olleet Joosepin lähituttavia ja he olivat pohjoisessa piipahtaessaan merkkailleet tuntemuksiaan vieraskirjaan. Myös valtakunnan pitkäaikainen presidentti oli yöpynyt kerran talossa. Hänelläkin oli ollut jotain sydämellään ja hän oli merkinnyt aatoksensa vieraskirjaan. Nuo kallisarvoiset vieraskirjat olivat paikallishistoriaa parhaimmillaan ja ne oli talon haltijan poismenon jälkeen siirretty kunnantoimistoon turvalliseen säilöön.

Tämä harvakseen asuttu perä oli ollut valtakunnan viimeisiä erämaa-alueita. Joosepin kotitalosta oli muutama peninkulma kuntakeskukseen, jonne johti huonokuntoinen soratie ja samaista kulkureittiä pitkin pääsi tarvittaessa autokyydissä etelään päin ihmisten ilmoille. Pohjoisimman Suomen valtavirta taas oli siellä jossain lännessä valtakunnanrajalla, jonne tämän perän harvalukuisella väellä ei ollut kovin kiinteitä yhteyksiä.

Valtakunnan pohjoisimmassa kunnassa oli jo pitkään elelty hiljaiseloa, vain kesäkuukausien ajaksi elämä hieman vilkastui lohestuksen ansiosta. Kunnan silmäätekevät olivat kehitelleet erinäisiä toimenpiteitä alueen vilkastuttamiseksi ja elinkeinoelämän monipuolistamiseksi jokseenkin huonoin tuloksin. Sitten oli alkanut tapahtua. Kuntaan oli tihkunut tietoja siitä, että valtiovallan suunnitelmiin kuului muiden muassa tuon huonokuntoisen soratien peruskunnostus uuden ajan tarpeita varten. Joidenkin tietojen mukaan tiehanke oli valtionbudjetin kiireellisyyslistoilla varsin korkealla, joten toiveet kunnon tien saamisesta kuntakeskukseen olivat ihan realistisia. Vahvistus kunnostustöiden aloittamisesta oli saapunut kuntaan. Nyt oli jo tiedossa, että asiaankuulumattomat mutkat oiottaisiin, sillat uusittaisiin, tienpohja vahvistettaisiin ja päällystettäisiin sitten öljysoralla.

Tieto tärkeän kulkuväylän peruskunnostuksessa oli herättänyt malttamattomuutta kunnan nokkamiehissä. Nyt oli toimittava. Valtiovallan myötämielisyyttä oli hyödynnettävä. Kunnon tieyhteys helpottaisi kulkua etelään päin ja samalla se toisi matkailijoita ja uusia tuulia sieltä suuresta maailmasta prinsessa ruususen unta uinuvaan kuntakeskukseen.

Jooseppi-vainajan jälkikasvu oli vahvasti edustettuna kunnan hallintoelimissä. Vaikka he olivat lähtökohdiltaan erämaan kasvatteja, harvempi heistä oli repinyt toimeentulonsa poronhoidosta tai muista perinteisistä elinkeinoista. Yhdistävänä piirteenä heillä oli yritteliäisyys ja ennakkoluulottomuus, ja he olivat valmiita ottamaan etäisyyttä siitä mikä oli ollut keskeisellä sijalla heidän nimekkään kantaisänsä maailmankuvassa. He kamppailivat toisinaan tuimastikin keskenään kunnan viroista ja lautakuntien paikoista, mutta heillä oli myös tarvittaessa taito yhdistää voimansa ja diplomatialla ja vanhalla rutiinilla he runnoivat yleensä läpi «oman ehdokkaansa».

Jooseppi-vainajan kotitalo oli perikunnan hallinnassa. Aikoinaan pääkaupunkiin muuttanut perheen kuopuspoika oli vapaaehtoisesti luopunut perintöosuudestaan ja jättänyt korskean hirsirakennuksen tontteineen ja siihen kuuluvine pyyntipaikkoineen vanhempien velipoikien ja sisarkaksikon jaettavaksi. Hän oli vähitellen kaupunkilaistunut ja varttuneessa iässä avioitunut paikallisen kanssa. Iäkkään isänsä kuoltua hän ei ollut enää kovin usein kulkenut pohjoisessa sukulaisiaan ja tuttaviaan tapaamassa.

Talo oli komealla paikalla järven rannalla. Etelästä päin tultaessa tielinja kulki pitkähkön poikittaisen järven länsipään vieritse. Myös muinainen kärrytie oli kulkenut siitä kuntakeskukseen päin. Tuo alkeellinen kulkuyhteys oli toiminut pitkään kuntalaisilla eräänlaisena henkireikänä suureen maailmaan päin. Sitä myöten oli päässyt pohjan periltä hevoskyydissä kohti etelää parempien kulkuyhteyksien ääreen, ja tuota samaa kärrytietä myöten oli myös kuljetettu hevoskyydissä tai pororaidoilla postia, tavaraa ja matkalaisia valtakunnan perimmäiseen kolkkaan.

Suurellisuuteen taipuvainen Jooseppi oli pystyttänyt aikoinaan kotitalonsa parhaaseen mahdolliseen paikkaan kärrytien varteen järven rannalle. Tuo oli ollut nappivalinta. Järvessä oli runsaasti taimenta ja rautua – arvokalaa, joka oli ruhtinaallisesti ruokkinut talon väkeä ympäri vuoden. Niinpä kesällä verkosteltiin ja talvisin juomustettiin ja talossa oli jatkuvasti kalaa tuoreena sekä suolattuna, ja ihan kävelymatkan päässä oli hillajänkiä ja marjaisia mustikka- ja puolukkamaita. Sopivampaa kotipaikkaa olisi ollut vaikea löytää. Niinpä ei ollut juuri kilpailijoita jakamassa tuota yltäkylläistä luonnontarjontaa, sillä lähin naapuritalo oli puolentoista peninkulman päässä ja turisteja ei mailla halmeilla.

Joosepilla oli ollut myös pienehkö porokarja muiden paimennuksessa. Hieman herraskainen talonisäntä lähti itse aika harvoin talvella tuntureille tuiskuihin palelemaan. Hän luotti täysin pororenkeihinsä. Nämä toivat toisinaan tunturista poronruhon taloon, paloittelivat sen talonisännän ohjeiden mukaisesti, oleilivat muutaman päivän lämpimässä pirtissä, söivät vaihteeksi pelkästään kalaruokaa ja lähtivät taas porometsään.

Toimeliaan talonisännän kuoltua edellä kuvattu paratiisimainen kotiympäristö oli alkanut rapistua. Pitkät talvikuukaudet nakersivat kylmilleen jätettyä hirsirakennusta. Talo oli lukittu. Perikunnan vastaavilla oli kullakin avain taloon. Noita avaimia oli lainailtu ulkopuolisille. Niinpä talossa oli oleillut talvisin poromiehiä, pilkkijöitä ja riekonpyytäjiä. Kesäisin tuo hirsirakennus taas oli ollut mitä mainioin tukikohta hillastajille ja muille marjanpoimijoille.

Joosepin aikainen kotijärvi oli joutunut kokemaan kovia. Talonisäntä oli ollut hyvin tarkka sen käytöstä. Hän oli selittänyt pojilleen, että kovin pienisilmäisiä verkkoja järveen ei saanut laskea ja nuottapyynti oli täysin kielletty hänen järvessään. Pojat oli ottaneet vaarin isänsä sanoista ja myös ulkopuoliset olivat pikkutarkan talonisännän valvovan silmän alla antaneet järven olla rauhassa.

Tilanne oli alkanut nopeasti muuttua, kun Jooseppi ei ollut enää itse vaalimassa järveään. Ensimmäiset ulkopuoliset tulivat veneiden ja verkkojen kanssa. He huomasivat, että järvi oli todella kalaisa – hyväkuntoista tiivislihaista punakalaa riittämiin asti. Tiedot järven kalaisuudesta levisivät nopeasti kunnan alueella ja yhä useammat kiiruhtivat sinne pyyntivälineidensä kanssa. Muutamassa vuodessa järvi pyydettiin pienisilmäisillä verkoilla ja nuottauksella rapakuntoon. Niinpä etelästä päin tulevan ulkopuolisen silmään saattoi pistää tien oikealla puolella pitkulainen järvi, jonka tässä päässä oli autioitunut harmaaksi kauhtunut hirsirakennus.

2.

Tien peruskunnostustyöt oli aloitettu etelästä käsin. Tämä oli suuri tiehanke, jonka arvioitiin kestävän muutaman vuoden. Kunnassa elettiin malttamattomia odottelun aikoja. Kulkuyhteyksien paraneminen olisi tärkeä edistysaskel tämän alueen kehitysnäkymien valossa.

Myös perikunnan edustajat olivat havahtuneet tulevaan tärkeään tapahtumaan. Muutaman vuoden kuluttua kuntakeskukseen johtaisi öljysoratie. Niinpä täällä pohjan perilläkin oltiin viimein astumaisillaan uuteen aikakauteen. Tuota pikitietä pitkin pääsisi helpommin autoaan vaurioittamatta etelään päin ja sitä myöten tulisi matkailijoita, tuiki tärkeitä ruokatarvikkeita ja muuta hyvää perimmäiseen Suomeen.

Edesmenneen Joosepin jälkikasvu oli vahvasti edustettuna kunnan asioiden hoidossa. Kunnanhallituksen puheenjohtajana toimi tällä hetkellä hänen pojanpoikansa. Tuohon sukuun kuuluvia oli ollut lautakuntien jäseninä ja puheenjohtajina, heitä oli ollut seurakunnan luottamustehtävissä sekä käräjätuvassa lautamiehinä oikeutta jakamassa, siis he olivat mukana lähes kaikessa mikä liittyi jotenkin kuntalaisten yhteisten asioiden hoitoon.

Sanonnan mukaan omena ei putoa kauas puusta. Tuo kansanviisaus sopi mainiosti myös Jooseppi-vainajaan ja hänen jälkikasvuunsa. Suvun kantaisä oli ollut armoitettu kunnallismies ja vaikuttaja tällä perällä ja sitä samaa ainesta oli paljon myös hänen jälkeläisissään. Joosepilla oli ollut vahva suullinen tuntemus äidinkielessään ja vanhemmilta ihmisiltä ja kirjallisista lähteistä hän oli tullut tietämään yhtä ja toista, miten tällä perällä oli aikoinaan eletty.

Hänen virallinen koulusivistyksensä oli rajoittunut pariin vuoteen 1880-luvun loppupuolella, kun hän oli nuorukaisena käynyt koulua Suomen ensimmäisissä kansakouluissa Outakoskella Tenon varrella. Opettaja Eriksonin ohjauksessa hän oli oppinut perustiedot suomen kielen lukemisesta ja kirjoittamisesta sekä laskennosta ja raamatunhistoriasta. Suomen kielen taitoaan hän oli sittemmin täydentänyt kunnan alueella pidetyissä kiertokouluissa. Hänen tärkeimpinä kielimestareinaan olivat kuitenkin toimineet hänen kotitalossaan vietetyt vuosikymmenet. Hänen luonaan pistäytyi monenlaista suomenkielistä kulkijaa, joiden kanssa kommunikoidessa hänen kielitaitonsa koheni luonnollista tietä.

Valtion virkamiehille talo oli ollut jo pitkään vakituinen kortteeripaikka. Matkalainen saattoi tuntea tulleensa toivottuna vieraana taloon. Touhukas talonemäntä kokkaili ja hänen miehensä piti seuraa. Talonisännällä oli tapana kertoilla vaikutusvaltaisille vierailleen, millaista oli elää valtakunnan perimmäisellä kolkalla lähes kaikkien peruspalveluiden ulkopuolella. Ainoa jokseenkin toimiva kulkuväylä oli Teno, jota myöten saattoi kesäisin perämoottoreiden yleistyessä kulkea varsin vaivattomasti pitkin valtakunnanrajaa. Talvisin taas aurattiin joinakin vuosina jäätie ylävirralta kuntakeskukseen, mutta se oli kovin epävarma kulkuväylä. Lumisina talvina se oli usein tukossa tuiskujen takia. Pahimpina lumitalvina liikennöinnistä huolehti pari lumikiitäjää, jotka huristelivat pöllyten umpisen läpi muutama matkustaja kyydissään. Hyvin leutoina talvina liikennöitävä aika taas jäi kovin lyhyeksi, sillä tieviranomaisten kehotuksesta Vesivaltion miehet sulkivat jo alkukeväästä kirkuvilla punakeltaisilla varoitusmerkeillään jäätien.

Niinpä liikenneyhteyksien osalta kunta oli aika lailla eristyksissä muuhun maailmaan ja tietoliikenteen osalta varsinkin Tenon varsi oli paikoitellen lähes pimennossa. Aika monessa talossa oli radiovastaanotin, mutta siitä kuului yleensä vain suhinaa ja kohinaa. Lahden radioaseman pitkät aallot huitelivat kirkkaasti rotkomaisen jokilaakson ylitse. Pitkähköt kelirikkokaudet loppusyksyllä ja kevättalvella rajoittivat kovasti jokivarren ihmisten elämää. Silloin oli vaikea lähteä mihinkään kauemmaksi ja postin kulkukin takkuili tuolloin kovasti. Niinpä ihmiset saivat harvakseen tärkeimmän tietolähteensä Lapin Kansan ja saattoivat vain toivoa rospuuttokelien päättymistä ja postin kulun paranemista päästäkseen uutispimennostaan.

Joosepin kotipaikka oli muutaman peninkulman päässä rotkomaisesta jokilaaksosta sisämaassa tunturiylängöllä, josta oli hyvä näkyvyys etelään päin.

Hänellä ei ollut samanlaisia ongelmia tiedonsaannissa kuin Tenon varren asukkailla. Hänen tehokas Saloransa tavoitti helposti Lahden pitkiä aaltoja, joiden mukana monenlaista hyödyllistä tietoa tulvi suoraan tupaan. Tiedonsaannin osalta hän oli keskeisellä tähyilypaikalla. Toimiva radioyhteys sitoi hänet muuhun maailmaan, myös Lapin Kansa tuli jokseenkin ajallaan taloon ja hänen luonaan toisinaan pistäytyvien valtion virkamiesten ja lääninhallituksen edustajien välityksellä hänellä oli vahva tuntuma elämään.

Nuoresta talonisännästä oli aikojen myötä kehkeytynyt tunnustettu kunnallismies. Hän oli Jooseppi, Kunnan-Jooseppi, joka oli vahvasti ajan hermolla siitä mitä hänen ympärillään tapahtui. Hän tunsi hyvin kuntalaistensa asiat ja hänellä oli toimivat yhteydet tärkeiden tuttaviensa välityksellä valtiovaltaan päin. Kuntalaiset kertoilivat hänelle huoliaan, ja Jooseppi välitti ne eteenpäin päättäjille joko kirjeitse tai tavatessaan asioista perillä olevan viranomaisen. Hänen kuningasajatuksenaan oli ollut kunnon tien saaminen muusta Suomesta kuntakeskukseen päin. Hän oli lähetellyt kuntalaisten nimissä kirjelmiä päättäjille saamatta selvää palautetta. Hän oli keskustellut myös muutamaan otteeseen lähituttavansa maaherra Hannulan kanssa, mutta tämä oli sanonut että valitettavasti nämä tiehankkeet eivät kuuluneet hänen toimenkuvaansa vaan olivat niitä valtiovallan asioita.

Iäkäs kunnallismies ei päässyt koskaan näkemään suuren suunnitelmansa toteutumista, sillä hän oli poistunut ajasta ikuisuuteen muutama vuosi aikaisemmin kuin päätös tiehankkeen toteuttamisesta oli lyöty lukkoon kulkulaitosministeriössä.

3.

Kunnassa valmistauduttiin kuumeisesti peruskunnostetun tieyhteyden saamiseen. Oli jo päätetty kunnantoimiston laajennustöistä. Niiden päätyttyä rakennus ei toimisi enää kovin vanhakantaisen kuuloiselta kunnantoimistona vaan olisi kunnantalo valtakunnan muiden kunnantalojen joukossa. Myös jokunen vuosi aikaisemmin pystytettyä Matkailuhotellia oli tarkoitus hieman kohentaa uuden ajan tarpeita varten.

Tieto peruskunnostetun tien saamisesta oli havahduttanut myös Jooseppi-vainajan perikunnan toimimaan. Edesmenneen pojanpoika Niilo Pannela toimi tällä hetkellä kunnanhallituksen puheenjohtajana ja hän oli toiminut myös vuosikausia perikuntaan kuuluvien nokkamiehenä. Hän oli lähtenyt rakennuslautakunnan johtoon hiljattain valittu nuorehko ammattitimpuri asiantuntijanaan tarkistamaan vanhan hirsirakennuksen nykytilan. He olivat tietoisia, että talossa oli sen tyhjilleen jäätyä oleillut ulkopuolisia. Norjalaismallinen valurautauuni oli ollut ahkerassa käytössä. Sillä olivat poromiehet, pilkkimiehet ja riekonpyytäjät talvisin lämmitelleet taloa ja sen levyjen päällä keitelleet kahvia ja muita keitoksiaan. Silmiinpistävää oli talon siisteys. Sen astioita oli käytetty, mutta ne oli käytön jälkeen pesty ja pantu taas samaan paikkaan, mistä oli otettu. Uunin kupeessa oli sytykkeitä ja kuivia klapeja seuraavien tulijoiden varalle.

Rakennuslautakunnan puheenjohtaja oli havainnut, että talon perusrakennelmat olivat kutakuinkin kunnossa. Hän oli harvoin nähnyt näin hyvin säilynyttä vanhaa hirsirakennusta ja oli tajunnut, että kyseessä oli eittämättä arvorakennus, jonka uudelleen käyttöönottoon kannatti panostaa. Hänen mukaansa talo olisi kytkettävä sähköverkkoon. Myös vedenhuolto olisi saatettava ajan tasalle. Edesmenneen Joosepin aikainen vinttikaivo ei vastannut enää nykytarpeita. Alakerrassa piti olla saatavilla sekä kylmää että lämmintä vettä, jotta rakennuksen voisi varustaa sisävessalla ja muutamalla lämpöpatterilla. Tarvittavat putkityöt voisi tehdä sen jälkeen, kun talo oli liitetty sähköverkkoon.

Niilo Pannela oli kutsunut perikuntaan kuuluvia kotitaloonsa keskustelemaan perikunnan talon tulevasta käytöstä. Asianomistajia oli saapunut joukolla taloon. Hän silmäili paikallaolijoita ja tuumaili:

– On mukava että perikunnan väkeä on saapunut runsaslukusesti ja monessa polvessa tähän meiän tapaamiseen. Sukumme nuorimmainenkin näkyy lähteneen pohiskelemaan miten meiän varttuneempien pitäs menetellä sen hänen esivaarinsa kotitalon kanssa. Sillä tavalla pikku-Pekka – minkä nuorena oppii, sen vanhana taitaa! Minun rakas emäntäni on muuten järjestellyt jotain naposteltavaa, jottei tarttis ihan tyhjin suin jutella.

– Oisko sulla Niilo suunnitelmia miten meiän pitäs menetellä sen talon kanssa? tiedusteli joku perikunnan osakkaista.

– Kyllä suunnitelmia on. Ja aika paljonkin ois. Niinko tiiätte, niin mie kävin hiljattain meiän rakennuslautakunnan puheenjohtajan kanssa tutustumassa tilanteeseen. Talo on ihan mukavassa kunnossa. On hyvä että siellä on toisinaan oleillut sellasia luotettavia ihmisiä. Täysin kylmillään talo ois ravistunut. Niistä minun suunnitelmista kiireellisin ois talon liittäminen sähköverkkoon. Ja sitten olisi teetettävä myös putkityöt, jotta taloon saataisiin kylmä sekä lämmin vesi. Mutta onhan meillä aikaa. Uusittavan tien pää on vielä aika kaukana. Laskelmieni mukaan tietyöt ois puolentoista vuoen päästä vaarivainaan talon kohalla ja kolmen vuoen päästä täällä.

– Se perikunnan talo ei voi olla vain tyhjän panttina vaan sille tulee löytää jotain hyötykäyttöä, totesi kirkkotulkkina ja kansakoulun johtokunnan puheenjohtajana toimiva Niilon serkku.

– Ollaan samoilla linjoilla, Leemetti! Tyhjillään vaarivainaan taloa ei voi pitää. Se ois sellasta täyellistä näköalattomuutta.

– No oisko sulla ideoita?

– Niitäkin ois.

– Mimmosia muuten?

– Matkailu- ja kulttuuritarjontaa.

Talonemäntä nosti käden pystyyn, pyysi puheenvuoroa ja tuumaili:

– Mieheni on kertoillut mulle suunnitelmistaan. Ne on minusta aika hyviä. Niilo on niin nokkela hoksaamaan. Kyse ois nimenomaan matkailu- ja kulttuuritarjonnasta. Voisikko sie Niilo itte vähän tarkemmin kertoa näille muille niistä suunnitelmistasi!

– Tietenkin voisin. Talo entisöiään mahollisuuksien rajoissa samaan tilaan kuin se oli sillon Joosepin eläessä. Lisäksi talo liitettäisiin sähköverkkoon ja teetettäisiin tarvittavat putkityöt ja alakertaan järjestettäisiin sisävessa. Ja mainitsemaani matkailutarjontaan sisältyisi se että siihen tupaan perustettaisiin sellainen perinteikäs kahvio, josta matkustavaiset saisivat kahvin ja leivonnaisten ohella myös jotain syötävää.

– Ja sie uskot tuon kahviosuunnitelmasi kannattavan taloudellisesti? tiedusteli joku perikunnan osakkaista.

– Hyvä kysymys muuten. Ympärivuotisena toimintana tuo kahvion pito tuskin ois kovin kannattavaa. Mutta tarkotus oiskin panostaa niihin sesonkiaikoihin. Kesällä varmasti on sen uuen tien ja Tenon ansiosta paljon kulkijoita täälläpäin. Sillon on kaiken maailman kalamiestä ja Lapin ihailijaa liikkeellä. Ja kun kesä kallistuu kohti syksyä, sillon tännepäin alkaa valua niitä ruskaretkeläisiä.

– Siinäkö kaikki?

– Kyllä niitä matkailijoita ois muulloinkin. Pääsiäisen seuvun hohtavat hanget houkuttelevat joukottain rahakkaita hiihtoturisteja Lappiin ja kyllä niistä osa tulisi ihan tänne asti.

– Voisihan se tietysti olla noinkin.

– Mutta tuo kahvion pito ois vain osa niistä mainitsemistani matkailupalveluista.

– Siis muutakin ois?

– Meillä perikunnan osakkailla ois jonkin verran myös majoitustarjontaa sesonkiaikoina. Kolme huonetta talosta vois irrottaa majoituskäyttöön: pari silloista lastenkamaria ja vaarivainaan makuuhuone. Niissä lastenkamareissa vois ihan kohtuuhintaan yöpyä mutta se Jooseppi-äijän sillonen makuuhuone kyllä ois hieman hintavampi.

– Ihan fiksusti ajateltu muuten.

– Ja sitten siihen kulttuuritarjontaan. Vaarivainaan vanha hirsitalo vois toimia myös pienmuseona. Meillä perikuntalaisilla on siellä omasta takaa monenlaista kulttuuriesinettä. Muualta tulleet tulisivat tietämään, miten täälläpäin on eletty. Syvällisemmin kulttuurista kiinnostuneet voisivat perehtyä esimerkiksi siihen, miten täälläpäin on muinoin niitä asuintaloja valaistu. Niinpä voisimme pystyttää ihan mukavan valaisinnäyttelyn. Ja sen helmenä ois ehottomasti se koristeellinen kynttiläjalka, joka oli mutkain kautta päätynyt perikunnan taloon. Jonkun asiantuntijan mukaan sen juuret johtavat muinaisen Venäjän hoviin. Toisin sanoen ois niitä keisarivallan aikaisia juttuja. Oli luultavasti sillosten laukkuryssien matkassa kulkeutunut ensin Pohjois-Norjaan ja sittemmin päätynyt perikunnan taloon.

– Ja lisäksi vielä ne muut lamput ja valaisimet! huomautti Niilon vanhempi tytär.

– Älä jo muuta! Niitäkin on, vaari kun oli varsinainen keräilijä. Siellä aitassa on alkeellisempia ja hieman kehittyneempiä lyhtyjä, on niitä soanaikaisia petromaxeja ja hieman myöhemmin käyttöön otettuja tilleylamppuja. Ja vaarivainaan viimeinen valaisin oli muuten kaasulla toimiva lamppu, joka roikkuu vieläkin siellä tuvan katossa. Se pitää ehottomasti jättää muistoesineenä paikalleen senkin jälkeen, kun talo on liitetty sähköverkkoon.

– Appiukkoni on näemmä aika perusteellisesti ajatellut näitä asioita! hymähti Niilon suomalaistaustainen miniä.

– Pitkäaikaisena kunnallismiehenä oon tottunut pohiskelemaan miten millonkin kannattas toimia.

– Olisiko sinulla muutakin tuohon kulttuuritarjontaan liittyvää?

– Muutakin ois. Tämän perän vanhaa elämisenmuotoa vois perikunnan talossa laajemminkin tehä tunnetuksi. Meillä ois valmiuksia siihenkin. Siellä on runsaasti Pirita-mummon aikaisia tarvekaluja, esimerkiksi ne kangaspuut sekä komea rukki siellä vinttikamarissa. Talossa harjoitettiin muinoin pienimuotoista karjataloutta – oli pari lypsylehmää ja liuta lampaita. Lehmäkaksikko oli lorauttanut maitonsa sinkkipääläriin ja uuhet tirauttaneet maitoannoksensa pikkaraiseen kiuluun, ja nuo lypsyastiatkin ovat muuten tallella. Sitten siellä on myös se mummon aikainen kirnu ja siihen liittyvät juustontekovälineet. Ja vaari oli hommannut jossain vaiheessa taloon myös separaattorin, mutta se jäi kyllä sittemmin vain koristeeksi ja muistoesineeksi, koska kovin vanhanaikainen ja ajoittain aika änkyrä mummoni ei suostunut koskaan sitä käyttämään.

– Tosi mielenkiintoista tietoutta tämän perän vanhasta elämisenmuodosta. Ehdottomasti vaalimisen arvoista. Olisikohan perikunnalla vielä muutakin näytettävää muualta saapuville ventovieraille?

– Oikeastaan ois aika paljonkin. Ensimmäiseksi mieleen nousevat ne vaarivainaan aikaiset vieraskirjat, jotka ovat tällä hetkellä kuntamme arkistossa säilössä. Ne siirrettäisiin perikunnan taloon sillon, kun tuo meiän pienmuseohankkeemme alkais olla sillä mallilla että talo ois kypsä vastaanottamaan kallisarvoiset kulttuuridokumentit. Ne tallennettaisiin kosteutta hylkivään lasikaappiin turvaan ja asiasta kiinnostuneet voisivat pientä lisämaksua vastaan silkkihanskat käsissään selailla ja lueskella mitä niihin on merkitty.

– Perikunnalla tuntuisi olevan vahvoja aineksia pienmuseon perustamiseen.

Niilo katsahti miniäänsä, oli hetkisen vaiti, mietiskeli mitä vielä voisi sanoa ja alkoi jutustella:

– Meiän kannattas jo etukäteen hieman keskustella miten me järjestäisimme sen matkailutoiminnan. Sinne ruuantekopuolelle keittiöön tarttis saaha pari näppärää naisihmistä, jotka ois tottuneet tuollaseen työhön. Tarjoilijattarena taas vois toimia meiän nuoremmasta polvesta semmonen sopiva ihminen, jolla ois valmiuksia toimia ventovieraiden kanssa ja joka osais jonkin verran niitä ulkomaankieliä. Sitten tarttis olla siivooja, joka vois samalla sijata nukkumapaikat meiän vieraillemme. Nämä ois mulla tietysti vain sellasia alustavia ehotuksia. Kun meiän hankkeemme on päässyt paremmin alkuun, niin sillon me voiaan tarkemmin katella miten sitä meiän matkailubisnestä kannattas ruveta pyörittään.

– Mutta miehän voisin olla aika sopiva ihminen niihin keittiöhommiin! hoksasi talonemäntä. – Mulla ois nyt sitä joutoaikaa, kun ne lastenhoiokkin alkaa olla jo takanapäin. Oon tottunut perheenäitinä ja talonemäntänä kokkaileen yhtä ja toista. Ois samalla pientä vaihtelua minun nykyseen vähätapahtumaiseen elämään.

– Kannatetaan, kannatetaan! Anneli ois oikein sopiva ihminen niihin keittiöhommiin! huudahti joku.

– Ja kyllä Annelille löytyy varmasti sopiva työtoveri suvun sisältä, lisäsi joku toinen.

Niilo kopautti sormellaan pöytään ja tuumasi:

– No tuolta osin asia tuntus olevan kunnossa. Mutta sitten ois vielä löyettävä sopiva tarjoilijatar. Ja hän vois olla tosiaankin sitä nuorempaa polvea. No oisko ehotuksia?

– Kyllä on. Mulla ois omasta takaa tarjoilijatar, totesi Niilon serkku Iivari ja samalla hänen vahvin kilpailijansa kunnallispolitiikassa. – Minun vanhempi tyttäreni on sellanen seurallinen ja puhelias ihminen. On oppinut siellä Ivalon keskikoulussa englantia ja pärjäilee sillä käsittääkseni ihan mukavasti. Ja on oppinut siellä Ivalossa myös sitä ruottia ja pärjäilisi sillä tarvittaessa myös niitten norjalaisten kanssa.

– Tuo on sulta ihan varteenotettava ehotus. Tuulikki ois tosiaankin aika näppärä ihminen sinne meiän perikunnan taloon tarjoilijattareksi. Voiaankin kohtapuolin lopettaa tämä meiän tapaaminen. Seuraavan kerran tavatessamme voisimme vielä hieman tarkemmin pohiskella joitakin kohtia. Voisimme tavata joko tässä talossa tai sitten jossain muualla. En oo tosiaankaan vänkäämässä sitä tapaamista juuri tähän taloon. On muitakin sopivia kohtaamispaikkoja. Ja vaikka oon toiminut jo vuosikausia perikunnan vastuuhenkilönä, niin se ei toki tarkota sitä että haluaisin olla tuossa toimessa loppuikäni. Suvun sisältä löytyy varmasti muitakin sopivia ihmisiä tuohon vastuulliseen toimeen. Esimerkiksi sinä rakas sukulaismieheni Iivari voisit ottaa vaihteeksi ohjaimet omiin käsiisi. Tärkeintä on että vaarivainaan kotitalo ei saa autioituneena ennen aikojaan ravistua. Se ois tappio meille kaikille perikuntaan kuuluville.

4.

Perikunnan pari seuraavaa tapaamista oli pidetty Iivarin talossa. Vanhan hirsirakennuksen tuleva käyttö oli alkanut hahmottua. Perikunnan talo entisöitäisiin ainakin jossain määrin, liitettäisiin sähköverkkoon ja teetettäisiin tarvittavat putkityöt. Sillä välin tietyöt olivat edenneet valmista tielinjaa pitkin kohti kuntakeskusta. Kunnan johdon toiveena oli ollut, että kunnostetun tien tuli seurailla mahdollisimman tarkkaan muinaista kärrytietä, koska nykyiset asuinpaikat sijaitsivat pääosin sen varrella. Valtiovallan taholla oltiin myötämielisiä kuntalaisten toivomuksiin.

Perikuntaan kuuluvat tiesivät, että talon entisöintitöiden aloittamista ja sähköverkkoon liittämistä ei saanut kovin lykätä. Niinpä Niilo oli lähtenyt sähköosuuskunnan edustajan ja rakennuslautakunnan puheenjohtajan kanssa paikan päälle tutustumaan tuleviin töihin.

Lapin lyhyt kesä oli taas kääntynyt syksyä kohti, kun he ajelivat tuona harmaansateisena elokuun päivänä etelään päin.

– Oli taas pitkästä aikaa tosi hyvä hillavuosi. Miekin kävin meiän perikunnan hillamailla ja poimin pari ämpärillistä oikein komeita hilloja, puheli Niilo huristellessaan huonokuntoista soratietä pitkin kohti vaarivainajansa taloa.

– Siellä on ilman muuta tämän perän parhaat hillajängät. Jos ei muualla oo hillaa, niin mie lähen aina sinne, koska tiiän että sieltä kuiteskin löytyy ees jonkin verran huonoinakin hillavuosina, selitti sähköosuuskunnan varttuneessa iässä oleva työntekijä.

Niilo kurvasi vanhan hirsirakennuksen ulkoportaiden viereen.

– Komea on talo, komea on talo! Muistan vieläkin hyvin, kun kävin isävainaan mukana tässä talossa Kunnan-Jooseppia kattomassa. Isä oli sillon sosiaalilautakunnan johossa ja hänen ois pitänyt ilmottaa kuntaan joko Jooseppi oli siinä määrin taantunut että hänet ois pitänyt siirtää sinne vanhainkotiin. Siis vain viran puolesta kävi isä talossa, ei missään nimessä uteliaisuuttaan, jutusteli sähköosuuskunnan edustaja.

– Ihan omin päinkö hän eleli talossaan? tiedusteli rakennuslautakunnan nuorehko nokkamies.

– Omin päin eleli, omin päin eleli, se Pirita-emäntä oli muutama vuosi aikasemmin lähtenyt! Muttei Joosepin tarttenut nälissään ja kylmissään olla, ne hänen lapsensa huolehtivat hyvin ikääntyneestä isästään ja muukkin kävivät välillä väsynyttä kunnallismiestä tervehtimässä.

Niilo avasi ulko-oven ja niin he astuivat eteiseen ja sitten puikahtivat tilavaan pirttiin.

– Vai meinailee perikunta liittää talon sähköverkkoon! totesi sähköosuuskunnan edustaja.

– Semmoset ois suunnitelmat.

– No mikä ettei, tähän taloonhan kyllä vois asentaa sähöt! Meiän osuuskunnassa on muutama näppärä sähköasentaja. Ja nyt heillä ois rutkasti sitä aikaa, kun kuntamme talot on lähes kaikki sähköistetty.

– Onko sulla itselläsi sähkömiestausta? uteli rakennuslautakunnan edustaja.

– Ei oo. Mie oon siellä osuuskunnassa sillä paperipuolella valvomassa kunnan puolesta että ne sähkötyöt tulee asianmukaisesti hoietuksi. Siis meillä on siellä osuuskunnassa semmonen tavanomanen työnjako. Ne sähkömiehet vetää ne piuhat ja johot taloihin ja asentaa sen mittarin ja mie merkitten ylös sähkötöitten aloittamis- ja päättymispäivämäärän ja huolehin siitä että ulkopuolinen asiantuntija käy paikan päällä toteamassa että sähkötyöt on asianmukaisesti suoritettu.

– Niinpä niin. Työnjakoa tietysti. Se on sitä nykyaikaa.

Niilo rykäisi ja puheli:

– No jos alettas katteleen tätä tulevaa työmaata! Sovitaan vaikkapa niin että osuuskunnan toimistotyöntekijä ja me katellaan täällä alakerrassa miten ne sähkötyöt vois toteuttaa ja mikä mahtas olla tämän talon sähköistämisen kustannusarvio. Ja rakennuslautakunnan edustajana ja ammattitimpurina sie

Tapsa menisit sinne yläkertaan katteleen paikkoja, jotta saisit jonkinlaisen kokonaiskuvan siitä mistä oikein on kysymys.

Rakennuslautakunnan puheenjohtaja lähti yläkertaan tutkailemaan paikkoja.

Osuuskunnan edustaja katsahti hänen peräänsä ja tuumaili:

– Se on muuten tosi hyvä kirvesmies. Näin oon kuullut ihmisten kertoilevan. Näet sillä on koulutusta tuolta alalta ja on muutenkin aika terävä kaveri, ei sitä muuten ois tuossa iässä valittu rakennuslautakunnan johtoon.

– Oon asiasta tietoinen. Juuri noista syistä meiän perikunta kiinnostui hänestä.

Osuuskunnan edustaja ja perikunnan vastuuhenkilö vilkuilivat paikkoja ja keskustelivat paljon muustakin kuin varsinaisesta asiasta. Timpuriehdokas oli tutkaillut vintillä paikkoja ja oli havainnut, että talo oli vahvaa tekoa. Hän laskeutui taas alakertaan.

– No miltä se tuntuu, Tapsa? tiedusteli Niilo.

– Talo on vahvaa tekoa. Harvoin näkee noin hyvin säilynyttä vanhaa hirsirakennusta.

– No olisikko valmis alkamaan meiän perikunnalle töihin?

– Tietyillä ehdoilla voisin alkaa.

– Mitä tuolla tarkotat?

– Tarvitsisin neuvonantajakseni alansa ammattilaisen.

– Miksi?

– Koska ammattipätevyyteni ei riitä kaikilta osiltaan tuohon työhön.

– Voisikko hieman selittää!

– Jos kyse olisi peruskunnostamisesta, silloin mulla olisi tarvittavaa ammattipätevyyttä. Olen pystyttänyt ja remontoinut monia taloja. Tunnen työni ja ihmiset ovat olleet yleensä tyytyväisiä. Mutta tämän talon kohdalla kyse olisi entisöinnistä, mikä olennaisesti muuttaa asian luonteen.

– Jotenkin alan päästä kärryille.

– Siis tällaiseen arvorakennukseen ei saisi asiantuntematon kovin kovakouraisesti kajota. Silloin siitä voisi tuhoutua se, mikä siinä oli todella arvokasta.

– Meiän täytyy perikunnan sisällä keskustella tuosta asiasta. Mie selitän niille muille mitä sie sanoit ja luultavasti ne ymmärtää mistä on kysymys. Luulisin heiän suostuvan siihen että sulle hommataan neuvonantajaksi henkilö, joka on tottunut tuollasiin entisöintitöihin – meille kaikille kun on niin tärkeää että vaarivainaan talo otetaan uuelleen hyötykäyttöön.

– Olisi suuri vahinko, jos tuon tasoinen rakennus pääsisi kylmillään ennen aikojaan ravistumaan. Siksi olisin valmis sitoutumaan tuohon työhön.

– Mukava kuulla. Mitä sinä muuten arvelet niistä putkitöistä?

– Tähän taloon on ilman muuta saatava juokseva vesi. Silloin voitaisiin tänne alakertaan järjestää jonkinlainen keskuslämmitys ja sisävessa. Ja siellä yläkerrassa on pari kamiinaa, joilla voisi pitää ne vinttihuoneet lämpiminä.

– Voisikko sie tehä ne putkityöt?

– En ole putkimies. Mutta siellä kuntakeskuksessa on muutama näppärä putkimies, jotka voisivat tekaista nuo työt.

– Ja mihin se sisävessa muuten tulisi?

– Tottunut putkimies asentaa sen luultavasti tämän pirtin peränurkkaukseen semmoiseen sopivaan paikkaan.

– No voiaankin kai lähteä sinne kotiin päin. Ja toivottavasti sie Tapsa oot jo kohta tässä talossa työtoverisi kanssa kattelemassa, mistä päästä ne entisöintityöt kannattas alottaa.

5.

Elettiin syksyä. Työkoneiden jyrinä lähestyi vääjäämättä taloa. Työmiehet painoivat pitkää päivää, jotta mittava tiehanke valmistuisi hyvissä ajoin. Osuuskunnan sähköasentaja oli käynyt tutustumassa tulevaan työkohteeseensa. Hän oli huomannut, että tämä olisi suurin yksityisen tahon tilaama sähköistämistyö, mikä hänellä oli koskaan ollut. Rakennuksella oli ikää, mutta se oli vahvaa tekoa. Niinpä siihen saattoi varsin vaivattomasti asentaa sähkövirran.

Perikunnan tapaamisessa oli hyväksytty, että rakennuslautakunnan nokkamiehelle olisi löydettävä entisöintitöihin perehtynyt työtoveri. Niilo ja Iivari olivat soitelleet tuonne tänne ja viimein oli tärpännyt. Eräs hyvämaineinen yritys oli kiinnostunut asiasta ja luvannut lähettää ammattitaitoisen henkilön tutustumaan entisöitävään rakennukseen. Kyseinen henkilö oli saapunut aika kohta kuntakeskukseen ja oli Niilon ohjauksessa tutustunut taloon ja lupautunut entisöintitöihin. Rakennuslautakunnan puheenjohtaja ja hänen työtoverinsa olivat sitten yhdessä tutkailleet paikkoja ja todenneet, että tämä olisi varsin haastava mutta samalla hyvin kiinnostava työtehtävä, joka oli ihan toteutettavissa.

Perikunnan viimeisessä tapaamisessa oli päätetty, että sähköistämis- ja entisöintityöt aloitettaisiin seuraavan vuoden alkupuolella päivien pidentyessä, ja niinpä kun kunnostettu tie olisi sitten joskus myöhemmin autolla ajettavissa ihan kuntakeskukseen asti, silloin olisi myös perikunnan talo valmis vastaanottamaan ensimmäiset vieraat.

Joulun alla kuntaan saapui ilmoitus, että kulkulaitosministeriön kansliapäällikkö ja Tiehallinnon korkea virkamies sekä tietöiden toteuttamisesta vastannut tiemestari olivat tulossa kertomaan kuntalaisille tähän hankkeeseen liittyviä tiettyjä yksityiskohtia. Tiedotustilaisuus oli määrä pitää aatonaattona puolilta päivin Matkailuhotellissa.

Tiedotustilaisuus oli herättänyt laajaa kiinnostusta kunnan alueella ja moni oli lähtenyt kuulemaan, mitä Helsingin herroilla olisi kerrottavana. Ravintolasali oli viimeistä sijaa myöten täysi, joten oli jouduttu hankkimaan ulkopuolelta ylimääräisiä tuoleja.

Niilo ja Iivari istuivat nokitusten samassa pöydässä. Kunnan esimies asteli mikrofonin taakse lausuakseen tervehdyssanat ministeriön ja Tiehallinnon edustajalle. Hän katsahti heidän pöytäänsä päin ja aloitti:

– Arvoisat vieraamme sekä muut paikallaolijat! On ilo huomata että myös siellä Helsingin päässä tunnetaan kiinnostusta meiän tiehankkeeseen. Minulla varttuneempana ihmisenä on sellanen tunne että eläisin parhaillaan hyvin historiallista hetkeä. Oomme olleet pitkään huonojen tieyhteyksien takia kovin eristyksissä muuhun Suomeen ja se on osaltaan jarruttanut kuntamme kehitystä. Tuon tien valmistuttua tilanne paranisi olennaisesti. Kiitän kunniavieraitamme kiinnostuksesta meiän tiehankkeeseen! Ehkä hekin haluaisivat lausua muutaman sanan. Joten sana ois vapaa, niinko on tapana sanoa!

Ministeriön kansliapäällikkö nosti käden ja asteli mikrofonin ääreen.

– Arvoisat kuntalaiset! Olen nyt täällä kulkulaitosministeriön edustajana ehkä siitä syystä että kuuluin siihen työryhmään, joka päätti takavuosina tämän tiehankkeen liittämisestä valtion budjettiesitykseen. Olen ollut sittemmin ajoittain yhteydessä tänne pohjoiseen päin, joten minulla on ollut tuntuma siihen miten asiat ovat edistyneet. Toivotan paljon onnea kuntalaisten tiehankkeelle! Luultavasti myös Tiehallinnon osastopäälliköllä olisi jotain sanottavaa tästä hankkeesta.

Tiehallinnon edustaja nousi seisomaan muttei lähtenyt mikrofonin ääreen vaan tuumaili:

– Minulla ei ole sen tarkempaa tuntemusta kyseisestä tiehankkeesta. Olen nyt täällä pikemminkin viran puolesta kuin asiantuntijana. Minua huomattavasti paremmin asioista ovat perillä ministeriön edustaja ja varsinkin siellä kentällä tietöiden edistymisestä vastannut tiemestari. He voivat kertoa teille miksi me ylipäätään olemme nyt täällä koolla. Olen kuitenkin kiitollinen siitä että minulla oli nyt ensimmäisen kerran tilaisuus käydä täällä ihan perimmäisessä Suomessa. Tietysti keskikesällä olisi nähnyt huomattavasti enemmän tämän perän maisemia, mutta tulen ehkä joskus paremmalla ajalla tänne pohjoisimpaan kuntaamme tutustumaan sen maisemiin ja ihmisiin. Luultavasti parasta on nyt jättää sana vastaavalle mestarillemme. Voisitko Virtanen kertoa paikallaolijoille, mistä oikein on kysymys!

Tiemestari asteli joutuisin askelin mikrofonin ääreen ja rupesi selittämään:

– Olen toiminut vastaavana mestarina tässä tiehankkeessa. Olin kovasti otettu, kun läänin tiepiiri uskoi tämän tärkeän tehtävän minulle. Kun me ryhdyimme tähän työhön, niin päätimme ottaa huomioon kuntalaisten toivomukset. Niinpä pääsääntönä oli että uusittu tie seurailisi sitä muinaista kärrytietä, jota oli seuraillut myös tämä nyt kunnostettava tie. Tämä tuntui parhaalta ratkaisulta, koska nykyiset asuinpaikat sijaitsevat pääosin sen varrella.

Kunnan esimies nosti käden ja totesi:

– On hyvä että kuntalaisten toivomukset otetaan huomioon.

– Olen samaa mieltä kanssasi. Paikallisten toivomukset pyritään ottamaan mahdollisimman hyvin huomioon näissä tiehankkeissa. Niinpä me lähdimme tuolta pohjalta liikkeelle, mutta sitten meidän suunnitelmiimme alkoi ilmaantua odottamattomia mutkia. Ja juuri siitä syystä me olemme nyt täällä koolla.

– Mistä muuten mahtaa olla kysymys?

– Se on se tielinjaus, joka kiikastaa. Siitä on löytynyt yksi kriittinen kohta.

– Missä kohtaa?

– No etelästä päin tultaessa vähän ennen sitä pitkähköä poikittaista järveä ... tätä tätä ...

– Sie tarkotat sitä Pannepieranjärveä?

– Aivan oikein. Pannepieranjärveä tarkoitan.

Niilon ja Iivarin katseet kohtasivat ja he odottivat jännittyneinä jatkoa.

– Olin kuullut parilta paikalliselta työntekijältä että juuri siinä oli joinakin vuosina aika paha paantamaan. Tuo tieto askarrutti minua siinä määrin että ilmoitin asiasta kulkulaitosministeriöön.

Niilo keskeytti tiemestarin puheen ja tuhahti:

– Kyllä nyt ollaan tekemässä kärpäsestä härkänen! Mitä nyt joskus ruukaa pikkusen paantaa. Jokseenkin tavallista näillä pohjoisen teillä.

– Mutta tässä on silti peruskunnostettavasta tiestä kysymys. Sen tulisi olla kutakuinkin moitteettomassa tilassa tietöiden päätyttyä.

Ministeriön edustaja pyysi puheenvuoroa ja alkoi selittää:

– Tuo tiemestarin mainitsema tieto tuli myös minun korviini. Päätin toimia, koska olen ollut tässä tiehankkeessa aika lailla keskeinen henkilö. Päädyimme ministeriössä ratkaisuun että jo hyväksytty tielinjaus tuli saattaa tuolta osin uudelleen arviointiin. Emme ilmoittaneet asiasta kuntaan vaan päätimme toimia diskreettisesti. Läänin tiepiirin miehet kävivät mittalaitteidensa kanssa tutkimassa kyseistä kohtaa ja havaitsivat että tie kulki siinä parinsadan metrin matkalla hetteistä suomaata pitkin, mikä on erityisen paanneherkkää.

– Tuo oli ihan uusi tieto mulle! huudahti Iivari.

– Ministeriöstä pyydettiin heitä katselemaan löytyisikö muita linjausvaihtoehtoja. Ja löytyihän sellainen ja oikein jo hyvä. Jos tuleva tie kulkisi tuon järven toisen pään kautta, niin siellä olisi pelkkää lujaa peruskalliota. Niinpä ministeriössä on päädytty ratkaisuun että peruskunnostettu tie kiertäisi järven itäpään kautta ja yhtyisi hieman kauempana taas siihen vanhaan tienpohjaan.

Niilo ja Iivari vilkuilivat tyrmistyneinä toisiinsa, mutta ei kummaltakaan löytynyt vasta-argumentteja ministeriön päätökseen.

– Tuon tielinjauksen muuttaminen aiheuttaisi tiettyjä muutoksia tämän tiehankkeen toteuttamiseen. Esimerkiksi olimme arvioineet ministeriössä töiden kestoajaksi suunnilleen kolme ja puoli vuotta, mutta tuo meidän silloinen aikataulumme ei tietenkään pidä enää paikkaansa. Lähempänä totuutta olisi sanoa töiden kestoajaksi reilut neljä vuotta. Tuon järven kiertäminen toisi jo hyväksymäämme tielinjaukseen useita lisäkilometrejä. Kuinkahan pitkä tuo järvi muuten mahtaa olla sen vanhan talon kohdalta sinne järven toiseen päähän?

– Luultavasti parisen kilometriä linnuntietä, totesi kunnan esimies.

– Ja kolmisen kilometriä niitä rantoja myöten kulkiessa. Tuon järven kiertäminen aiheuttaa myös aika paljon lisäkustannuksia. Niillä jäljellä olevilla valtion määrärahoilla tiehankkeen olisi voinut toteuttaa, mikäli tielinjaus olisi seuraillut sitä muinaista kärrytietä. Niinpä olemme taas joutuneet mankumaan valtiolta lisärahoitusta mutta onneksi siellä päässä on oltu aika ymmärtäväisiä meitä kohtaan. Valtion lisäbudjetista meille olisi luvassa ihan mukava summa tuon järven kiertämiseen. Ihmettelin hieman heidän myötämielistä suhtautumistaan, sillä sovitun käyttöbudjetin ylittyessä lisärahoituksen saanti on usein kiven takana. Siellä valtiovarainministeriössä on ilmeisesti ymmärretty tuon hankkeen tärkeys ja samalla tajuttu että siihen kannattaa satsata hieman ylimääräistä rahaa, sillä nyt suoritettava rahallinen ponnistus haukkuisi vuosien myötä kirkkaasti hintansa.

Tiemestari keskeytti ministeriön edustajan puheen ja tuumaili:

– Olet oikeassa. Silloin tienkäyttäjien ei tarvitsisi talvella tuskailla niiden paanteiden kanssa. Olen ollut vuosikausia esimiesasemassa valvomassa teiden tekoa ja aivan erityisenä haasteena meillä on aina ollut että miten valita toimiva tielinjaus. Olen työskennellyt myös Lapin perukoilla ja ikuisena riesana siellä ovat olleet nuo paannepaikat. Olen helpottunut, kun uskaltauduin silloin kääntymään ministeriön puoleen.

– Tuo oli sinulta fiksusti tehty. Joskus aloitteellisuus palkitaan, kuten kävi sinun kohdallasi.

– Vieläkin puistattaa, kun ajattelen miten olisi käynyt, jos en olisi silloin lähettänyt sitä kirjettä ministeriöön. Me olisimme upottaneet valtavasti valtion rahaa tuon paannetien tekoon. Tuo tie olisi ollut niin sanoakseni susi jo syntyessään. Siinä olisi mennyt vastaavalta mestarilta ikiajoiksi maine teiden tekijänä ja pahimmillaan tuota tietä olisi ruvettu kutsumaan Virtasen diplomityöksi.

– No ei kannata sentään rakas kollegani ylidramatisoida asioita! Tuollaista on sattunut ennenkin ja sattuu varmasti vastedeskin, sillä ideaalisen tielinjauksen löytäminen on aina varsin haasteellinen tehtävä.

Vastaavalla mestarilla ei ollut enää mitään lisättävää. Hän nyökkäsi kunnan esimieheen päin, vinkkasi hänet luokseen ja tyrkkäsi mikrofonin kunnan nokkamiehen kouraan ja asteli omalle paikalleen istumaan.

Kunnan isän tehtävänä oli nyt lausua kiitossanat arvokkaille vierailleen siitä, että he olivat suvainneet lähteä tuomaan lupaamiaan tietoja kuntalaisille. Hän korosti tapaamisen tärkeyttä ja sanoi olevansa helpottunut, kun tuo kriittinen kohta oli hyvissä ajoin havaittu ja ministeriölle oli suotu mahdollisuus asiaankuuluvalla tavalla puuttua asiaan.

Paikallisista luonnonantimista valmistetun juhla-aterian nautittuaan vieraat menivät menojaan. Kuntalaisista muutama tilasi syötävää useimpien tyytyessä juomapuoleen. Iltamyöhällä koikkelehtivat Niilo ja Iivari vahvassa laitamyötäisessä tienlaitaa kohti kotitaloaan.

6.

Uutinen Matkailuhotellissa pidetyn tapaamisen lopputuloksesta oli kohta perikuntalaisten tiedossa. He tajusivat, että kaikki oli hetkessä kääntynyt päälaelleen ja suuret suunnitelmat olivat menneet taivaan tuuliin. Hieman kantikas Iivari oli vaipunut epämääräiseen masennukseen. Niilo oli toipunut nopeammin pettymyksestään, ja hänen tehtäväkseen oli langennut mönkään menneen hankkeen jälkihoitelu.

Sähköosuuskunnan kirjanpitopuolen työntekijä oli ollut kunnan pyynnöstä läsnä kyseisessä tiedotustilaisuudessa. Hän oli kuunnellut korva tarkkana käytyjä keskusteluja ja oli ollut kovasti pahoillaan asioiden saamasta yllättävästä käänteestä.

Hän lähti toisena joulupäivänä tapaamaan Niiloa. Talon emäntä ja isäntä istuskelivat vaitonaisina pöydän ääressä kahvikuppi kädessään vieraan astuessa tupaan.

– Hyvää joulunpyhien jatkoa taloon! Lähin Niilon kans jutteleen.

Talonemäntä katsahti tulijaan ja tuumaili:

– Melkein jo arvaan millasilla asioilla meiän sähköosuuskunnan toimistotyöntekijämme tällä kertaa on liikkeellä. Niilo on ollut tapahtuneen takia kovasti alamaissa.

– Aikamoinen jysäys se oli muuten mullekin.

– Mutta minusta tuntuu että mieheni on jo toipumaan päin.

Niilo nousi seisomaan isännän paikaltaan, venytteli ja haukotteli:

– Ei mee aina niinko ihminen suunnittelee. Jotain tuommosta voi sattua muillekin. Elämä on pitkälle onnen kauppaa niinko oon kuullut sanottavan. Välillä onnistuu ja toisinaan taas ei.

– Oisko niinko ennenaikasta tieustella sinulta Niilo että onko se teiän hankkeenne nyt lopullisesi hauattu?

– Se on hauassa ja pysyy siellä! tuhahti talonemäntä.

– Kyllähän jotenkuten tyhjän päällä keikutaan juuri tällä hetkellä. Olimme niin uskoneet suunnitelmiimme. Kaikki oli periaatteessa kohallaan. Perikunnan talo oli parhaalla mahollisella paikalla oottamassa pohjoiseen päin vyöryviä turistivirtoja ja meiän pienmuseomme ois ollut kohta kaikkien huulilla. Kotoinen kahviomme ois ollut miellyttävä kokemus muualta tuleville – minun emäntäni siellä keittiössä kokkailemassa ja Iivarin tytär tarjoilemassa asiakkaillemme. Mutta ei mee aina niinko ihminen ajattelee. Siehän kyllä ymmärrät Sammeli että vähän se kyllä pisteli vihaksi kun noin onnettomasti piti käyä.

– Jo vaan ymmärränkin. Mutta mie uskon sinun selviytyvän tuosta. Sinussa virtaa aika paljon sitä Kunnan-Joosepin verta, ja te Pannelat ootte aina olleet tiukan paikan tullen aika taitavia luikertelemaan ulos eteen sattuvista solmutilanteista.

– On tietenkin soma kuulla tuollasia kannustuksen sanoja mutta minusta tuntuu kuiteskin että nyt ollaan aikamoisessa liemessä.

– Siinä sie Sammeli oot oikeassa että mieheni on semmonen, joka ei anna ensimmäisenä periksi, totesi Anneli.

– Näin on marjat! Niilo on tuommonen. Mie oon muuten jutellut sen sähkömiehen kans, jonka piti tehä ne sähkötyöt. Sehän oli käynyt teiän perikunnan talossa useamman kerran mittailemassa ja kattelemassa paikkoja. Kysyin Reitarilta että paljonko se perisi niistä etukäteen tehyistä töistä – sano ettei pennin penniäkään. Se sano että hänestä oli mukava nähä että jokkut ees yrittää itte tehä jotain, ei olla aina muualta mankumassa sitä rahaa ja tukiaisia.

– Tuo oli sulta kauniisti tehty. Meinailin jo itte soittaa tuosta asiasta Reitarille mutten oikein kehannut.

– Tuo Niilo on niin kovin tarkka kunniastaan! Ei haluais menettää kasvojaan, hymähti Anneli.

– Mutta mie meinaan kyllä itte selvitellä asian niitten perikunnan töihin lupautuneien työntekijöitten kanssa. Ajelen jo huomenna mutkin rakennuslautakunnan puheenjohtajan juttusilla ja pirautan sitten selvittelysoiton sen entisöintifirman miehelle. Selitän heille rehellisesti miten oli käynyt ja sanon olevani valmis omasta taskustani korvaamaan heille koituneet rahalliset menetykset.

– Eikö se perikunta vois maksaa ne yhessä? kysäisi Anneli.

– Mie maksan ne itte, koska se oli pääosin minun hankkeeni.

Talonemäntä katsahti vieraaseen ja tiedusteli:

– Sammeli ois kai juonut kakkukahvit?

– Niin, joo, mikä ettei! Kuka hyvän hylkää, se pahan löytää.

– Ja talossa ois oikeastaan ruokaakin tarjolla. Olin valmistanut sellasen perinteisen aattoaterian mutta jokseenkin kaksin vietimme tällä kertaa Niilon kans sen aattoillan. Tuolla jääkaapissa ois monenlaista ruokaa. Voisin lämmittää vaikkapa poronpaistia ja pottuja ja kinkkuakin ois tarjolla.

– Syyäkkin voisin.

– Siinä tapauksessa sie ensin syöt ja sitten juuaan vielä yhessä ne tapaninkahvit.

Joulunpyhät olivat takanapäin. Niilo oli käynyt esittämässä rakennuslautakunnan puheenjohtajalle asiansa, mutta tämä oli jo siitä tietoinen ja oli viitannut kintaalla ehdotettuun korvaussummaan – lopeta jo hyvä mies turhia kyselemästä, minulla ei ole tapana periä maksua tekemättömästä työstä!

Asia oli selvitetty kohta myös kyseisen entisöintiyrityksen kanssa. Sen tuttu työntekijä sanoi olevansa pettynyt, kun niitä entisöintitöitä ei voinut tapahtuneen takia aloittaa. Hänestä tuo suunnitelma ei ollut mikä tahansa tuulesta temmattu päähänpisto vaan ihan varteenotettava vaihtoehto. Täysin heitteille jätettynä talo olisi aikojen myötä ravistunut käyttökelvottomaksi, mutta vaalimisella ja huolenpidolla se olisi antanut vielä vuosikausia iloa sen omistajakunnalle ja muillekin paikallisille. Hän sanoi antavansa sellaisen neuvon, että talosta oli vastedes pidettävä hyvää huolta, sillä se oli ilman muuta arvorakennus. Tämä tarkoitti sitä, että taloa ei saanut jättää talvella kovin pitkäksi aikaa kylmilleen ja kesäisin se voisi toimia ajoittain vaikkapa kortteeripaikkana perikuntalaisille ja luotettaville ulkopuolisille.

Hän sanoi olevansa iloinen voituaan käydä ensimmäisen kerran noin pohjoisessa ja lisäksi hänen tuleva työtoverinsa oli vaikuttanut alansa ammattilaiselta ja aikamoiselta supliikkimieheltä. Ja mikä tuli niihin perittäviin korvauksiin, niin hänen olisi veloitettava kilometrikorvaukset yrityksen auton käytöstä sekä kolmesta yöpymisestä ja muutamasta ateriasta Matkailuhotellissa firman piikkiin. Kaikki kuitit olivat tallella. Hän sanoi tekevänsä pikimmiten laskelman kyseisistä kuluista ja lähettävänsä sen sitten kirjeitse kuitteineen ja yrityksen pankkitileineen työn tilaajan osoitteeseen. Mutta mikäli entisöintisuunnitelma kumminkin saisi taas tuulta purjeisiinsa, silloin kannattaisi ottaa yhteys heidän yritykseensä, jolla oli vankka tottumus ja ammattitaito entisöintiasioissa.

7.

Vuosi oli vaihtunut, päivät pidentyneet ja mentiin jo lujaa kohti kevättä. Kuntaan saapuneen viimeisimmän tiedon mukaan kyseisen järven kiertämiseen kuluisi pidempi aika kuin alustavassa arvioinnissa oli laskelmoitu. Uuden tien valmistuminen lykkääntyisi ainakin muutamalla kuukaudella, sillä tienpohja järven takana oli kantavaa mutta samalla hyvin kovaa peruskalliota. Nyt oli jo tiedossa, että hankalimmissa kohdissa jouduttaisiin turvautumaan räjäyttämistoimiin tieuran aukaisemiseksi.

Perikuntalaisten vilkas yhteydenpito oli huomattavasti laimentunut hankkeen kariuduttua. Ei ollut enää niitä yhteisiä tapaamisia. Jotkut syyttivät Niiloa siitä, että tämä oli antanut kovin ruusuisen kuvan hankkeen toteuttamisesta. Moni oli jo pyyhkäissyt mielestään vanhan hirsirakennuksen. Oli toki niitäkin, joiden oli vaikea niellä pettymyksensä. Hankkeen onnistuminen oli ollut tosi lähellä. Parin sadan metrin pituinen kriittinen kohta jo hyväksytyssä tielinjauksessa oli tehnyt lopun lupaavantuntuisesta matkailu- ja kulttuurihankkeesta.

Vappuviikolla tietyöt olivat jo lähellä Pannepieranjärveä. Vastaavan mestarin laskelmien mukaan tuo järvi oli vuoden loppuun mennessä kierretty, mikäli ei sattuisi odottamattomia viivytyksiä. Se loppumatka kuntakeskukseen asti seurailisi vanhaa kärrytietä, joka oli kulkenut kuivia kangasmaita pitkin pohjoiseen päin.

Pahimman pettymyksen hiivuttua Niilo oli ryhdistäytynyt ja ryhtynyt toimiin. Hän käväisi tämän tästä tutkailemassa edesmenneen Kunnan-Joosepin kotitaloa. Elettiin kesäkuun toista viikkoa, ja hän oli taas perikunnan korskean talon pihamaalla. Hän silmäili harmaantunutta hirsirakennusta ja loi hyväksyvän katseen perinteikkäisiin ulkorakennuksiin. Lukollisia aittoja oli kolme rinnakkain, joihin keräilyyn taipuvainen talonisäntä oli tallettanut yhtä ja toista. Niiden lähettyvillä oli halontekopaikka. Muinainen puuvaja oli kunniakkaasti uhmannut aikaa ja oli yhä käyttökunnossa ja sen vieressä kökötti sahapukki ja halonhakkuupölkky. Keskellä pihamaata oli vinttikaivo, josta sai yhä juomakelpoista vettä. Hieman kauempana järvenrannasta aivan tien varressa oli tilavahko navettalammasmaja, joka oli aikoinaan toiminut talonemäntä Piritan toisena kotina. Navettarakennuksen jatkeena oli lato, jonka toiseen päähän oli lisätty säpillinen käymälä.

Niilo seisoskeli syvissä mietteissä venevalkaman vieressä ja tähyili järvelle päin. Hänen korviinsa kantautui raskaiden työkoneiden jyrinää, kun tulevaa tieuraa avattiin parhaillaan järven ympäri. Kunnassa elettiin syvää murros-kautta, jolloin vanha aika joutuisi vähitellen väistymään uuden ajan tieltä. Perikunnan talo oli aina sijainnut niin sanotusti korvessa ja uuden tien valmis-tuttua se olisi entistäkin syrjemmässä liikenneyhteyksistä. Kunnan-Joosepin suuri haave oli toteutumassa, mutta hieman eri muodossa kuin talonisäntä itse oli suunnitellut. Kunnon maantie oli tuloillaan kuntakeskukseen, mutta autot eivät huristelisi hänen kotitalonsa vieritse vaan järven toisen pään kautta. Parin vuoden kuluttua autojen äänet olisivat vaienneet ja hiljaisuus olisi laskeutunut perikunnan talon ylle.

Niilo päätti pistäytyä vielä vaarivainajan talossa. Hän asteli sinne päin ja seisahti välillä silmäilemään idyllistä maalaismaisemaa. Nyt vuoden valoisim-paan aikaan kaikki oli niin kaunista. Tälle paikalle olisi voinut paremmalla onnella pystyttää vaikka millaisen matkailukohteen, mutta suuret suunnitel-mat olivat kariutuneet. Uuden tien valmistuttua perikunnan talo olisi kovin syrjässä, jotta sen varaan olisi voinut kehitellä mitään sen suurempaa mat-kailuun liittyvää, mutta luontokohteena se voisi olla mitä mainioin. Tietty etäisyys tulevasta pikitiestä ja rekkojen jyrinästä olisi pelkkää plussaa tähän postikorttimaiseen pihapiiriin.

Viime aikoina hieman lyödyn oloinen Niilo oli taas innostumaisillaan. Mutta siinähän voisi olla ihan varteenotettava mahdollisuus! hän tajusi. Tä-män tasoisia luonnonmaisemia oli nykyisin yhä harvemmassa. Vaarivainajan kotitalo siihen kuuluvine tontteineen oli kirkasvetisen erämaajärven rannalla, niinpä siinä jos missä olisi jotain niin alkuperäisen aitoa. Hän istahti talon ulkoportaille mietiskelemään. Perikunnan talo vilkkaana matkailukohteena oli luultavasti ikiajoiksi menetetty, mutta nyt oli panostettava niihin muihin arvoihin. Vanha rakennus oli hienolla paikalla. Sen perinteikäs pihapiiri herättäisi varmasti joissakuissa ihailua ja nostalgisia ajatuksia aikakauteen, joka oli hiljalleen vaipumassa unhoon. Juuri tuollaisiin seikkoihin kannatti satsata, kun ajatteli perikunnan talon tulevaa käyttöä.

Hän astui tilavaan pirttiin. Kaikki oli kohdallaan talon tulevaa käyttöä ajatellen. Savupiippu oli hiljattain nuohottu ja norjalaismallinen valurautauuni veti paremmin kuin aikoihin. Hän kapusi yläkertaan ja astui vaarivainajan makuuhuoneeseen, josta oli hyvä näkymä järvelle. Avasi ikkunan, nuuhki alkukesän hajuja ja tähyili järvelle päin, kuunteli pitkän tovin kaivinkoneen ja kuorma-autojen jyrinää ja istahti sitten vaarivainajan sängyn laidalle sulattelemaan ajatuksiaan.

Perikunnan talon tuleva käyttö alkoi hahmottua hänen ajatuksissaan. Kaikki hintavat entisöinti-, sähköistämis- ja putkityöt oli parasta unohtaa ja oli panostettava Kunnan-Joosepin muinaisen kotitilan luonnonmukaisuuteen. Vaarivainaja oli pärjäillyt vuosikymmeniä talossaan ilman sähkövirtaa ja lämmintä vettä. Miksei vastedeskin voisi tehdä samoin, sillä edellytyksiä vanhanmalliseen oleiluun oli ihan riittämiin? Niinpä perikunnan olisi pikimmiten pidettävä tapaaminen, jossa sovittaisiin suuntaviivat perikunnan talon tulevaan käyttöön.

Hän poistui talosta, käveli kiireisin askelin autolleen ja lähti ajelemaan kuntakeskukseen päin.

8.

Heti seuraavana päivänä Niilo soitti Iivarille ja kertoi tälle tiivistellen millaisia suunnitelmia hänellä oli perikunnan talon tulevaan käyttöön. Hän sanoi kutsuvansa asiasta kiinnostuneet perikuntalaiset pikimmiten kotitaloonsa keskustelemaan asiasta. Iivari vaikutti kiinnostuneelta ja lupautui osallistumaan tapaamiseen ja tapaamispäiväksi sovittiin saman viikon lauantai.

Puolilta päivin perikunnan vanhemmasta polvesta tilaisuuteen saapui useita henkilöitä kuulemaan, mistä tällä kertaa olisi kysymys. Perikunnan nuorempiin kuuluvat sen sijaan loistivat poissaolollaan. Useimmat heistä olivat jo pyyhkäisseet vanhan hirsirakennuksen muistojen joukkoon. He olivat vakuuttuneita siitä, että kaukaisen kantaisän aikaisesta kotitalosta ei tulisi koskaan sen syrjäisen sijainnin takia vetovoimaista rahasampoa, joka olisi tahkonnut perikuntaan kuuluville helppoa rahaa.

Niilo lausui paikallaolijoille asiaankuuluvat tervehdyssanat:

– No tervetuloa taas tähän taloon keskustelemaan siitä perikunnan talosta! On niin mukava että sitä vanhaa polvea on saapunut näinkin runsaslukusesti tähän tilaisuuteen. Mutta perikuntaan kuuluva nuorempi väki taitaa olla jo antautunut ensimmäisen takaiskun sattuessa ja se on minusta kovin valitettavaa.

– Meiän hemmoteltu nuorisomme haluais että kaikki tapahtus käen kääntessä! murahti Iivari. – Heillä on vielä paljon opittavaa.

– Tuo oli sulta napakasti sanottu! Ei mee aina niinko ihminen ajattelee. No mehän voiaan vapaamuotosesti keskustella tästä meiän yhteisestä asiasta. Anneli on taas tietenkin tekassut naposteltavaa, jotta jaksasimme jutella. Ja tämän tapaamisen päätteeksi syyään vielä makoisa kalakeitto.

– Onko se tämän vuoen lohesta keitetty? tiedusteli joku.

– Tämänvuotista lohta on. Käväsin toissapäivänä kolmannen kerran tälle vuoelle ongella ja nappasi.

– Oliko isompikin kala?

– Tuommonen kymmenkilonen.

– Ei kannata sentään Niilo liiotella! hymähti talonemäntä. – Se paino veestä nostettuna seittemisen kiloa ja perattuna huomattavasti vähemmän.

– Ei ruveta saivartelemaan tuon kokosesta asiasta, meillä ois juuri nyt tärkeämpääkin keskusteltavaa. Jos palattas taas niinko asialinjalle!

Iivari tuumaili:

– Voisikko sie Niilo kertoa niille muillekin siitä mitä oot suunnitellut? Minusta se ei ollut sulta hassumminkaan ajateltu. Niistä sinun suunnitelmistasi vois tosiaankin kehkeytyä jotain.

– Lyhyesti sanottuna se meiän matkailu- ja kulttuurihankkeemme on nyt tosiaankin lopullisesti hauassa, niinko minun rakas emäntäni tässä taannoin tapansa mukaan niin osuvasti asian ilmaisi. Nyt ois tarkotus tehä täyskäännös.

– No mitä tilalle? Oisin kovin utelias kuulemaan mimmoset mahtavat olla sulla tällä kertaa ne suunnitelmat, tiedusteli Niilon nuorempi velipoika.

– Vastaisuuessa panostetaan vaarivainaan kotitilan luonnonmukaisuuteen. Siis sitä taloa ei tartte entisöiä, koska se on jo ennestään kutakuinkin siinä tilassa ko se oli sillon vaarivainaan päivinä. Sillon ei ollut lämmintä vettä ja sähkövirtaa eikä ois vasteeskään. Oon jo kertonut Iivarille pääosin mitä oon suunnitellut ja minusta hän vaikutti aika myötämieliseltä. Nyt haluaisin tietää mitä te muut perikuntalaiset ajattelette asiasta. Jos löytyy tarvittavaa yksimielisyyttä, sillon voitaisinkiin pikkuhiljaa ruveta toteuttamaan niitä minun suunnitelmiani.

– Mutta kai nyt jotain lisättäisiin vaarivainaan kotitilalle?

– Oot oikeassa. Kyllä jonkun verran joutuu mukautumaan ajan vaatimuksiin. Siihen venevalkaman kohalle rantatöyräälle pystytettäisiin pienehkö saunarakennus. Oon jo alustavasti keskustellut rakennuslautakunnan puheenjohtajan kans tuosta asiasta ja hän ois valmis ottamaan tuon saunanrakennusurakan ihan kohtuuhintaan. Niinpä jos päästään yksimielisyyteen tästä asiasta, niin Tapsa vois apumiehensä kans ryhtyä saman tien hommiin ja ensimmäiset löylyt oisivat otettavissa joskus syksymmällä.

– Tuo sinun rantasaunasuunnitelmasi on minusta nasta juttu. Tosi hyvin oivallettu!

Iivari tuumaili:

– Voisikko Niilo kertoa vähän tarkemmin niistä suunnitelmistasi? Minusta ne on ihan näppärästi ajateltu. Ois mukava tietää mitä muut ajattelevat asiasta. Tuosta tulevasta rantasaunasta sie et muuten maininnut mitään, kun olimme viimeksi puhelinkeskustelussa.

– Se ei ollut vielä sillon suunnitelmassani, huomasin sen vasta myöhemmin. Et kai vastusta sitä rantasaunahanketta?

– Ja vielä mitä! En tietenkään vastusta. Se rantasauna ois hieno juttu. Sie oot tosiaankin aika hyvä hoksaamaan. Voisikko kertoa kokonaisuuessaan näille muille, mitä oot ajatellut?

– Perikunnan talo otetaan ympärivuotiseen käyttöön. Se ei oo mikä tahansa oman onnensa nojaan jätetty vanha hirsirakennus niinko jokkut kuvittelevat. Vaarivainaan kotitilan luonnonmukaisuus ois vastaisuuessa sen vahvin valtti, johon kannattaa satsata. Maanteien varsilla on jo ihan tarpeeksi toinen toistaan mahtavampia turistisyöttejä, joten aivan turha meiän on hakea siltä suunnalta käyttöä perikunnan taloon. Ois ollut tietenkin aivan eri juttu, jos se meiän sillonen hankkeemme ois toteutunut. Sillon tuo meiän matkailu- ja kulttuurihankkeemme ois ollut aikamoinen vetonaula sitä uutta tietä pitkin kulkeville matkustavaisille. Mutta mennyt mikä mennyt, siitä ei kannata enää puhua!

– Sie sanoit että otettaisiin ympärivuotiseen käyttöön. Nyt en oikein ymmärrä, keskeytti joku Niilon selvittelyn.

– Anteeksi, asia tuli ehkä epätarkasti ilmaistuksi! Tarkotin että vaarivainaan kotitalo ois ympäri vuoen käytettävissä. Ei siellä tietenkään jatkuvasti asuttas mutta vuoen joka ikisenä päivänä paikallisilla ois sinne tietyillä ehoilla ilmanen pääsy. Kesäkuukausien ja keväthankien aikaan vois olla suorastan tunkua taloon ja vastapainoksi oisivat taas ne syänkaamoksen hiljaiset päivät.

– En oikein vieläkään ymmärrä. Voisikko selittää tarkemmin!

– Ei nämä minun suunnitelmani oo mitään tuulesta temmattuja päähänpistoja, kyllä niitä on aika syvällisesti harkittu. Oon keskustellut Iivarin kanssa tästä asiasta ja hän tuntuu olevan pitkälle samoilla linjoilla minun kanssani. Ja oon jutellut myös kirkkotulkkimme kanssa, niin että Leemettikin on tietoinen suunnitelmistani. Me voisimme toimia vastuuhenkilöinä perikunnan talon tulevassa käytössä. Kai tuollanen järjestely sopii teille muillekin?

– Te oisitte ilman muuta ne sopivimmat henkilöt tuohon hommaan, totesi Niilon sisko.

– Meillä kolmella ois kullakin avain perikunnan taloon. Halukkaat voisivat noutaa meiltä avaimen. Me oisimme keskenämme yhteyessä ja näin ollen oisimme tietoisia siitä että kellä tai millä porukalla kulloinkin on avain. Näin vältyttäisiin päällekkäiskäytöltä.

– Sie mainitsit niistä tietyistä ehoista. Mitähän ne mahtavat olla?

– Hyvä kysymys muuten sinulta, Maarit! Noihin ehtoihin sitoutuminen avaa paikallisille ilmaisen pääsyn taloon. Ja muutama sana niistä ehoista. Tärkeimpänä ehtona perikunnan talossa oleiluun on että siinä on elettävä ihmisiksi. Vaarivainaja oli tarkka tavoistaan ja Pirita-mummo toimelias talonemäntä ja juuri siitä syystä tuo talo on vielä nytkin noin hyvässä kunnossa. Talossa vierailijoiden tulisi muistaa tuo asia. Vanhaa rakennusta tulee hellävarasesti käsitellä, lähtiessä siivotaan jäljet ja jätetään talo siihen tilaan kun se oli siihen tultaessa. Jokainen kun tuntee vastuunsa, sillon perikunnan talo vois olla ympäri vuoen käytettävissä.

– Tarkkaan on näemmä velipoika ajatellut asiaa. Siinäkö kaikki?

– No siinä ois ne päälinjat.

– Siis muutakin ois?

– Joitakin tarkennuksia. Jos talossa ois tarkotus yöpyä, sillon tulijoilla pitää olla omasta takaa vuoevaatteet, jotka on tietenkin vietävä mennessä mukana. Talvisaikaan talossa oleilijoien on lähtiessä huolehittava siitä että uunin kupeessa on sytykkeitä ja jonkin verran kuivia pilkkeitä seuraavia tulijoita varten. Ja ois tietenkin muutakin muistettavaa.

– Nuo sinun suunnitelmasi ovat tosi kiinnostavia mutta joienkin mielestä ehkä liiankin anteliaita! huomautti joku. – Meiän tulisi ottaa ainakin jossain määrin huomioon myös perikuntaan kuuluvien nuorempien näkemykset asiasta. Ja itte kyllä vähän epäilen että voiko pelkällä hyväntekeväisyyellä huolehtia tuon vanhan hirsirakennuksen monenmoisista tarpeista. Onko perikunnallamme taloudellista kantokykyä sellaseen?

– Tuo oli kipakka mutta samalla asiallinen huomautus. Oon pohiskellut tuotakin puolta. Mulla ois ratkaisu sen taloudellisen puolen hoiteluun. En oo vielä kertonut suunnitelmistani Iivarillekaan.

– Voisikko kertoa suunnitelmistasi!

–Tietenkään pelkällä hyväntekeväisyydellä perikunnan talon tarpeista ei voi huolehtia. Tarttis olla muutakin. Talon tulevassa käytössä ois kaksi toisiaan täyentävää puolta. Ensinnäkin ois se ei-kaupallinen puoli, jota sie kutsuit hieman harhaanjohtavasti hyväntekeväisyydeksi. Tuolla ei-kaupallisella toiminnalla varmistettaisiin että perikunnan talo ois ympäri vuoen mahollisimman paljon käytössä, jottei pääsisi rapistumaan. Siis siinä ois meillä perikuntalaisilla oma lehmä ojassa. Ja toisekseen ois se liiketaloudellinen puoli, josta vois saaha tarvittavia tuloja talon ylläpitoon ja muihin vastaaviin kulunkeihin. Toisin sanoen meillä ois jonkun verran myös liiketoimintaa.

– Nyt alkaa polttaa. Juuri tuollasta me tarttisimme. Tuo on tosi hyvin ajateltu, Niilo!

– Vaikuttaa varsin mielenkiintoiselta, totesi Iivari. – Voisikko Niilo kertoa meille mitä kaikkea tuohon sinun liiketoimintaasi kuuluisi!

– Tuo liiketoiminta ois aika pienimuotoista. Loppujen lopuksi meillä on monenlaisia mahollisuuksia. Toisin sanoen meillä ois nyt semmonen tuhannen taalan paikka niinko oon kuullut nykynuorten sanovan. Vaarivainaan kotitalo siihen kuuluvine ulkorakennuksineen Pannepieranjärven länsipäässä on komealla paikalla. Kesäisin suorastaan pikkuparatiisi. Vaikka järveä on takavuosina ylikalastettu, niin siinä alkaa olla kuulemma taas aika mukavasti kalaa. Eikö tuossa ois jo aika paljon aineksia, joien varaan vois kehitellä jonkinlaista liiketoimintaa!

– Ja varmasti ois. Voisikko antaa joitakin esimerkkejä!

– Meillä vois olla esimerkiksi ulkopuolisille tarkotettua leiritoimintaa. Ja se ois tosiaankin maksullista. Vaarivainaan kotitila sopisi mainiosti myös virkistyskäyttöön. Sekin ois tietenkin ulkopuolisille maksullista. Kesäisin vois saunoa ja käväistä välillä järvessä pulikoimassa. Oon ottanut selvää että kenellä tai keillä on nautintaoikeus tuohon järveen. Vaarivainajalla oli tapana puhua "siitä minun järvestäni" muttei hänellä tietenkään ollut siihen yksinomistustusta. Arkistotietojen mukaan tuon järven ensimmäinen nimellä mainittu käyttäjä on ollut muinainen Pannen Piera, johon vaarivainajalla oli äitinsä välityksellä suora kytkös. Oikeastaan tämän perän paikalliset ovat melkein kaikki jonkin kytköksen kautta tuon Pannen Pieran jälkeläisiä. Siis se järvi ois tämän perän paikallisten yhteistä omaisuutta. Niinpä ei kannata ruveta tinkaamaan siitä että kenellä ois siihen minkä verran omistusoikeutta vaan se ois "meiän kaikkien yhteinen järvi".

– Tuo Pannen Piera oli muuten vaarivainaan isoisä. Ja oon kuullut puhuttavan että sillä ois ollut jonkinlainen asumus siinä jossain järven rantamilla mutten tiiä tarkalleen että missä, tuumaili Iivari.

– Pitää paikkansa. Tuolla kaukaisella kantaisällämme on ollut siellä jossain jonkinlainen pyyntikota tai alkeellinen asumus, joka on sittemmin aikain saatossa kaonnut jäljettömiin. Mutta jos palattas taas nykyhetkeen!

– Me ootamme jännityksellä jatkoa, totesi joku.

– Muutama sana ensin siitä ei-kaupallisesta käytöstä. Kunta vois järjestää halutessaan yleishyövyllistä toimintaa vaarivainaan kotitilalla, esimerkiksi pitää välillä kokouksiaan talossa. Paikalliset voisivat järjestää siinä leirejä ja muita vapaa-ajan toimintoja. Talvella järjestettäisiin perikunnan toimesta pilkkikisoja ja kesäisin taas ois niitä onkikilpailuja.

– Eikä sais unohtaa myöskään meiän seurakuntaamme! Silläkin vois olla omia tarpeitaan, huomautti Leemetti. – Kirkkoneuvosto vois pitää toisinaan perikunnan talossa niitä kokouksiaan. Siinä vois järjestää hartaustilaisuuksia ja talossa voitaisiin pitää välillä myös se seurakuntamme jumalanpalvelus. Vaarivainaan kotitila sopisi minusta aika hyvin myös rippikoululeirien pitoon.

– Näppärästi ajateltu, Leemetti! Niinpä seurakuntamme rippikoululeiri järjestettäisiin useimmiten kirkkotuvilla ja silloin tällöin myös perikuntamme talossa. Nuo kunnan ja seurakunnan järjestämät tilaisuuet oisivat tietenkin maksuttomia.

– Tuokin on varsin viisaasti ajateltu, totesi Iivari.

– Ja sitten siihen ulkopuolisille tarkotettuun liiketaloudelliseen puoleen!

Mainitsin että paikallisilla ois ilmanen pääsy taloon "tietyillä ehoilla". Nuo ovat oikeastaan ne avainsanat perikunnan talon tulevassa käytössä. Noilla sanoilla tarkotan sitä että paikallisilla ois asianmukasesti käyttäytyessään ilmanen pääsy taloon yhellä poikkeuksella. Ja se taas tarkottaa sitä että mikäli taloon ois tulossa ulkopuolisia, niin sillon paikalliset joutuisivat väistymään heiän tieltään. Tuolla poikkeuksella varmistettaisiin tarvittavat tulot perikuntamme talon tulevaan ylläpitoon.

– Aika mutkikasta, aika mutkikasta! Kai se on noin.

– Velipoika on se kaikkein perinpohjaisin tämmösissä asioissa! naurahti Maarit.

– Pitkäaikaisena kunnallispoliitikkona oon tottunut lähestymään käsiteltäviä asioita monelta kantilta pohiskellen. Ja sitten mulla ois vielä yksi asia. Muutaman päivän päästä onkin jo juhannus. Mitä jos me perikuntalaiset kokoontuisimme joukolla aatonaattona talkoisiin vaarivainaan kotitilaan! Siivottaisiin porukalla se pihapiiri ja kateltaisiin yhessä mitä kaikkea tuon vanhan rakennuksen eteen vois vielä tehä, jotta se ois valmis vastaanottamaan ensimmäiset ulkopuoliset vieraat. Ja jos sattuu olemaan aurinkoista, niin voisimme Iivarin kans tervata sen veneen, joka on viety sinne kohta vaarin kuoltua. Se voi olla kuitenkin jo sen verran huonossa kunnossa että meinaan viiä varmuuen vuoksi peräkärryssä sinne sen pienemmän verkonlaskuveneeni. Niinpä voiaankin jo lähteä kattomaan, kuinka hyvin rakas emäntäni on tällä kertaa onnistunut sen kalakeittonsa kanssa.

9.

Jo aamusella aatonaattona saapuivat ensimmäiset perikuntalaiset edesmenneen Kunnan-Joosepin kotipaikkaan Jooseppilaan. Puolilta päivin jyrryytti paikalle Niilo emäntä vieressään ja pienehkö vene peräkärryn päällä, ja kohta kurvasi perikunnan talon pihamaalle Iivari tarvittavat veneentervausvälineet autonsa takakontissa. Pitkin päivää paikalle saapui yhä enemmän väkeä. Silmiinpistävää oli perikunnan nuoremman väen runsaslukuisuus. Kaikki alkoi olla valmista talkoisiin ryhtymiseen.

Tapansa mukaan Niilo otti aloitteen käsiinsä ja jutusteli:

– Antoisaa aatonaattoa, hyvät perikuntalaiset! Oomme nyt porukalla kokoontuneet tänne Jooseppilaan talkoisiin. Oon tosi tyytyväinen että ehotukseni on saanut näin laajasti vastakaikua. Ja mikä sen mukavampaa, kun se säätiiotuskin on lupaillut oikein komeaa juhannuksenseutua. Perikunnan talon tulevaan käyttöön liittyvät tapaamiset on nyt lopullisesti takanapäin ja viimein ois koittanut se toiminnan hetki.

– Kesti aika kauan mutta ratkaisu löytyi lopulta, totesi Iivari.

– Älä jo muuta! Onneksi löytyi. Toivottavasti mahollisimman moni muisti ottaa mukaansa telttailuvälineet niinko mie olin toivonut ja varmuuen vuoksi nappasin mukaani pari pikkutelttaa. Toimelias emäntäni on ottanut vastuulleen sen ruokapuolen hoitelun – on kuivaalihaa, suolasiikaa, säilykepurkkeja, leipää, keksejä, kahvia, mehua ja muuta pientä. Ja perikunnan vastuuhenkilöt ovat järjestäneet muutaman onki- ja heittelyvavan, jotta meiän nuorisomme vois kokeilla saisko tuosta järvestä jonkin verran myös tuoretta kalaa. Voi heitellä joko rannasta käsin tai veneestä. Ja myös soutaen voi kokeilla sattusko tärppäämään. Mutta kaikenlainen verkostelu on ehottomasti kielletty perikunnan vesillä.

– Mutta mitä Mettähallitus tuohon meinailee?

– Se on meiän järvemme. Mie muuten toin useita käytettyjä jauhosäkkejä ja muutaman hurstisäkin, joihin vois keräillä ylimääräistä roinaa, mitä sattuu löytymään. Ja nyt kipin kapin hommiin! Ensimmäinen tauko ois parin tunnin kuluttua.

Perikuntalaisten nuorempi väki ryhtyi tarmolla talkoisiin. He keräilivät vanhan hirsirakennuksen pihapiiriin vuosien myötä kertyneitä pahvilaatikonpalasia, tyhjiä säilykepurkkeja ja pulloja sekä muuta roinaa. Perikunnan vanhimpaan polveen kuuluvat siirsivät Niilon tuoman veneen vesille. Sitten Niilo ja Iivari astelivat tutkailemaan talviteloille vedettyä venettä. He huomasivat, että vuosikausia käyttämättömänä ollut vene oli pohjasta hieman halkeillut ja muutenkin ravistumaisillaan. Näppäräkätinen Iivari tuumaili, että kyllä tuosta kärsivällisyydellä ihan vesillevietävä kulkuneuvo syntyisi ja lupasi paikkailla veneen, jonka he sitten kaksin tervaisivat.

Talkoisiin lähtenyt naisväki touhuili omia hommiaan. He valmistivat parhaillaan välipalaa kohta pikkutauolle palaaville talkoolaisille ja illaksi heillä oli tarkoitus kokkailla jotain tukevampaa suuhunpantavaa. Sen jälkeen voisikin pystyttää teltat ja valmistautua vastaanottamaan Lapin suven ehdoton kohokohta asiaankuuluvalla tavalla. Niinpä illansuussa voisi jo haalia jonkin verran juhannuskokon aineksia järven karikkoiselle rannalle ja ne innokkaimmat talkoolaiset voisivat käväistä vielä tänään kokeilemassa kalamiehen taitojaan.

Nuoremman polven talkoolaiset poikkesivat välipalalla ja riensivät taas jatkamaan keskeneräistä työtään. Kaikki olikin jo valmiiksi laitettu, kun he lopettivat työnsä sille päivälle. Järven rantatöyräällä lepatteli nuotio, jonka ympärille oli kokoontunut varttuneempaa väkeä.

– Hyvä että meiän nuorisommekin tajusi tulla syömään, ei se taas niin oo hoppu sen siivouksen kanssa, tuumaili Anneli. – Perikunnan naisväki on lupautunut huolehtiin siitä että ainakin ruuan suhteen meiän pitäis pärjäillä pari päivää täällä.

Niilo katsahti vaimoonsa ja jutusteli:

– Oon kovasti kiitollinen että perikuntamme naisväki on lähtenyt joukolla tänne Jooseppilaan talkoisiin ja juhannuksen viettoon. Voisimme aivan hyvin yöpyä tuossa talossa, jokaselle löytys varmasti nukkumapaikka. Ja sisällä vois myös syyä, siellä tuvassa kun on hyvin toimiva uuni ja on lautasia sekä muita ruokailuvälineitä. Oomme kuitenkin päättäneet oleilla muutaman päivän täällä ulkosalla. Toisin sanoen me ollaan nyt täällä Jooseppilassa pikkuhommissa ja samalla telttailtaisiin ja retkeiltäisiin aivanko ne etelän ihmiset. Eikö se ois aika soma kokeilla välillä sillä tavalla? Voiaankin kai jo kohta ruveta syömään!

Kuivaa muonaa oli ihan riittämiin ja oli kahvia sekä mehua ja niinpä jokainen sai syödä kyllikseen.

– Muistatteko Niilo ja Iivari, kun me ruukasimme oleilla sillon poikasena kesäisin täällä vaarin ja mummin luona? tiedusteli Leemetti.

– Jo vaan muistankin. Siitäkin jo vuosia. Ne oli ihania aikoja ja vaari ja mummi olivat täysissä voimissaan. Sillon 30-luvun alkuvuosina elettiin näillä perillä niukkoja aikoja mutta täällä Jooseppilassa me oltiin kuin herran kukkarossa kaukana tämän maailman melskeistä, tuumaili Iivari.

Niilo selitti:

– Tämä Jooseppila toimi aikoinaan jonkinlaisena kesäsiirtolana isovanhempieni lastenlapsille. Tuossa järvessä me serkukset pulikoitiin ja toisinaan kalasteltiin. Meillä pojilla oli omat tapamme saaha rattoisasti aika kulumaan ja niillä tytöillä taas oli ne omat ajankulunsa. Sillon ko olin vielä työelämään kykenemätön pojannulikka, niin isä ruukas kohta jäienlähön jälkeen tuumailla että nyt mie vien sinut sinne mummolaan, jotta voin rauhassa puuhailla täällä kotosalla. Niinpä muutaman kesän vietin täällä. Mutta kun olin häin tuskin toisella kymmenellä, niin isä anto ymmärtää että nyt oli lapsuuen leikit leikitty ja minun piti olla siellä varsinaisessa kotipaikassani hänelle apumiehenä tuomassa oman lisäni perheemme toimeentuloon. Lepäile rauhassa, rakas Volmari-isäni!

– Se elämä oli sillon tuommosta, totesi Leemetti. – Meiät tosiaankin tuotiin kesän kynnyksellä tänne Jooseppilaan. Kaikkitietävän vaarin ja maanläheisen mummin välityksellä saimme vahvan tuntuman elämään. Ittekin vietin täällä muutaman kesän ja minunkin lapsuuteni oli kohta takanapäin ja minun piti olla kypsä astumaan siihen varsinaiseen elämään.

– Tuo teidän jutustelunne on kulttuuritietoutta parhaimmillaan. Teidän lapsuudenajan kokemukset tulisi ehdottomasti tallentaa vastaisen varalle, totesi Niilon suomalaistaustainen miniä.

– Sie Hannele voisit haastatella ja nauhoittaa sitä varttuneempaa väkeä. Jotkut heistä ovat varsinaisia tietolähteitä siitä miten täällä päin on aikoinaan eletty, sanoi Anneli.

– Kai sinäkin tiedät aika paljon niistä vanhoista asioista?

– Tietysti tiiän miekin jonkun verran mutten läheskään yhtä syvällisesti kun sinun appiukkosi. Talonemäntänä ja lapsiperheen äitinä minun elämäni on ollut sen verran työntäyteistä etten oo juuri enää jaksanut ajatella niitä muita asioita.

– Tietysti oisin Hannele valmis sinun haastateltavaksi ja siitä varttuneemmasta väestä moni muukin on aika hyvin perillä siitä, miten tääläpäin on takavuosina eletty, tuumaili Niilo.

– Mukava kuulla. Asia kiinnostaa minua.

– Ja nyt asiasta toiseen. Ilta alkaa olla näemmä jo pitkällä. Ne näppärimmät voisivat nyt pystyttää ne teltat. Käsitykseni mukaan telttoja on ihan riittävästi, niin että jokaselle löytyy varmasti nukkumapaikka. Se minun tuomani vene on nyt vesillä. Niinpä jokkut voisivat jo nyt käväistä kokeilemassa kalaonneaan.

– Miten te ruukasitte vaari pyytää? kysäisi Niilon vanhin lapsenlapsi.

– Etupäässä verkosteltiin, Heikki! Ja joskus soutamalla ongittiin perholla. Se nykynen heittelypyynti ei ollut vielä sillon tääläpäin käytössä.

– Sie tarkotat sitä virvelöintiä.

– Sitä tarkotan. Niinpä te voitte heitellä, joko lipukalla tai pikkulusikalla. Teille on järjestetty vavat ja vieheet. Luultavasti tärppää. Tuossa järvessä on kalaa.

– Ja talvella te kai pilkitte?

– Se pilkkiminenkin oli siihen aikaan melko tuntematon asia tääläpäin. Varttuneempi väki ruukas toisinaan juomustaa talvikalaa. Mie seurasin joskus heiän touhujaan ja tulin huomaamaan että kovan takana oli kalan saanti talvipakkasilla. Nyt halukkaat voisivat käväistä kalalla ja sie Iivari kai voisit antaa heille ne vavat ja vieheet! Ja me muut voisimme ajankuluksi ennen nukkumaanmenoa kasailla jotain poltettavaa juhannusyönä poltettavaa kokkoa varten.

10.

Juhannusaatto koitti aurinkoisena ja nuorimmaiset olivat jo aamutuimaan jalkeilla. He kirmailivat kirkuen järvenrannalla ja varttuneemmatkin heräilivät ja kömpivät ulos teltasta.

Naisväki oli jo kohta nuotion ääressä valmistelemassa jotain syötävää. Niilo asteli paikalle ja tuumaili:

– Hyvä että päästään hyvissä ajoin päivän alkuun. Meillä ois yhtä ja toista tehtävää. Se nuorempi väki vois jatkaa sitä siivoustaan ja tänään voitaisiin tutkailla sitä taloa sisältäpäin ja kattoa mitä kaikkea sen eteen vois tehä, jotta se ois valmis vastaanottamaan muualta tulevaa väkeä. Ja Iivari meinaa tänään paikkailla sitä venettä ja hyvällä lykyllä voisimme Iivarin kans jo huomenissa tervata sen. Ois hyvä että perikunnan talossa on kaks käyttökelposta venettä.

– Miten sie oot ajatellut järjestää sen polttopuuhuollon? tiedusteli Leemetti.

– Tuo onkin aika kiperä kysymys. Oon pohiskellut tuotakin asiaa. Jokkut voivat pitää ehotustani liiankin anteliaana perikunnan talossa oleileville paikallisille. Oon ajatellut että perikunta vois huolehtia siitä että tässä talossa ois vastaisuuessa jatkuvasti polttopuuta. Onhan meillä mettäpalstoja ja Iivarin vävyllä traktori ja niinpä voisimme yhessä tuumin varmistaa että siinä liiterin seinää vasten kököttää käyttövalmiina koivunrunkokeko niinko sillon vaarivainaan aikaan ja halonhakkuupaikalla on sahapukki ja hakkuupölkky, jämäkkä halkasukirves ja hyvässä terässä oleva pokasaha.

– Tuo on oikeastaan aika näppärästi ajateltu. Ei kannata ruveta erottelemaan että onko talossa oleilija paikallisia vai muualta tulleita. Sellanen lietsoo vaan eripuraa käyttäjien välille, mikä ei varmasti tekisi hyvää perikunnan talon tulevalle käytölle.

– Tuo on meiän kirkkotulkiltamme viisaasti ajateltu. Ollaan näemmä tässä asiassa samoilla linjoilla. Ja nyt mie näytän meiän nuorimmaisille, miten se illalla pyyetty pikkutaimen paistetaan nuotiolla. Mie oon jo tekassut paistintikun. Muutama sana kalan paistamisesta. Tiivisrakenteinen taimen sopii tikussa paistamiseen paremmin kuin rautu. Mutta pannussa paistamiseen tämän järven rautu on ihan verraton kala. Jooseppi-äijä ruukas kehuskella että paistinkalana hänen järvensä rautu hakkasi mennen tullen lohen ja pahotti puheillaan useammankin tenolaisen mielenrauhan. Ja tämän teiän eilisen kalan paistaminen on aika helppo juttu, koska se on sen verran pieni että sitä ei tartte halkaista. Ei muuta ko tuikataan paistintikku pitkittäin läpi, kas näin! ja ripautetaan hieman suolaa päälle ja sitten nuotion paahteeseen tikkua pyöritellen paistumaan ja kohta voittekin jo syyä yhessä sen saaliinne veljellisesti jakaen.

– Kai meiän kalamiehille selvisi nyt tuo asia? hymähti Anneli.

– Kaikki on selvää, mummo! Me paistetaan se kala ja syyään.

Niilo puheli:

– Taianpa lähteä hieman käveleskelemään ja verestelemään vanhoja muistoja ajalta, jollon miekin olin vielä nuori. Te muut voitte sillä aikaa syyä. Jossain välissä meiän pitäs tehä se kokko valmiiksi, jotta voitaisiin ens yönä nykysen tavan mukaan ottaa railakkaasti vastaan kesän tulo tänne pohjan perukoille.

Aamupala oli syöty ja perikunnan väki saattoi hyvissä ajoin ryhtyä päivän toimiin. Nuorempi väki riensi jatkamaan keskeneräistä työtään. Iivari lähti paikkailemaan venettä ja innokkaimmat pojat olivat jo kohta valmistautumassa kalalle. Päivän pääruoka oli tarkoitus syödä joskus iltapäivän alussa.

Niilo käveleskeli järven rantamilla menneitä muistellen. Hän seisahti tähyilemään järvelle päin ja tajusi, että Pannepieranjärvi oli karunkaunis erämaajärvi ja jokseenkin harvinainen siinä esiintyvän punakalan ansiosta. Isovanhempien luona vietetyt lapsuudenkesät olivat vielä hyvin mielessä. Se oli sitä vanhaa aikaa, elämä oli sittemmin kovasti muuttunut myös näillä pohjan perillä. Hän asteli taas perikunnan naisväen luokse, söi jotain ja joi kahvikupillisen päälle ja lähti sitten Iivarin luokse tälle apumieheksi veneenpaikkaukseen.

Kun veneenpaikkaajat astelivat nuotion ääreen, niin useimmat olivat jo syöneet.

Iivari jutusteli:

– Siinä veneessä on näemmä enemmän paikattavaa ko mie olin luullut. Käyttämättömänä vene ravistuu muutamassa vuoessa. Onneksi Niilo autteli minua. Luultavasti huomenna puolilta päiviltä se vene ois paikattu ja ehtisimme Niilon kans tervata sen ennenko lähetään kotia.

– Meillä oiskin aika tiukka aikataulu tälle päivälle, totesi Niilo. – Kun ollaan Iivarin kans syöty, niin voiaankin lähteä porukalla kattomaan millaselta se talo sisältäpäin näyttää. Sillon perikunnan nuorimmaisilla ois tilaisuus tutustua siihen vanhaan hirsirakennukseen. Ja sen jälkeen pitäis lähteä viimeistelemään sitä meiän kokkoa, jotta voisimme tuikata sen tuleen heti aaton kääntyessä juhannusyöksi. Ja sitten voitaisiinkin syyä ja juhlia juhannusta.

Perikuntalaiset lähtivät tutustumaan taloon. Nuoremmalle väelle se oli useimmille tuttu vain varttuneemman väen muistelusten välityksellä. Niilo avasi ulko-oven ja niin he astuivat sisään. Hän puheli:

– No miehän voin esitellä paikkoja niille, jokka eivät oo aikasemmin käyneet täällä. Tulimme just tuon eteisen kautta tänne pirtin puolelle. Tuossa on se hiljattain nuohottu uuni. Oon kokeillut sitä ja se vetää tosi hyvin. Tuossa taas on se muinainen astiakaappi, jossa on ne astiat ja pannut ja muut tarvittavat ruokailuvälineet. Ja tämä hieman mahtaileva ruokapöytä on vahvaa tekoa ja sen ääressä voi ihan sivistyneesti aterioia semmonen vaateliaampikin ihminen. Useampikin herra on nauttinut siinä mummivainaan valmistamaa ruokaa.

– Tämä on iso talo, totesi joku perikunnan nuorimmaisista.

– Sitä varmasti on. Ja samalla tosi komea ihan asiantuntijoien mielestä.

– Miten sie oot Niilo ajatellut järjestää tämän talon valaisupuolen? Ookko ajatellut asiaa? tiedusteli Anneli.

– Kyllä tuotakin asiaa on ajateltu. Minusta sopivin valaisin tähän taloon ois lyhty. Se on semmonen helppokäyttöinen ja turvallinen valaisin. Mutta kynttilöien käyttö on ehottomasti kielletty tässä talossa. Siellä aitassa on jokunen vaarin ja mummin aikainen lyhty mutta ne saavat olla vasteeskin siellä museoesineinä. Hommataan kaupasta muutama tuliterä lyhty ja järjestetään ulkoportaien viereen parafiinisäiliö, josta voi tarvittaessa ottaa polttoainetta.

– Tuo on ilman muuta se paras tapa pitää pimeän aikaan tässä talossa ees jonkunlainen valaistus, totesi Leemetti.

– Nyt voiaankin lähteä kattelemaan niitä ullakkohuoneita.

He kipusivat yläkertaan, ja Niilo jatkoi esittelykierrostaan.

– Ja täällä vintilläkin on rutkasti tilaa. On kolme kamaria, muutama komero ja isovanhempieni makuuhuone. Tuossa kamarissa on aikoinaan oleillut isovanhempieni kaksi vanhinta poikaa – toisin sanoen isävainajani ja tuon Leemetin isä Uula. Ja tuossa suurimmassa kamarissa ne muut pojat, siis myös Antti-setäni, joka muutti kohta soan päätyttyä etelään ja elelee vieläkin siellä Helsingissä. Tuon pienimmän kamarin taas jakoivat talon tyttäret Birit ja Kaisa. Noissa kamareissa vois oleilla ihmisiä. Ja sitten on vielä se isovanhempieni makuuhuone. Mehän voiaan käväistä sitäkin vilkasemassa.

Niilo kertoili:

– Reilut viiskytä vuotta toimi tämä huone isovanhempieni makuuhuoneena. Ja mummin kuoltua vaari oleili vielä muutaman vuoen tässä huoneessa. Tällä huoneella on aivan erityinen merkitys meille perikuntalaisille ja niinpä se on täysin rauhoitettu ulkopuolisten käytöltä. Ja tämä koskee niin paikallisia kuin muualta tulleita. Niin että kattoa saa muttei koskea, niinko on tapana sanoa! Voiaankin taas lähteä sinne alakertaan!

Perikunnan nuorimmaiset silmäilivät esivaarin aikaista avaraa tupaa.

Varttuneempi väki jutteli tuota ja tätä talon tulevasta käytöstä.

– Mutta onkohan tässä talossa Niilo tarpeeksi sopivia sänkyjä? kysäisi joku.

– Ei oo. Niitä vanhan ajan sänkyjä on muutama mutta ne eivät enää oikein sovi nykykäyttöön. En oo tosiaankaan hoksannut ajatella tuota asiaa.

– Mulla ois ratkaisu tuohon asiaan, totesi Anneli.

– Millanen?

– Mehän tilataan etelästä niitä uuen ajan hetekoita. Ne on halpoja, kevytä ja helppokäyttöisiä. Ja samalla hommattaisiin niihin hetekoihin sopivia vaahtomuovipatjoja. Eikö tuo ois sitä nykyaikaa?

– Kannatetaan! Tuo ois ilman muuta se paras ratkaisu. Taiankin lähteä vielä paikkailemaan sitä venettä, jotta se tulis huomenna tervatuksi. Te voitte sillä aikaa valmistella sitä kokkoa ja mie tuun sitten jossain välissä teiän luokse juhlimaan juhannusta, tuumaili Iivari ja lähti jatkamaan keskeneräistä työtään.

Komea kokko oli rantakarikolla odottamassa käyttöä. Naisväellä oli kaikki valmiina juhannusyön viettoa vartan. Iivari tuli aika myöhään muiden luokse ja oli omien sanojensa mukaan varma siitä, että vene tulisi ennen kotimatkaa tervatuksi.

Niilo jutusteli:

– No mehän kokkoillaan niinko muukkin tässä maassa, toisin sanoen juhlitaan yhessä tätä keskikesän suurta tapahtumaa. Sillon vaarivainaan aikaan tämäkin oli jokseenkin tuntematon asia täälläpäin. Mutta ajat muuttuvat – uutta tulee jatkuvasti ja vanha joutuu monesti väistymään. Se on kai sitä elämää vain. Elämän ikuista kiertokulkua, niinko oon kuullut sanottavan.

– Ja me pojat taas meinataan tänä yönä myös onkia, vaari!

– Tuo on sitä oikeaa puhetta. Te voitte ongiskella. Mutta ensin sytytetään se kokko ja syyään jotain ja sitten voitte lähteä järvelle.

Kaikki olivat koolla kokon ympärillä keskiyön lähestyessä. Aaton kääntyessä juhannusyöksi suvun nuorimmaisista joku tuikkasi kokon tuleen ja kohta naisväki oli jo järjestelemässä jotain syötävää. Innokkaimmat kalamiehet hotkaisivat jotain suihinsa ja kiirehtivät onkimaan. Varttuneemmat söivät rauhallisesti ja menivät sitten hiljalleen hiipuvan kokon ääreen juttelemaan.

– Tämä on ollut kannattava reissu. Epäilin että jouanko lähtemään, koska mulla sattui olemaan juuri tuolloin muutakin tekemistä. Seurakunnan juhannusaaton hartaustilaisuuessa ois tarttettu tulkkia mutta onneksi se minun varamieheni lupasi hoiella sen tulkkauksen, tuumaili Leemetti.

– Niin että mie voin kohta ilmottaa Tapsalle että perikunta tarttis ammattitaitosta timpuria. Muutaman kuukauen kuluttua meillä ois täällä myös rantasauna. Se vois olla kesäisin aikamoinen vetonaula täällä oleileville muualta tulleille – upea sauna kirkasvetisen erämaajärven rantatöyräällä, suorastaan pikkuparatiisi näihin pohjoisimpiin oloihin tottumattomille vieraillemme.

Oli jo aamuyö ja kokko oli sammumaisillaan. Pojat tulivat riehakkaina muiden luokse onkireissultaan saaliinaan pikkutaimen ja muutama rautu.

– Kas meiän kalamiehiä! hymähti Anneli.

– Mitä mie sanoin! Tuossa järvessä on kalaa, totesi Niilo. – Nyt voitte perata ne kalat ja sitten voiaankin mennä muutamaksi tunniksi lepäilemään. Heti herättyä joku teistä vois paistaa nuotiolla tuon taimenen niinko mie eilen näytin. Ja ne rau´ut me käyään siellä tuvassa pannussa paistamassa. Sillon näette miten vaivattomasti noista kaloista saahaan tosi maittava ruoka. Ja sen jälkeen voiaankin jo lähteä Iivarin kans veneentervaukseen. Ja illansuussa syyän vielä jotain, keräillään kamppeet kasaan ja lähetään kotimatkalle. Toivottavasti meiän nuorimmaisille jäis tästä juhannuksenvietosta mukavat muistot, joita ois soma myöhemminkin muistella – että muistatteko kun me oltiin silloin siellä Pannepieranjärvellä hommissa? Siitäkin jo monia vuosia. Meiltä ei puuttunut mitään. Se oli loppujen lopuksi hyvää aikaa.

11.

Rakennuslautakunnan puheenjohtaja oli apumiehensä kanssa ryhtynyt ranta-saunan tekoon. Hetekat ja vaahtomuovipatjat oli tilattu, lyhdyt hankittu. Oli jo sovittu, että perikunnan talo olisi vielä tämän kesän täysin perikuntalaisten käytössä ja syksymmällä se otettaisiin suunniteltuun käyttöön. Iivarin vävy oli tuonut traktorikuormallisen koivunrunkoja puuvajan edustalle. Perikunnan miesväki oli joutessaan sahaillut niitä ja pilkkonut halot sopivankokoisiksi klapeiksi ja heittelyt ne liiteriin kuivumaan tulevaa käyttöä varten.

Edesmenneen Kunnan-Joosepin jälkikasvu yritti parhaansa mukaan hyödyntää tuota lyhyttä ajanjaksoa. Pojille oli jo aika hyvin avautunut järvipyynti. He paistoivat pyydetyt taimenet nuotiolla tikussa ja raudut taas paistuivat pannussa tuvan hellalla. Molemmat veneet olivat ahkerassa käytössä. Perikuntaan kuuluvilla tytöillä taas oli omat ajankulunsa ja harrastuksensa.

Sillä välin tienteko oli edistynyt suunnitelmien mukaisesti. Parhaillaan tieuraa avattiin maastollisesti vaikeimman kohdan läpi. Räjäyttämisten äänet ja raskaiden tiekoneiden jyrinä kantautuivat järven länsipäähän. Luja peruskallio joutui vääjäämättä antautumaan vahvemman edessä. Niinpä vastaava tiemestari oli jo ilmoittanut ministeriöön, että laskelmien mukaan järvi olisi vuoden loppuun mennessä kierretty, minkä jälkeen tienpäätä voitaisiin jatkaa valmista tieuraa pitkin kohti kuntakeskustaa.

Perikunnan vastuuhenkilöt olivat tietoisia piakkoin tapahtuvasta suuresta muutoksesta. Jooseppilasta katkeaisi kohta toimiva tieyhteys kuntakeskukseen ja etelään päin. Täysin eristyksessä muusta maailmasta perikunnan taloa ei voinut pitää. Jotain oli tehtävä asian hyväksi. Oli oikeastaan kaksikin vaihtoehtoa. Kesäisin voisi kulkea nykyistä käytöstä poisjäävää tieosuutta pitkin peruskorjatun tien varteen, jonne olisi perikunnan talosta nelisen kilometriä niin kuntakeskukseen päin kuin etelän suuntaan mentäessä. Mutta talvella tuiskujen aikaan tuo tieosuus oli aika paha umpeutumaan. Käydyissä keskusteluissa päädyttiin ratkaisuun, että luovuttaisiin täysin kyseisen tieosuuden käytöstä ja tehtäisiin kiertotie järven oikeanpuoleista rantaa seuraillen tulevan maantien varteen, jonne olisi kolmisen kilometriä talosta.

Kiertotien teko oli perikunnan talon tulevan käytön kannalta luontevin ratkaisu. Perikunnan vastuuhenkilöt oli käyneet tutkailemassa, mistä kyseinen kiertotie voisi kulkea. He olivat huomanneet, että varsin vähällä vaivalla perikunnan talosta maantien varteen saataisiin jonkinlainen tienpohja. Maasto järven oikeanpuoleisella rannalla päin oli kuivaa kangasmaata.

Perikunnan viimeisessä tapaamisessa oli päätetty tientekotalkoisiin ryhtymisestä. Asialla oli kiire. Ennen lumentuloa peruskunnostetun tien varteen olisi saatava talosta jonkinlainen tieyhteys. Tämä oli yksityinen hanke, joka olisi toteutettava ilman ulkopuolista tukea ja rahoitusta. Iivarin vävyllä oli traktori ja siihen kuuluva pienehkö kauhakuormaaja sekä vahva teräsvaijeri, jolla saattoi repiä maasta niitä painavimpia kivenmuhkuroita. Lisäksi tuota tietyötä olisi toteuttamassa joukko kynnelle kykeneviä lapio- ja rautakankimiehiä.

Niinpä perikunta valmistautui parhaillaan peruskunnostetun tien aiheuttamiin muutoksiin. Myös kunnassa oli kuumeisesti valmistauduttu kunnon tieyhteyden saamiseen etelään päin. Entinen kunnantoimisto oli kunnostettu ja muutamalla toimistohuoneella laajennettu kunnantaloksi. Kuntaan oli myös lääninhallituksen suosituksesta perustettu kunnanjohtajan toimi, joka oli varsin kohta täytetty paikallisella napamiehellä.

Kesä alkoi kallistua syksyä kohti. Rakennuslautakunnan puheenjohtaja touhusi työtoverinsa kanssa saunantekopuuhissa. Perikunnan miesväki valmisteli parhaillaan kiertotien pohjaa. Työ oli edistynyt toivotulla tavalla ja oli luultavaa, että talosta saataisiin ennen lumentuloa jonkinlainen kulkuyhteys maantien varteen.

12.

Elettiin jo loppuvuotta. Vastaava tiemestari oli ilmoittanut ministeriöön, että Pannepieranjärvi oli kierretty ja alkuvuodesta tietöitä voitaisiin jatkaa valmista tienpohjaa pitkin pohjoiseen päin. Laskelmien mukaan päällystämätön tie kuntakeskukseen valmistuisi seuraavan vuoden loppuun mennessä ja parin seuraavan kesän aikana peruskunnostettu tie voitaisiin kokonaisuudessaan päällystää öljysoralla.

Perikuntalaisille viime kuukaudet olivat olleet kiireistä aikaa. Rantasauna oli valmistunut alkusyksystä ja ensimmäiset löylyt oli otettu. Kiertotien teko oli teettänyt oletettua enemmän työtä mutta oli kumminkin valmistunut ennen lumentuloa. Iivarin vävy oli ajanut traktorillaan useita kertoja talon luota maantien varteen ja takaisin, jotta tienpohja tallaantuisi. Lisäksi Iivari oli kokeilun vuoksi ajanut maastoautollaan muutaman kerran mutkin maantien varressa ja oli tuumailut, että kyllä tuosta ajan kanssa ihan autolla kuljettava tieyhteys syntyisi.

Perikunnan talo oli kalustettu uudelleen vastaamaan nykytarpeita. Yläkerran kamarihuoneiden painavat puusängyt oli kuljetettu kuntakeskukseen asianmukaisiin säilytystiloihin. Ne olivat aikoinaan palvelleet talon tarpeita, mutta niille ei ollut enää käyttöä. Hetekat vaahtomuovipatjoineen sopivat huomattavasti paremmin nykykäyttöön.

Talo oli nyt talviasuttavassa kunnossa. Tarvittaessa sitä saattoi lämmittää. Puuvajassa oli valmiiksi pilkottuja pilkkeitä ja sen seinää vasten nojaili koivunrunkoja, joista talon tulevat käyttäjät saisivat vastedes sahalla ja kirveellä polttopuuta. Taloa saattoi pimeään aikaan myös muutamalla lyhdyllä valaista ja polttoainetta saisi ulkoportaiden vieressä makoilevasta parafiinisäiliöstä.

Oli jo päätetty, että jos paikallisilla oli tarkoitus yöpyä talossa, silloin heillä tulisi olla omasta takaa vuodevaatteet, jotka oli lähdettäessä vietävä mukana.

Ensi sijassa heidän käytössään olisi alakerta, mikäli tulijoita ei ollut kovin monta. Avarassa tuvassa oli muutamia hetekoita ja tiukan paikan tullen joku voisi urvahtaa yli yön lattialla. Silloin yläkerran kamiinoita ei tarvitsisi käyttää ja näin säästettäisiin polttopuuta. Mutta jos tulijoita olisi enemmän, silloin olisi myös yläkerta käytettävissä. Talossa oleilijoiden tuli ennen lähtöään siivota jälkensä, jotta seuraavien tulijoiden olisi mukavampi asettua taloon. Ja ihan itsestään selvyys olisi, että talosta lähtiessä uunin kupeessa tuli olla hieman sytykkeitä ja muutamia koivunpilkkeitä seuraavia tulijoita varten.

Muualta tulleille järjestettäisiin perikunnan toimesta vuodevaatteet. Oli aika luultavaa, että kaamoksen kynnyksellä talossa olisi varsin vähän ulkopuo-lista väkeä, sillä loskainen syystalvi oli monien mielestä vuoden kurjinta aikaa ja toisekseen talon tulevaa käyttöä ei ollut vielä sitä suuremmin markkinoitu ulkopuolisille.

Paikalliset sen sijaan olivat hyvin tietoisia siitä, että heillä olisi tietyillä eh-doilla pääsy taloon. Paliskunnan poromiehiä oli oleillut toisinaan talossa ja jotkut olivat käyneet muuten vain tutustumassa muinaisen Kunnan-Joosepin kotitaloon ja olivat samalla yöpyneet siinä. Talossa oli myös pidetty Leemetin pyynnöstä seurakunnan pyhäinpäivänviettoon liittyvä hartaustilaisuus. Ja perikuntaan kuuluvan nuoremman väen toivomuksesta joulunpyhien juh-lallisuudet oli määrä porukalla viettää Jooseppilassa.

13.

Peruskunnostettavaa tietä oltiin parhaillaan vetämässä kohti kuntakeskustaa. Keltainen kaivinkone puski tienpäätä eteenpäin ja kuorma-autot ajoivat kilvan soraa avatun tienpohjan päälle, joka sitten lanattiin painavalla jyrällä. Vastaava tiemestari huuteli ohjeitaan kaivinkoneen kuljettajalle ja kuorma-automiehille ja loi välillä silmäyksen lapiohommissa touhuaviin paikallisiin työmiehiin. Kevät oli jo sen verran pitkällä, että työpäivää oli pidennetty, mikä nopeutti tienpohjan valmistumista ja tiesi samalla ylitöissä huhkiville paikallisille sievoisia lisätienestejä.

Perikunnan talon käyttö oli päässyt mukavasti käyntiin. Paliskunnan poromiehiä oli oleillut siinä erotusten aikaan, riekkomiehillekin se oli ollut mitä mainioin kortteeripaikka. Leemetin tytär oli avioitunut ja häät oli tietysti pidetty perikunnan talossa.

Talon kaupallista käyttöä oli jo jonkin aikaa mainostettu. Lapin Kansan toimittaja oli käynyt paikan päällä tutustumassa taloon ja oli kirjoittanut aiheesta muutamalla kuvalla varustetun lehtijutun. Aika kohta olikin tärpännyt. Joku oli kiinnostunut asiasta, kertonut siitä tuttavilleen ja soittanut sitten annettuun numeroon. Niilo oli vastannut soittoon. Mieshenkilö oli esittäytynyt ja kertoi kuuluvansa kaveriporukkaan, jolla oli ollut jo vuosikausia tapana toisinaan kulkea erämaavaelluksilla. He kaikki olivat nyt jo eläkeiässä, jolloin heiltä liikeni paremmin aikaa yhteiseen harrastukseen.

Kyseinen ryhmä oli saapunut huhtikuun alkupäivinä linja-auton kyydissä hiihtovarusteineen Jooseppilan tienhaaraan ja he olivat sitten saamiensa ohjeiden mukaan hiihdelleet perikunnan taloon, missä Niilo oli jo heitä odottelemassa. Hän oli jo hankkinut tähdellisimmät ruokatarvikkeet vierailleen, kertonut heille talon palveluista ja oli luvannut tarvittaessa tuoda heille heidän tarvitsemiaan tarvikkeita. Tottuneet erämiehet olivat kuitenkin omavaraisia ruoan suhteen. Heillä oli mukanaan riittävästi kevyttä mutta samalla hyvin ravitsevaa retkimuonaa.

He olivat varanneet talon kymmeneksi päiväksi mutta eivät yöpyisi joka päivä talossa. Heidän tarkoituksenaan oli tutustua kunnan läntiseen tunturialueeseen, missä oli heidän saamiensa tietojen mukaan kevättalvella verrattomat hiihtomahdollisuudet. Heidän erämaavaelluksensa oli mallikkaasti suoritettu ja he olivat tyytyväisiä matkaan. Lähtiessään he olivat varanneet talon syyskuun alusta lukien viikoksi heidän perinteistä ruskaretkeään varten, jolloin he voisivat tutustua myös maantien itäpuoleiseen erämaahan.

Kyseisen ryhmän vierailu talossa oli ollut suuri voitto niille perikuntalaisille, jotka uskoivat Niilon kehittelemän käyttösuunnitelman toteutumiseen. Ensimmäisiä soraääniä oli kumminkin jo alkanut kuulua – että kyllähän paikallisten oli helppo tulla ilmaiseksi oleilemaan taloon mutta kuka maksaa sen ylläpitokustannukset?

Perikuntaan kuuluvia asui runsaasti myös kunnan ulkopuolella, esimerkiksi Rovaniemellä, Tornion suunnassa ja Kittilässä päin. Lisäksi Kunnan-Joosepin nuorin poika oli asettunut asumaan pääkaupunkiin, avioitunut ja hänelläkin kuului olevan jälkikasvua. Virallisten oikeuskanavien kautta kunnan ulkopuolella asuvia asianosaisia oli pidetty ajan tasalla siitä, miten perikunnan talon pitkäksi venynyt jälkiselvittely oli edistynyt. Niilo oli soitellut muualla asuville serkuilleen ja kertonut heille, miten muutamien puuhahenkilöiden toimesta perikunnan taloa oltiin parhaillaan ottamassa hyötykäyttöön. Myös pikkutarkka Iivari oli soitellut kyseisestä asiasta muualla asuville sukulaisilleen ja oli korostanut, että paikallisilla perikuntalaisilla ei ollut tietenkään pienintäkään tarkoitusta ruveta toimimaan muualle muuttaneiden selän takana.

Perikunnan taloon kuuluva omistusoikeus järveen oli yhä juridisella tasolla selvittämättä. Muinainen talonisäntä oli pitänyt sitä omana järvenään, mutta asia ei ollut tietenkään noin yksioikoinen. Hänen kotitilansa oli rannan ja kuivan maan välisellä kaistalla selvästi pyykeillä merkitty, mutta siihen kuuluvasta omistusoikeudesta järveen ei ollut Niilon hallussa olevissa maakirjoissa mitään merkintää.

Niilo oli ottanut tehtäväkseen asian selvittelyn. Perikunnan talon tulevaa käyttöä ajatellen oli erittäin tärkeä tietää, kuuluiko perikunnan taloon tarkemmin määritelty omistusoikeus järveen. Hän oli tiedustellut asiasta kunnan oikeusavustajalta, mutta tämä ei voinut auttaa häntä, koska kyseessä oli sen verran vanha asia, että hänellä ei ollut siitä tietoa. Yhtä vähän asiasta tietoinen oli Niilolle tuttu maanmittausinsinööri. Hän oli kehottanut Niiloa kääntymään Oulun maakunta-arkiston puoleen, jossa oli vahva tuntemus valtakunnan pohjoisimman perän lähihistoriasta.

Tuo oli ollut kullanarvoinen neuvo. Niilo oli soittanut maakunta-arkiston palvelunumeroon, kertonut asiastaan vastaanottovirkailijalle, joka oli asian kuultuaan ohjannut soiton arkistonhoitajalle, jolla oli ehkä vahvin tuntemus maan pohjoisimman kunnan vanhemmista maanomistusoloista. Tuo varttuneessa iässä oleva saamelaistaustainen henkilö tiesi yhtä ja toista edesmenneestä Kunnan-Joosepista ja hänen kotitilastaan. Hän oli useita kertoja tavannut Joosepin, haastatellut häntä ja näin täydentänyt tietojaan tuosta varsin vähän tutkitusta alueesta. Niilo oli tullut tietämään, että perikunnan tilaan kuului pyykein merkityn tontin lisäksi myös omistusoikeus Pannepieranjärveen sen länsipäästä lähtien Pannahisenniemeen asti. Tämä tarkoitti käytännössä sitä, että järven länsipää kuului kutakuinkin kokonaan perikunnan omistukseen.

14.

Virallinen tieto perikunnan omistusoikeudesta Pannepieranjärven länsipäähän oli luonut uusia mahdollisuuksia Jooseppilan kaupalliseen käyttöön. Niilo oli käynyt esittämässä Metsähallituksen paikalliskonttorissa haltuunsa tulleen virallisen asiapaperin, eikä valtion edustaja kiistänyt dokumentin oikeellisuutta. Niinpä järven länsipää kuului perikunnan omistukseen ja muilta osin järveä hallinnoisi Metsähallitus.

Perikunnan tapaamisessa oli päätetty, että muualta tulleille alettaisiin myydä kesäisin onkilupia järven länsipäähän ja talvisin taas pilkkilupia. Kaikenlainen verkkopyynti järven länsipäässä olisi myös talossa oleileville paikallisille ehdottomasti kielletty, eikä myöskään olisi kovin suotavaa että he verkostelisivat valtiolle kuuluvalla vesialueella, sillä sellaisella olisi huonot vaikutukset tämän pienehkön järven herkkään punakalakantaan.

Perikuntaan kuuluvien nuorimpien pyynnöstä oli sovittu, että he voisivat järven avauduttua oleilla muutaman päivän talossa. Kesäkuun ensimmäisellä viikolla Pannepieranjärvi vapautui jääpeitteestään. Iivari kuskasi maastoautollaan innokkaat kalamiehet onkivälineineen ja tarvittavine eväineen Jooseppilaan. Kesä alkoi kallistua syksyä kohti ja talo oli ollut ahkerassa käytössä. Lapin partioliike oli pitänyt talossa perinteisen kesäleirinsä heinäkuun loppupuolella ja seurakunnan nuoriso-osasto oman tapaamisensa hieman ennen koulujen alkamista. Niilon kehittelemä perikunnan talon käyttösuunnitelma oli alkanut tuottaa tuloksia. Valtakunnallinen partioliike oli korvannut anteliaasti paikallisyhdistyksensä oleilun talossa ja näillä rahoilla taas oli rahoitettu seurakunnan nuoriso-osastolaisten syysleirin pidosta koituneet kustannukset.

15.

Vastaava tiemestari oli ilmoittanut ministeriöön, että tielinja valmistuisi hieman etuajassa joulukuun ensimmäisellä viikolla. Myös kunnan johdossa oltiin tietoisia kyseisestä asiasta. Niinpä hiljattain valitun kunnanjohtajan mielestä tuota tärkeää tapahtumaa kannatti hieman juhlia, sillä kunnon tieyhteyden saanti etelään päin muuhun Suomeen olisi tärkeä virstanpylväs kunnan kehitykselle ja samalla tämä olisi hänen ensimmäinen virallinen esittäytymisensä kuntalaisilleen ja valtiovallan edustajille.

Tielinjan valmistumisjuhlallisuudet oli määrä pitää uuden vuoden aatonaattona. Tilaisuuden päävieraana olisi vastaava tiemestari, ja kutsun olivat saaneet myös hänen alaisuudessaan toimineet työnjohtajat. Tiehallinnon puolelta kunnan johdolle tuttu virkamies oli estynyt saapumasta tilaisuuteen, ja hänen tilalleen oli tulossa valtiovaltaa edustamaan hänen nuorehko toimistosihteerinsä. Kunnan johdon ongelmana oli ollut, kuka kutsuttaisiin tilaisuuteen kulkulaitosministeriöstä? Vuosikausia valtakunnan asioita ohjaillut Keskustapuolue oli kärsinyt edellisissä eduskuntavaaleissa rökäletappion, hallitus oli kaatunut ja sosiaalidemokraatit olivat astuneet vahvasti vallan kahvaan. Uudeksi kulkulaitosministeriksi nimitetty henkilö oli valinnut kansliapäällikökseen nuorehkon innokkaan teknokraatin, jolla tuskin oli kovin vahva tuntuma ruohonjuuritasolla tapahtuviin tietöihin. Kepulaisvaltaisessa kunnan johdossa oli koko joukko ennakkoluuloja vastanimitettyä kansliapäällikköä kohtaan.

Toimelias kunnanjohtaja oli päättänyt toimia. Hän lähetti virallisen kirjeen ministeriön entiselle kansliapäällikölle, johon oli tutustunut parisen vuotta sitten pidetyssä tiedotustilaisuudessa. Kirjeessään kunnallispoliitikko oli kohteliaasti tiedustellut, että kävisikö mitenkään päinsä että omalla alallaan pitkään toiminut virkamies osallistuisi itse kyseiseen tilaisuuteen, koska hänellä oli luultavasti vahvempi tuntemus kuntalaisten tiehankkeesta kuin hänen nuorella seuraajallaan. Muutaman päivän kuluttua hän oli saanut soiton entiseltä kansliapäälliköltä. Tämä kertoi keskustelleensa asiasta seuraajansa kanssa ja he olivat sopineet siitä, että parasta oli kai siten että hän itse junailisi loppuun kuntalaisten tiehankkeen ensimmäisen vaiheen ja sen jälkeen astuisivat remmiin uudet miehet varmistamaan, että myös tien päällystystyöt tulisivat asianmukaisesti tehdyiksi.

Määrättynä päivänä Matkailuhotellin tiloihin oli kokoontunut kutsun saaneiden lisäksi runsaasti kuntalaisia, niin että ravintolasali oli viimeistä sijaa myöten täysi.

Kunnanjohtaja asteli mikrofonin taakse lausuakseen tervehdyssanat kunniavieraille sekä muille paikallaolijoille:

– Arvoisat kunniavieraat sekä muut paikallaolijat! Tämä on suuri päivä kuntamme historiassa. Meidän entisten kunnanisien kuningasajatuksena oli ollut kunnon maantieyhteyden saaminen täältä kuntakeskuksesta muuhun Suomeen. Ja nyt me ollaan juhlimassa sen ensimmäisen vaiheen valmistumista. Ajelin hiljattain huvikseni mutkin Ivalossa testatakseni valmista tienpohjaa ja huomasin kuinka mukava sitä pitkin oli entiseen verrattuna ajella – kaikki joutavat mutkat on oiottu, sillat kunnossa eikä tarvitse enää lähteä talvisaikaan seikkailemaan autollaan Pannepieranjärven takaiselle paanneosuudelle. Jättäisin nyt puheenvuoron kunniavieraallemme, noita tietöitä johtaneelle vastaavalle mestarille. Voisitko Virtanen lyhyesti kertoa joitakin ajatuksiasi siitä että miltä sinusta tuntuu, kun tuo mittava hanke on nyt sinun kohdallasi takanapäin ja sinua odottavat jo uudet haasteet jossain muualla?

– Olen tyytyväinen että tämän hankkeen ensimmäinen vaihe on suunnitelmien mukaisesti toteutettu. Kiitän minun apunani toimineita työnjohtajia arvokkaasta panoksestaan. Kiitoksen sanat osoitan myös niille paikallisille, jotka ovat olleet mukana noissa tietöissä. Heidän kanssaan touhuillessani olen tutustunut paikalliseen elämäntapaan ja heiltä olen oppinut myös joitakin saamenkielisiä sanoja ja sanontatapoja.

– Joko on tiiossa missä sinun tuleva työmaa oisi? tiedusteli Niilo.

– Tiedossa on. Pohjan perukoilla pysyteltäisiin jatkossakin. Tarkemmin sanottuna siellä Kittilän perällä. Siellä ovat alkamaisillaan Pokan tien perusparannustyöt. Näin lopuksi haluaisin vielä kiittää ministeriön entistä kansliapäällikköä, joka on uskonut tähän tiehankkeeseen ja väsymättömästi tukenut minua työssäni. Nyt olisin hieman utelias ja kysyisin sinulta rakas kollegani, mikä mahtaa olla sinun tuleva toimenkuvasi?

– Sekin on selvillä. Puolueeni esityksestä minut nimitettiin Maatilahallituksessa avautuneeseen osastopäällikön toimeen, jossa voisin työskennellä pitkälti samankaltaisten asioiden kanssa kuin ministeriössä toimiessani.

Tiehallinnon edustaja, nuorehko rouvashenkilö pyysi puheenvuoroa ja tuumaili:

– Kai olette tietoisia miksi olen mukana tässä tilaisuudessa. Teille kuntalaisille tutuksi tullut esimieheni oli estynyt saapumasta tähän tapaamiseen ja ehdotti minua edustamaan valtiovaltaa tässä asiassa. Olen vuosikausia toiminut hänen tärkeimpänä avustajanaan toimistosihteerin ominaisuudessa.

– On mukava että Tiehallinnon puoleltakin saatiin edustaja tähän tärkeään tapaamiseen, totesi kunnanjohtaja.

– Ja te olette kuntanne ensimmäinen kunnanjohtaja? Tietojeni mukaan tämä kunta on ollut niitä viimeisiä, jossa ei ollut kunnanjohtajaa.

– Pitää paikkansa. Tämä valtakuntamme perimmäinen kunta on toiminut pitkään ilman kunnanjohtajaa ja kunnantaloa. Meillä oli vain kunnansihteeri ja kunnantoimisto. Mutta nyt ollaan mekin viimein astuttu uuteen aikaan.

– Nyt olisin minäkin hieman utelias ja tiedustelisin teiltä, mikä mahtaa olla teidän entinen toimenkuvanne?

– Olen ollut niitä kansankynttilöitä, joka on varsinaisen opetustyönsä ohella toiminut vuosikausia luottamushenkilönä kunnan hallinnon puolella yhdessä sun toisessa toimessa. En malta olla kertomatta toimistosihteerille miten päädyin kunnanjohtajaksi. Kun tuli ajankohtaiseksi että meilläkin piti olla kunnanjohtaja, niin kaikki olivat lähes varmoja että tuohon toimeen valittaisiin Niilo, tuo ikuinen ääniharavamme kunnallisvaaleissa. Keskustelin hänen kanssaan kyseisestä asiasta ja hän sanoi että hän ei oikein joutaisi alkamaan noin sitovaan toimeen, hänellä kun sattuu olemaan paljon muutakin tekemistä – että kouluja käyneenä ihmisenä sie voisit itse alkaa kunnanjohtajaksi ja hänet voisi valita vaihteeksi vaikkapa valtuuston johtoon.

– Yksissä tuumin kun toimii, niin asiatkin hoituu! hymähti kulkulaitosministeriön entinen kansliapäällikkö.

– Tuolle Niilolle minulla olisi vielä jotain sanottavaa! arveli vastaava tiemestari. – Tiedän että sinulla ja sinun taustajoukollasi oli tiettyjä suunnitelmia, jotka kariutuivat toimieni takia. Mutta minun oli valitettavasti otettava yhteys ministeriöön, koska paikallisten tietojen mukaan juuri sillä kohtaa oli joinakin vuosina aika paha paantamaan.

– Me perikuntalaiset koimme ministeriön sillosen ratkaisun aikamoisena takaiskuna. Mutta kun nyt jälkikäteen ajattelen asiaa, niin tiiän ettei siinä loppujen lopuksi niin pahasti käynykkään. Meiän matkailu- ja kulttuurihankkeemme oli reilusti ylimitoitettu meiän resurssiemme suhteen. Ois pitänyt teettää ne sähköistämistyöt, järjestää talon vedenhuolto ajan tasalle ja lisäksi vielä ne suunnittelemamme entisöintityöt. Kaikki tuo ois tullut kovin kalliiksi perikunnallemme. Luovuimme hankkeestamme ja oomme sittemmin kehitelleet jotain muuta tilalle. Sen vanhan hirsirakennuksen perusrakennelmiin ei oo kajottu. Siis kaikki on jätetty ennalleen ja oomme aika tyytyväisiä siitä, että hoksasimme että perikuntamme taloa voisi hyödyntää myös ihmisläheisemmällä tavalla.

– Olen asiasta tietoinen ja olen sitä mieltä että tuo oli sinulta tosi vahva veto, Niilo! Kävin syyskesällä jonkun paikallisen seurassa tuon vanhan rakennuksen pihamaalla vilkuilemassa paikkoja. Varsinainen pikkuparatiisi perinteisine aittoineen, vinttikaivoineen ja muine ulkorakennuksineen! Teillä on kuulemma pienimuotoista liiketoimintaa ja te myytte myös onkilupia tuon järven länsipäähän. Ja erittäin huomionarvoisena pidän sitä että teillä on myös sitä ei-kaupallista toimintaa, joten tuo vanha rakennus on periaatteessa ympärivuotisessa käytössä.

– Pitää paikkansa.

– Olen perikuntanne pihamaalla käynnin jälkeen yhä useammin miettinyt että minäkin voisin vaimoni kanssa viettää joskus kesäaikaan muutaman päivän perikuntanne talossa. Mitä sinä tuohon sanoisit, Niilo?

– Varmasti sopii minulle. Ilmoita millon oisit tulossa ja mie järjestelen siten että voit tulla vaimosi kanssa Jooseppilaan lomanviettoon.

– Ja onkiakin tekisi mieli. Minäkin haluaisin pyytää punakalaa ja saada tämän elämäni aikana edes yhden raudun tai taimenen paistinpannuun laitettavaksi. Olin poikasena innokas kalamies siellä kotiperälläni Päijänteellä päin mutta rautu oli siellä tuiki tuntematon kala eikä taimenen saantikaan ollut ainakaan minulle mikään itsestäänselvyys.

– Sekin järjestyy.

Puheet oli pidetty ja kutsuvieraat olivat nauttineet juhla-ateriansa. Ravintolasali alkoi tyhjentyä puolen yön aikoihin. Kutsuvieraat menivät huoneisiinsa yöpymään ja paikalliset koteihinsa lepäilemään rasittavan päivän päätteeksi. Matkailuhotelli hiljeni yöksi.

16.

Peruskunnostetun tien päällystystyöt oli heti kesän tullen aloitettu etelästä käsin. Noita töitä oli toteuttamassa yritys, jolla oli valmiuksia tuollaiseen työhön. Sillä oli omasta takaa koko joukko alansa ammattilaisia, joten periaatteessa tuo kaupallinen yritys olisi ollut tarvittavien työntekijöiden osalta pitkälle omavarainen. Työllisyysnäkökohtien turvaamiseksi kunnan johto oli kuitenkin sopinut kyseisen yrityksen kanssa, että päällystystöissä piti olla jonkin verran myös paikallisia mukana. Tämän kesän kuluessa valmista tienpohjaa oli tarkoitus päällystää Pannepieranjärveen asti ja seuraavan kesän loppuun mennessä peruskorjattu tie olisi kokonaisuudessaan päällystetty.

Jooseppila oli ollut vilkkaassa käytössä. Välillä siinä oli oleillut paikallisia ja yhä useammin myös muualta tulleita. Perikunnan nokkamiehet olivat muutaman kerran vihjanneet muualla asuville sukulaisilleen, että nämä voisivat halutessaan vierailla Jooseppilassa ja samalla myös oleilla siinä jonkin aikaa.

Rovaniemeltä olikin loppukesästä Niilon pyynnöstä saapunut hänen lapsuuden leikkitoverinsa Heikki-serkku tutustumaan paikkoihin. Yllätys oli ollut saapuneelle vieraalle täydellinen hänen astuessaan vaarivainajansa kotitaloon. Hän oli kuvitellut saapuvansa vanhan hirsirakennuksen vähittäistä rapistumista todistamaan mutta huomasi kovasti erehtyneensä. Hän katseli ihmeissään siististi laitettua pirttiä, kipusi vastikään kunnostettuja portaita pitkin vintille nähdäkseen missä tilassa oli nykyisin hänen vaarivainajansa makuuhuone. Vaarin ja mummin makuuhuoneen vuoteella oli koristeellinen päiväpeitto ja vaarin aikaisella pikkaraisella vuodepöydällä luonnonkukkasia maljakossa. Hän tähyili mietteissään järvelle päin ja tajusi, että hänen paikalliset sukulaisensa olivat todella paneutuneet asiaan eikä oikein tiennyt, mitä ajatella asiasta.

Heikki oli oleillut pari päivää Jooseppilassa, kiittänyt sukulaisiaan ystävällisestä vastaanotosta ja lähtenyt taas ajelemaan kohti Rovaniemeä. Hänen kauttaan tiedot Jooseppilan täydellisestä muodonmuutoksesta olivat kohta laajemminkin Kunnan-Joosepin muualla asuvien jälkeläisten tiedossa.

Vieraan lähdettyä Niilo oli Leemettiä tavatessaan todennut, että onhan se mukava tavata välillä niitä muualla asuvia sukulaisia, mihin Leemetti oli vastannut että «ihan mukavahan sitä Heikkiä oli taas pitkästä aikaa nähdä». Joulun alla taas Kittilässä asuva serkku oli soittanut Niilolle ja ilmoittanut halustaan pistäytyä tutussa kuntakeskuksessa ja samalla hän halusi oleilla pari päivää vaarivainajan kotitalossa. Sukulaismiehen lähdettyä Niilo oli Leemettiä tavatessaan sanonut, että «onhan se niin mukava että muualle muuttaneet eivät unohda lähtökohtiaan», mihin Leemetti oli vastannut että «minusta tuntuu että asiat ovat nyt kääntymäisillään perikuntamme talon tulevaisuuden näkymien valossa ei-toivottuun suuntaan». Niilo oli tiedustellut mitä seurakunnan kirkkotulkki tuolla tarkoitti ja tämä oli tuumaillut että «minusta vain tuntuu sillä tavalla mutta voinhan minä tietysti olla myös väärässä».

Tuli joulunaika ja vaihtui vuosi. Talven selkä taittui ja mentiin jo lujaa kohti kevättä. Niilo oli tajunnut, mitä Leemetti oli sanoillaan tarkoittanut. Pääsiäisen alla oli Torniossa päin asuvasta nuoremmasta polvesta muutama henkilö vieraillut isovaarin muinaisessa kotitalossa ja he olivat havainneet, että se oli todella komea rakennus, jolla oli sen historiallisten ja kulttuuristen arvojen ohella myös runsaasti rahallista arvoa.

Heti kesän tullen ruvettiin valmista tienpohjaa päällystämään Pannepieranjärven ympäri ja syksyn tullen peruskorjattu tie olisi päällystetty ihan kuntakeskukseen asti ja näin kuntalaisten tiehanke olisi kunnialla loppuun saatettu.

17.

Juhannusviikolla Niilo sai kirjeen, joka teki kertaheitolla lopun hänen viime-
aikaiseen leppoisaan oleiluunsa. Muutaman lehden pituinen kirje oli saapu-
nut Torniosta. Se oli kirjoittamaan tottuneen henkilön luomus – välimerkit
kohdallaan eikä ainuttakaan kirjoitusvirhettä tai kieliopillista kömmähdystä.
Hän luki muutaman kerran kirjeen ajatuksella läpi ja pääsi aika kohta kär-
ryille siitä, mistä oli kysymys ja tajusi että perikunnan vastuuhenkilöiden sekä
muiden asiasta kiinnostuneiden tulisi pikimmiten kokoontua keskustelemaan
asioiden saamasta yllättävästä käänteestä.

Muutaman päivän kuluttua oli taas kokoontunut väkeä Niilon kotitaloon.
Emäntä oli valmistellut jotain naposteltavaa, jotta perikuntaan kuuluvien olisi
kevyempi keskustella tuosta kiperäntuntuisesta asiasta.

Niilo katseli avaraan pirttiin kokoontunutta sekalaista porukkaa ja tuumaili:

– Meillä ois taas keskusteltavaa. Sain muutama päivä sitten kirjeen, jonka
sisällöstä en oo vielä kertonut perikunnan muille vastuuhenkilöille, vain rakas
emäntäni on tietoinen asiasta. Kirje on muutaman lehen pituinen, joten sii-
hen on saatu mahtumaan yhtä ja toista. Ennakkotietona voisin kertoa että kir-
jeessä on joitakin paikkansa pitämättömiä väitteitä ja jopa hieman loukkaavia
vihjauksia, mutta on siinä esitetty sellaisiakin seikkoja, jotka pitävät varmasti
paikkansa ja vaatisivat selvennystä. Luen nyt selkeällä äänellä sanasta sanaan
tämän kirjeen, jotta saisitte jonkinlaisen käsityksen siitä mistä on kysymys.

Hän luki kirjeen joka ikistä sanaa painottaen.

– Siis tuollasen kirjeen sain ja sen lähettäjäksi on merkitty «Serkkusi Taneli».

– No onkohan se Taneli muka itte tuon rustannut? kysäisi Iivari.

– Ei oo. Taneli ei pystyisi kirjallisilla taioillaan tuollaiseen. Luultavasti
tuon kirjeen on kirjottanut se hänen poikansa, joka kävi hiljattain täällä.
Siis on isänsä sanelun mukaan laatinut muodollisesti lähes täyellisen kirjeen.

Ja sehän kuuluu olevan opettajasihminen ja tuntee hyvin sitä meiän armasta äidinkieltämme.

– On aikamoinen sepustus ja sisällöltään varsin omituinen. Vai tuollaisia ajatuksia ne meiän Tornion perän sukulaisemme ovat elätelleet mielessään! ihmetteli Leemetti.

– Tämä oli aikamoinen yllätys mullekin. Niinpä meiän pitäis nyt ruveta porukalla ruotimaan tuota kirjettä, sanoi Niilo.

– Mitkä muuten mahtavat olla ne mainitsemasi paikkansa pitämättömät tiiot? tiedusteli Iivari.

– No esimerkiksi se että me paikalliset perikuntalaiset emme olleet muka tarpeeksi vakavasti paneutuneet edesmenneen kuoltua hänen kotitilansa juridiseen jälkiselvittelyyn. Siis meiän ois pitänyt aika kohta tietää miten tuon kuolinpesän kans menetellään – lunastaako joku vaarivainaan jälkeläisistä sen ittelleen ja tätä kautta muut perilliset saisivat heille kuuluvan osuutensa vaarivainaan maallisesta jäämistöstä. Toinen mahollisuus ois tietysti ollut että Jooseppila pannaan myyntiin ja näin perillisistä kukainenkin saisi hänelle kuuluvan rahallisen osuuen. Semmosta harmiteltavaa vetämättömyyttä on tuon kirjeen mukaan kuulemma esiintynyt vaarivainaan kotitilan jälkihoitelussa. Ja suurena vahinkona pietään myös sitä että Jooseppilaa ei pantu myyntiin sillon, kun se maantie kulki vielä siitä ihan vieritse. Sillon vaarivainaan kotitila ois ollut paljon helpommin myytävissä. Mutta mahotontahan meiän oli sillon arvata että sen pahuksen paannepaikan takia peruskunnostettu tie kulkisi järven toisen pään kautta. Siis tässä muutama niistä paikkansa pitämättömistä väitteistä. Ja tässä kohtaa se Tornion porukka haksahtaa pahemman kerran, kun epäilee että me paikalliset oisimme tarkotushakusesti vitkastelleet vaarivainaan kotitilan myynnissä omaa etuamme tavoitellen.

– Tuo ei piä paikkaansa, me kyllä oomme tosissamme ilman taka-ajatuksia yrittäneet, totesi Leemetti.

– Ei kannata saatana ulkopuolisten ruveta meitä syyttämään ja syyllistämään! kamehtui Iivari.

– Ois tuon voinut kauniimminkin sanoa! huomautti seurakunnan virallinen kirkkotulkki Leemetti.

– Mitä tuota sievistelemään, mie sanoin niinko mie itte ajattelen!

– No jos jatkettaisiin tämän kirjeen setvimistä. Nyt nostasin esiin ne seikat, jotka pitävät paikkansa. On tietenkin selvää että perikuntaan kuuluvat paikalliset voivat hyövyntää vaarivainaan kotitilaa huomattavasti tehokkaammin kuin ne muualla asuvat. Ja jotkut meiän muualla asuvista sukulaisistamme voivat tuntea jääneensä nuolemaan näppejään, kun se Jooseppila on nykysin otettu tuollaseen käyttöön. Heiän on ehkä vaikea ymmärtää millä perusteella paikalliset ulkopuoliset voivat ilmaiseksi oleilla vaarivainaan talossa. He eivät tunne toimintastrategiaamme, ja tuota samaa on muuten moni muukin ihmetellyt täälläpäin. Mutta meille paikallisille tuo vaarivainaan kotitila on antanut viime aikoina toella paljon – ei niinkään rahaa vaan muuta hyvää. Ja nyt voitaisiinkin mennä siihen pääasiaan, minkä takia me ylipäätään oomme nyt koolla tässä talossa.

Niilo vaikeni hetkeksi ikään kuin itseään kootakseen, puhalsi voimakkaasti ja aloitti:

– Perikuntamme on nyt kriisitilassa. Meiän sukulaisten kesken on syntymässä riita. Vaarivainaan kotitilan nykyinen käyttötapa on uhattuna. Ja pahimmassa tapauksessa Jooseppila voi joutua lähiaikoina myyntiin. Tuollasia ajatuksia hauotaan Tanelin joholla siellä Torniossa päin. Ja me perikunnan vastuuhenkilöt tunnemme hyvin serkkumme. Kun Taneli saa jotain päähänsä, niin se ei yleensä hevillä luovu suunnitelmistaan.

– Silläkin on ollut viime aikoina niitä omia ongelmiaan! huokaisi Leemetti.

– Tuo on ollut perikunnan vastuuhenkilöien tiiossa mutta se on ollut niin sanotusti semmonen julkinen salaisuus, josta ei oo sopinut ääneen puhua, tuumaili Niilo.

– Tiiossa on ollut, tiiossa on ollut! toisti Iivari.

Taneli oli aikoinaan teknillisen koulun käytyään ja naimisiin mentyään asettunut Tornioon asumaan. Hänessä oli liikemiehen verta. Kohta hän oli jo perustanut pienehkön autoliikkeensä, jonka hän oli sittemmin laajentanut auto- ja koneliikkeeksi. Hän oli ihmisenä ulospäin suuntautunut, yritteliäs ja ennakkoluuloton, joten hänellä oli niitä ominaisuuksia, joita tarvitaan mikäli mielii menestyä liike-elämässä. Hän oli vähitellen laajentanut yritystään ja lopullisessa muodossaan siitä oli kehkeytynyt Auto ja Kone, Pannela, menestyvä liikeyritys Tornion keskustassa.

Kunnan-Joosepin jälkikasvussa oli monenlaista ihmistä. Varsinkin kunnallispolitiikan saralla monet heistä olivat kunnostautuneet. Oli myös monenlaista yrittäjää, joista ehdottomasti pisimmälle oli päässyt Taneli. Kun suvun sisällä oli puhetta «siitä meidän liikemiehestämme», silloin tarkoitettiin tietysti Tanelia. Jotkut olivat lähteneet opintielle ja valmistuneet seminaarissa kansakoulunopettajaksi ja keskitason opinnoissa merkantiksi tai merkonomiksi. Akateemisesti kouluttautuneitakin oli muutama ja pisimmälle kouluttautuneista joku kuului päässeen ihan tohtoritutkintoon asti.

Niilon lähipiirissäkin oli pari akateemisesti kouluttautunutta henkilöä. Hänen vanhimmalla pojallaan oli ylempi oikeustutkinto ja tällä oli valmiuksia toimia edunvalvojana ja tarvittaessa myös asianajajana. Kalevin vaimo Hannele oli Tampereelta ja hänellä oli yhteiskuntatieteiden maisterintutkinto. Hän oli jo muutamia vuosia toiminut tilapäisenä opettajana kansakoulun yläluokilla, mikä ei tietystikään vastannut hänen koulutustaan. Hän toimi opetustyönsä ohella myös koulurakennuksen tiloissa toimivan lainaston hoitajana ja oli ollut jo muutaman vuoden kantavana voimana kunnan sivistyslautakunnassa.

Yleisenä huomiona saattoi todeta, että Kunnan-Joosepin jälkikasvussa oli koko joukko elämässään onnistuneita, mutta jonkin verran tietysti myös niitä kehityksen kelkasta tippuneita tai muuten epäonnistuneita ihmisiä. Ja nyt tuohon joukkoon oli tippumaisillaan myös Taneli. Hänen pitkään jatkunut nousujohteinen liikemiesuransa oli alkanut muutama vuosi sitten takkuilla. Hänellä oli ollut täysi tekeminen pitääkseen yrityksensä kilpailukykyisenä. Autokauppa oli niitä nopeasti kehittyviä aloja. Tuolla alalla toimivien oli pystyttävä nopeasti vastaamaan ajan tuomiin haasteisiin.

Sitten oli jysähtänyt, ja Taneli oli lopullisesti pudonnut kehityksen kelkasta. Joku etelän rahamies oli perustanut parisen vuotta sitten kaupungin keskustaan komean autoliikkeen lisäpalveluineen. Liikkeen palveluksessa myyntipuolella oli autokaupan asiantuntijoita ja korjaamon puolella ammattitaitoisia automekaanikkoja sekä muita koneenkorjaajia. Vahvan kilpailijan tulon jakamaan samoja markkinoida oli Taneli oitis tuntenut nahoissaan. Yhä harvemmat tulivat hänen hieman vanhanaikaiseen liikkeeseensä auton ostoon tai kulkuneuvoaan korjauttamaan. Maksamattomia laskuja oli alkanut kasaantua hänen toimistohuoneensa pöydälle. Välttyäkseen täydelliseltä katastrofilta hän oli ilmoittanut entiselle asiakaskunnalleen ja häntä uskollisesti rahoittaneeseen pankkitoimistoon ajautuneensa vararikkoon.

Nyt hän oli pahasti veloissaan ja hänen entinen korjaamorakennuksensa oli tyhjennetty ja myynnissä. Jonkinlaisena lohtuna tässä kurjuudessa oli se, että rakennus oli sijainnut hyvin keskeisellä paikalla, joten edes tonttipaikkana sillä olisi rahallista arvoa. Pahimman pettymyksen hiivuttua hän oli lähipiirinsä tukemana ryhtynyt haeskelemaan ulospääsyä nykytilastaan. Hän havitteli taas liikemaailmaan. Hänen lähimmät ihmisensä saattoivat tukea häntä henkisesti ja rahallisestikin jonkin verran mutta eivät kuitenkaan riittävästi. Entinen liikkeenharjoittaja tiesi, että hän tarvitsi ehdottomasti starttirahaa ja lisäpotkua tulevaisuuden suunnitelmilleen, ja hänen ajatuksensa menivät yhä useammin vaarivainajansa entiseen kotitaloon. Saamiensa tietojen mukaan se oli komea hirsirakennus ihanan erämaajärven rannalla, varsinainen loistokohde tasokasta kotitaloa itselleen havittelijoille.

– Se oli tosiaanakin vahinko, kun Tanelille piti nuin käyä. Ja yhteen väliin sillä meni tosi vahvasti siellä liike-elämässä, tuumaili Leemetti.

– Se kyllä oli vahinko, totesi Iivari.

Niilo jutusteli:

– Mutta se on tuommosta liikemiehen elämä – joskus pyyhkii hyvin ja joskus taas menee huonommin. Ja nyt se Taneli tarttis rahaa, jotta vois jatkaa valitsemallaan alalla. Enkä mie oikeastaan niin järin ihmeellisenä piä sitä että rahapulassaan hän ajatteli vaarivainajansa kotitaloa, josta ei ollut vielä mitenkään rahallisesti kostunut.

– Oot osittain oikeassa. Emme voi kovin äkkinäisillä ajatuksilla ruveta sukulaismiestämme teilaamaan, myötäili Leemetti.

– No jos jatkettaisiin tämän kirjeen selvittelyä. Kuten jo tiiätte että hän toivoisi Kalevia juridiseksi neuvonantajaksi vaarivainajansa kotitilan myynnissä. Toisin sanoen haluaisi että tuo asia hoieltaisiin hissukseen sukulaisten kesken ilman että ulkopuoliset puuttuisivat asiaan. Tuo oli muuten Tanelilta aika tyylikkäästi ajateltu. Ei oo näemmä vielä päässyt ihan piloille menemään siellä muualla asuessaan. Me ollaan aina suvun sisällä vähin äänin hoieltu tuommosia asioita.

– Siinä ois taas Kaleville uusi työtarjous! hymähti Anneli.

– Ois kyllä mikäli otan sen hoitaakseni. Joutusin aika vaikeaan välikäteen. Se Tornion porukka ja mie yrittäisimme parhaamme mukaan myyä sen perikunnan talon ja suuri enemmistö täkäläisistä sukulaisistani ei haluaisi missään nimessä luopua siitä. Siinä ois taas aineksia aikamoiseen skismaan.

Niilo katsahti poikaansa ja puheli:

– Sinulla on ylempi oikeustutkinto. Jos sie suostut Tanelille asiamieheksi, sillon sinun on ryhyttävä kaikella tarmolla tehtävääsi. Muistat mihin oot virkavalassasi sitoutunut ja unohat kaiken ylimääräisen. Niinpä meiän tapaaminen on tällä kertaa ohitte. Meiän on luultavasti vielä useammankin kerran kokoonnuttava kyseisen asian takia. Tuhannet kiitokset, kun tulitte joukolla tähän meiän tapaamiseen! Nähään taas kohta!

18.

Seuraava tapaaminen pidettiin muutaman päivän päästä. Kalevi oli lupautunut taloudellisiin vaikeuksiin ajautuneelle sukulaismiehelle juridiseksi avustajaksi perikunnan talon myymisessä. Merkittävä päätös tässä tapaamisessa oli ollut myös se, että paikalliset perikuntalaiset olivat päättäneet jatkaa nykyistä toimintaansa ikään kuin mitään ei olisi tapahtunut. Toiminta lopahtaisi vasta silloin, jos Taneli onnistuisi pyrkimyksissään ja Jooseppila vaihtaisi omistajaa.

Kalevi oli ollut puhelinyhteydessä Tanelin ja tämän tärkeimpien tukihenkilöiden kanssa. Myyntihintakin oli jo tiedossa. Se oli aika korkea, muttei Jooseppila ollutkaan mikä tahansa myyntikohde. Myynti-ilmoitus oli ollut jo muutaman kerran Lapin Kansassa ja Pohjolan Sanomissa ja lisäksi se oli Tanelin porukan toimesta myös paikallisen asunnonvälitystoimiston ikkunalla näkyvällä paikalla.

Aika kohta olikin tärpännyt. Joku rovaniemeläisyrittäjä oli kiinnostunut myyntikohteesta ja halusi käydä tutustumassa siihen. Hänelle annettujen tietojen mukaan hiljattain peruskunnostetulta maantieltä johti autolla kuljettava tieyhteys Jooseppilaan. Hän saapui tienhaaraan muttei rohjennut lähteä uudella autollaan epäilyttävän tuntuiselle tieosuudelle vaan päätti kulkea jalan sovittuun paikkaan. Kesä oli kukkeimmillaan, kun hän asteli hyttysten ininän saattelemana kohti edesmenneen Kunnan-Joosepin kotitaloa, missä Kalevi oli jo häntä odottamassa.

Kalevi riensi vastaanottamaan vierastaan ja sanoi:

– Tervetuloa Jooseppilaan! Oisit voinut tulla autollasi perille asti. Kyllä siitä voi kulkea ja pikkuparannuksilla siitä kiertotiestä saahaan ihan moitteeton kulkuyhteys maantien varrelta tänne perikunnan taloon.

– Päätin tulla jalan. Tällaisella pikkukävelyllä saatoin vetristellä pitkän ajomatkan jäljiltä jäykistyneitä jäseniäni. Korskea on näköjään talo ja tosi komealla paikalla. Ja siis tuossa järvessä on myös sitä punakalaa?

– On taimenta ja rautua. Ja tähän isovaarini muinaiseen kotitilaan kuuluu myös omistusoikeus tuon järven länsipäähän. Siinä voi ongiskella ja miksei jonkin verran myös verkostella. Antaisin kuitenkin tällaisen ystävän neuvon. Ei kannata ruveta kovin verkostelemaan. Voisi vaikuttaa huonosti tämän arvokkaan erämaajärven herkkään punakalakantaan. Mutta virvelöidä ja soutaen onkia voi mielensä mukaan. Ja talvella voi tietysti myös pilkkiä. Silläkin tavalla tuosta järvestä voi hakea kalaa paistinpannuun pantavaksi.

– Ja sinulla itselläsi on kokemusta siitä että tuosta järvestä saa noin helposti ruokakalaa.

– Kyllä kokemusta on tuostakin asiasta.

– Että ihanko totta että ei ole muuta kuin hakea ruokakalaa pöytään?

– Se on saletti juttu!

– Ja ainakin tuon järven pyyntimahdollisuuksien suhteen se teidän myyntitarjouksenne vaikuttaa kovin houkuttelevalta.

– Sitä varmasti on. On ainakin niiltä osin sitä luksusta. Nyt voitaisiinkin pistäytyä tuossa hirsirakennuksessa.

– Vaikuttaa varsin mahtavalta.

– Sitä varmasti on. Tämän tasoisia kohteita ei oo juuri enää nykyisin niillä asuntomarkkinoilla tarjolla, niistä kun on niin kova kysyntä.

He astuivat muinaisen Kunnan-Joosepin kotitalon avaraan pirttiin.

Ostajaehdokas vilkuili paikkoja ja tuumaili:

– Komea on myös tämä tupakeittiö. Tämän talon kun sähköistää ja teettää ne putkityöt ja asentaa keskuslämmityksen, niin varmasti pärjäilee tulipalopakkasillakin. Ja sen sisävessan voisi asentaa vaikkapa tuonne pirtin perälle.

– Jokaisella on oikeus tämän talon ostettuaan järjestellä se mieleisellään tavalla. Perikunta on viime vuosina panostanut tämän hirsirakennuksen perinteikkyyden vaalimiseen joillakin kulttuurillisilla taka-ajatuksilla. Nyt voitaisiin vilkaista, millaiselta tämä talo näyttää sieltä vintiltä päin katottuna.

He kapusivat hiljattain kunnostettuja portaita pitkin yläkertaan.

Kalevi jutusteli:

– Tämä ullakkopuoli on loistokunnossa. Ja tilaakin on rutkasti. On muutama kamari ja jokunen komero. Ja lisäksi vielä se muinainen makuuhuone. Tämä hirsirakennus on ollut viime vuodet lähes jatkuvassa käytössä, joten se ei ole päässyt ravistumaan.

– Kaikki näyttäisi olevan kunnossa. Tilaa on ihan riittämiin. Ja ilmanlaatu on hyvä. Tietysti tätä ullakkoakin voisi hieman remontoida. Voisi esimerkiksi asentaa muutaman lämpöpatterin, jolloin noille vanhoille kamiinoille ei olisi enää käyttöä. Ja toista sisävessaakin voisi harkita tähän taloon tänne yläkertaan laitettavaksi.

– Silläkin tavalla tietysti voisi. Asunnon haltija tietää itse parhaiten, mitä hän omaisuuellaan tekee. Sitten voitaisiin pistäytyä vielä tämän talon ensimmäisten asukkaiden makuuhuoneessa.

He astuivat tilavahkoon huoneeseen. Aurinko paistoi suoraan sisään ja kaikkialla niin siistiä ja kauniisti laitettu.

– Komea on huone, komea on huone! tuumaili ostajaehdokas, astui ikkunan ääreen ja tähyili järvelle päin.

– Tämä huone on ollut viime vuodet perikunnan päätöksellä kulttuurisessa käytössä. Tämän hirsirakennuksen tulevat haltijat löytävät sille varmasti maanläheisempää käyttöä. Nyt voitaisiinkin lähteä tuonne pihamaalle kattelemaan niitä ulkorakennuksia.

He astuivat pihamaalle. Ostajaehdokas silmäili vanhaa vinttikaivoa ja nyökytteli tyytyväisen oloisesti päätään, ja niin he astelivat niiden aittojen luokse.

– Ainakaan ulkorakennuksista ei ole puutetta! hymähti rovaniemeläinen koneurakoitsija.

– Niitä tosiaankin on ihan riittämiin. On nämä aitat tässä ja tuo navettalammasmaja tuolla hieman kauempana siihen kuuluvine lisävarusteineen. Ja lisäksi vielä se vanhanmallinen halonhakkuupaikka puuvajoineen. Kaikki tuo on sitä vanhaa perua. Mutta tuo rantasauna on ollut vasta jonkin aikaa käytössä. Siitä saa muuten ihanat löylyt. Ja tuo järvi on siinä ihan vieressä, jossa voi käväistä välillä pulikoimassa. Niinpä halukkaat voisivat tässä talossa oleillessaan harrastaa myös avantouintia.

Nyt Kalevi oli kertonut tähdellisimmät tiedot tästä myyntikohteesta ja tuumaili:

– Tällainen maatila olisi nyt asiasta kiinnostuneille tarjolla. Siis myynnissä on tuo päärakennus siihen kuuluvine ulkorakennuksineen sekä omistusoikeus tämän järven länsipäähän ja lisäksi on vielä sitä pyykein merkittyä tonttimaata. No miltä se sinusta tuntuu?

– En ollut valmistautunut tällaiseen. Tämä on yksi komeimmista paikoista, mihin olen koskaan törmännyt. Ja juuri nyt sydänkesällä tämä postikorttimainen maalaismaisema on todella kiehtovan näköinen.

– Siis kiinnostusta olisi?

– Sitä kyllä olisi mutta tämän maatilan hankinta taitaa mennä yli käytettävissä olevia resurssejani.

– Onko myyntihinta kenties liian korkealle pantu?

– Ei missään nimessä vaan minusta se on pikemminkin alakanttiin arvioitu. Esimerkiksi tuossa päärakennuksessa on niiden kulttuuriseikkojen ohella myös ihan konkreettista arvoa. Ja lisäksi vielä ne tähän maatilaan kuuluvat muut arvokkaat rakennukset, kuten nuo harmaantuneet hirsiaitat. On myös aika paljon sitä tonttimaata, johon voisi pystyttää yhtä ja toista. Minulla ei ole valitettavasti valmiuksia ottaa tätä omistukseeni. Kun omistaa jotain, silloin omaisuudestaan tulee pystyä myös huolehtimaan. Minä en pystyisi sellaiseen. Olen hyvin kiireinen koneurakoitsija, jonka kaikki aika ja tarmo tahtoo mennä yritykseni pyörittämiseen.

– Ymmärrän sinua. Tämä on yksittäiseen käyttöön liian mahtava.

– Sitä luultavasti on. Mutta on tässä maailmassa ihmisiä, joilla olisi rahaa ja aikaa ottaakseen omistukseensa tämän maatilan.

– Ja hieman syrjässäkin taitaa olla?

– Sitäkin on. Talvella tuiskujen aikaan tänne on lähes mahdoton päästä autollaan.

– Totta puhut. Ittekin oon ajatellut jotenkuten tuolla tavalla.

– Oli mukava tutustua tähän komeaan paikkaan. Ja minäkin haluaisin antaa puolestani ystävän neuvon. Älkää missään nimessä laskeko sitä myyntihintaa, jos ette saa sitä heti myydyksi! Olen yrittäjä ja työssäni olen jo tottunut

siihen että maltilla ja harkinnalla ne asiat parhaiten hoituvat. Taidankin läh-
teä autolleni.
    – Mie voisin heittää sinut sinne maastoautollani.
    –Ei tarvitse. Tulin kävellen autoltani ja kävellen meinaan myös mennä sinne
maantien varteen.

19.

Elettiin jo syksyä. Peruskunnostettu tie oli nyt kokonaisuudessaan päällystetty. Tätä historiallista hetkeä oli asiaankuuluvalla tavalla juhlittu. Kunnantalossa oli järjestetty muutamille kutsuvieraille sekä kunnan johdolle tarkoitettu kahvittelutilaisuus. Kunniavieraana oli ollut kuntalaisille ventovieras kulkulaitosministeri, ja kunnan silmäätekevien mielestä hän oli loppujen lopuksi puoluetaustastaan huolimatta varsin lupsakka kansanmies. Juhla-ateria oli nautittu Matkailuhotellissa ja sen päälle oli pidetty kaikille avoimet railakkaat jatkot.

Uusi aika oli tuloillaan. Entinen kansakoulujärjestelmä kuuluisi kohta historiaan ja sen tilalle oli tulossa kouluviranomaisten tietojen mukaan huomattavasti toimivampi peruskoulu. Tulevan koulukeskuksen rakennustyöt oli aloitettu alkukesästä ja parin vuoden kuluttua se olisi valmis vastaanottamaan ensimmäiset oppilaansa. Kunnan kansakouluissa oppivelvollisuutensa suorittaneet alkaisivat vielä kuntakeskuksessa yläasteelle muutamaksi vuodeksi täydentämään koulunkäyntiään. Ja suunnitelmissa oli myös lukion saaminen valtakunnan perimmäiseen kuntaan. Sitä kautta oppilailla olisi lukion käytyään ja ylioppilastutkinnon suoritettuaan mahdollisuus akateemisiin jatko-opintoihin.

Vuosi oli vaihtunut, talven selkä taittunut ja kohta olisikin taas jo kesä. Pitkin talvea Jooseppila oli ollut vilkkaassa käytössä. Paliskunnan poromiehiä oli toisinaan oleillut siinä ja riekkomiehille se oli ollut mitä mainioin kortteeripaikka. Ulkopuolisiakin oli ihan mukavasti vieraillut perikunnan talossa ja pääsiäisviikolla siihen oli ollut suorastaan tunkua.

Jooseppilan tulevaisuuden taivaalla oli kuitenkin taas tummia pilviä. Joku eteläsuomalainen pariskunta oli ilmoittanut kiinnostuksestaan myyntikohteeseen ja he olivat tulossa kesäkuun alkupäivinä tutustumaan siihen.

Perikuntalaiset olivat kokoontuneet Niilon taloon keskustelemaan tuosta asiasta.

Talonisäntä tuumaili:

– Tehän kai arvaatte miksi me oomme nyt koolla tässä talossa. Eletään taas semmosta stressaavaa vaihetta. Kalevi on saanut pahaenteisen kirjeen ja hänelle on muutaman kerran soitettu. Voisikko sie Kalevi itte kertoa tarkemmin näille muille mistä oikein on kysymys?

– Sain tosiaankin kirjeen ja minulle on muutaman kerran soitettu. Joku eteläsuomalainen varttuneempi pariskunta on kiinnostunut myyntitarjouksesta. Haluaisivat ittelleen vanhuuen päivien varalle viihtyisän kesähuvilan komealta paikalta. Ovat käsittääkseni niistä paremmista piireistä, joten ainakin rahallisesti he voisivat varsin köykäisesti hankkia ittelleen sen Jooseppilan.

– Ookko jo ollut yhteyessä Tanelin porukkaan tuosta asiasta? tiedusteli Iivari.

– En oo vielä. Meiän kannattaisi ensin alustavasti keskustella tuosta asiasta.

– Voisikko kertoa jotain mainitsemisen arvosta siitä viimekesäisestä perikunnan talon myyntiyritelmästäsi? tiedusteli Leemetti.

– Voisin kyllä. Se tuntu tosiaankin etukäteen aika lupaavalta. Miehellä oli rahaa ja koneurakoitsijan tuntemus tuosta ja tästä asiasta. Tultuaan Jooseppilaan hän oli heti ihastunut siihen. Ei ollut omien sanojensa mukaan paljon koskaan nähnyt noin komeaa paikkaa.

– Muttei kumminkaan ostanut?

– Oli joitakin tuota perikunnan talon hankkimista rajoittavia seikkoja.

– Kuten?

– Se oli hänestä hieman syrjässä ja liiankin mahtava hänen tarpeisiinsa.

– Mitä muuta se meinaili? Mitä se muuten siitä myyntihinnasta arveli?

– Hänestä se oli pahasti alakanttiin arvioitu. Hänen mielestään perikunta ei saanut missään nimessä luopua alihintaan tuon tasoisesta maatilasta.

– Siinä tapauksessa sitä myyntihintaa pitäis hieman nostaa! hoksasi Niilo.

– Ei vain hieman vaan tuntuvasti nostaa! töksäytti hänen vaimonsa.

– Noinko sie ajattelet, Anneli?

– Noin ajattelen. Sitä Jooseppilaa ei saa missään nimessä panna puoli-ilmaiseksi ventovieraille.

Talonemännän sanat nostattivat kokonaisen keskusteluryöpyn. Useimmat yhtyivät oitis hänen käsitykseensä asiasta. Kalevi yritti hieman jarrutella. Hän selitti, että mikäli myyntihintaa kovin nostaisi, silloin Jooseppilaa ei saataisi myydyksi. Siinä tapauksessa Taneli ei saisi kipeästi tarvitsemiaan rahoja uuden yrityksen pystyttämiseen. Hän tunsi jääneensä kahden tulen väliin – yhtäältä hän ei olisi halunnut missään nimessä luopua Jooseppilasta ja toisaalta Tanelin juridisena avustajana hänen tuli virkavalansa mukaisesti tehdä kaikkensa asiakkaansa toiveiden toteutumiseksi.

Seuraavana päivänä Kalevi oli soittanut Tanelille ja kertonut hänelle, että olisi taas ostajaehdokas tiedossa – eteläsuomalainen pariskunta oli kiinnostunut Jooseppilasta ja he olivat tulossa kesäkuun alussa tutustumaan siihen. Hän välitti Tanelille edellisen ostajaehdokkaan terveiset, että noin komeaa perintötilaa ei kannattanut alihintaan kaupitella vaan myyntihintaa olisi tuntuvasti nostettava, eikä Tanelilla tietenkään ollut mitään sitä vastaan.

Viimeisetkin lumet sulivat peruskunnostetun maantien varrelta ja ylämaiden lumipaljoudet lorisivat pikkupurosina kohti alamaita ja kaatuivat lopulta kohisten Utsjokeen. Uusi kesä oli taas tuloillaan myös tänne pohjan perukoille.

20.

Niilo ja Iivari olivat lähteneet juhannuksen alla tutustumaan uuden koulukeskuksen rakennustöihin. Tämä oli suuri työmaa, sillä varsinaisen koulurakennuksen yhteyteen oli tarkoitus pystyttää asuntola, kirjasto, uimahalli, muutamia asuntoja koulukeskuksen henkilökunnan tarpeisiin sekä muuta pienempää.

He vaihtoivat muutaman sanan vastaavan rakennusmestarin kanssa ja katselivat rakennustöiden edistymistä.

– Kyllä tuosta hyvä tulee, totesi Iivari.

– Jo vaan tuleekin. Saahan mekin viimein kunnon koulu. Suunnitelmien mukaan ens syksynä tuon pitäis olla valmis vastaanottamaan kunnan muista kouluista oppilaita tänne kuntakeskukseen yläasteelle.

– Hyvinhän ne rakennustyöt tuntuvat sujuvan niin että siitä ei oo epäilystäkään.

– Ja parin vuoen päästä saahan myös se lukio. Tosi mahtavaa niinko nykysin ruukataan sanoa!

He lähtivät astelemaan kylän keskustaan päin.

– Mulla on muuten juuri nyt semmonen helpottunut olo, virkkoi Iivari.

– Sie tarkotat sitä perikunnan taloa?

– Sitä tarkotan.

– Kyllä mekin ollaan Annelin kans oltu tosi tyytyväisiä kun noin meni. Tapasin muuten Kalevin ja hän sanoi olevansa pahoillaan, kun ei vieläkään onnistunut siinä myynnissä. Noin hän sanoi tietysti vain viran puolesta mutta noin niinko oikeasti toivoo syämmensä pohjasta että se Jooseppila ei menisi ikikuunapäivänä ulkopuolisille.

– Ymmärrän, ymmärrän.

– Sitä on vaikea saaha myyvyksi kahestakin syystä. Se on sopivasti syrjässä ja se meiän tekemä kiertotie ei oo kai kovin kasevassa kunnossa ulkopuolisten mielestä. Tuo etelän pariskuntakaan ei ollut tohtinut lähteä hienolla autollaan Jooseppilaan vaan olivat kävelleet sinne. Toisekseen vaarivainaan kotitila on liian mahtava tavallisen perheen ylläpitämiseksi varsinkin talvella tuiskujen aikaan, kun kulkuyhteys ulkopuoliseen maailmaan tahtoo väkisin katketa.

– Ja nyt meillä menee tosi mahtavasti.

– Älä jo muuta. Jooseppila on lähes koko kesäksi varattu, joten paikalliset joutuvat oottelemaan vuoroaan.

– No nehän voivat sitten oleilla siinä niinä hiljaisempina aikoina.

– Siitä minun sillosesta tuuleen heitetyn tuntusesta suunnitelmastani on kehkeytymässä varsinainen menestystarina.

– Sie oot tosiaankin aika hyvä hoksaamaan.

– Ja arvaa mitä!

– Niin?

– Mehän voisimme yksissä tuumin vähän jelppiä sitä Tanelia, joka taitaa olla nyt aikamoisessa rahapulassa, kun siitä myynnistä ei tunnu tulevan mitään. Ensin muutama sana tähän alkuun. Perikunnan talon kirjanpito on ollut kohillaan siitä lähtien, kun se otettiin nykyseen käyttöön. Hannele on opetustyönsä ohella hoiellut myös sitä kirjanpitoa. Tuon kaupallisen toiminnan tuloksena perikunnalle on kertynyt jonkin verran jaettavaa. Ja Hannelen mukaan tuo summa tulisi pikimmiten jakaa siihen meiän polveen kuuluville perikuntaisille. Mitä jos me sopisimme siten että otamme vastaan meille kuuluvan osan mutta pukkaamme sen saman tien Tanelin tilille! Meillähän kyllä on ihan pärjäämiseen asti rahaa ja kysehän on aika pienestä summasta.

– Tuossa on jotain itua. Kyllä se mulle käypi. Taneli saa ainakin mulle kuuluvan pienehkön rahasumman. Sukulaismiestä ei jätetä pulaan hädän hetkellä, vaikka meillä ei ookkaan koskaan ollut kovin läheisiä välejä. Minusta se on aina ollut jotenkuten herraskainen, aivan erilainen ko sie.

– Ja meinaan muuten mainita tuosta asiasta myös Leemetille eikä hänkään varmaan näe mitään estettä siihen että hänen osuutensa menee Tanelille.

Iivari lähti lampsimaan kohti kotitaloaan, ja Niilo päätti pistäytyä Matkailuhotellissa tuttaviaan tapaamassa ja jotain syömässä.

21.

Elämä tuntui asettuneen kohdalleen. Perikunnan talo oli ollut vilkkaassa käytössä. Se oli paikallisille tarvittaessa sopiva kortteeripaikka ja ulkopuoliset tulivat siihen luontomatkailusta ja erämaan rauhasta nauttimaan. Tuli joulu ja vaihtui vuosi. Pääsiäisen alla oli käynyt ostajaehdokas tutustumassa myyntikohteeseen ja vappuviikolla niin ikään. Jooseppilasta kiinnostuneiden mielestä perikunnan talo oli yksi komeimpia, mitä he olivat koskaan nähneet mutta «valitettavasti se oli kovin syrjässä ja liian mahtava heidän tarpeisiinsa».

Myös mediaväki oli kiinnostunut tuosta kekseliäästä tavasta ottaa vanha maatila uusiokäyttöön. Pienehköillä kunnostustöillä ja huolenpidolla oli luotu pohja vanhan hirsirakennuksen tulevaan käyttöön. Ja varsinainen oivallus perikunnan vastuuhenkilöillä oli ollut yhdistää ei-kaupallinen ja liiketaloudellinen puoli tuottavaan toimintaan. Kuvalehdessä oli ollut muutamalla kuvalla varustettu lehtijuttu Jooseppilan nykykäytöstä, ja Lapin radion haastattelussa Niilo oli seikkaperäisesti kertoillut miten he ylipäätään olivat päätyneet tuollaiseen ratkaisuun.

Koulukeskus valmistui loppukesästä ja tätä tärkeää tapahtumaa oli asiaankuuluvalla tavalla juhlittu kunnassa. Tärkeitä vieraita oli kutsuttu ulkopuolelta todistamaan tuota historiallista hetkeä, päävieraina olivat olleet opetusministeriön hallintopäällikkö, läänin maaherra sekä Kouluhallituksen opetustoimen osastopäällikkö.

Traagisesti menehtyneen kunnanjohtajan tilalle kunnan johtoon valittu ansioitunut kunnallismies oli kiitospuheessaan lausunut muun muassa, että «kuinka mukavaa on, kun tänne perimmäiseen Lappiinkin saatiin ikioma lukio. Nyt minun edeltäjäni ja hänen työtoverinsa siellä ajan rajan toisella puolella voivat olla tosi tyytyväisiä siitä että heidän havittelemansa koulukeskussuunnitelma on ihan mallikelpoisesti toteutettu».

Koulujen alettua kuntakeskus vilkastui huomattavasti, kun kunnan muista kouluista saapui oppilaita yläasteelle lopettelemaan kouluvelvollisuuttaan. Hannelen sosiaalinen status oli huomattavasti kohentunut koulukeskuksen käyttöön oton jälkeen. Hänet oli valittu yläasteelle maantiedon ja yhteiskuntaopin vakituiseksi opettajaksi ja hänelle oli lupailtu tunteja myös vastikään toimintansa aloittaneesta lukiosta.

Suuren koulukeskuksen perustaminen oli kovasti vilkastuttanut kuntakeskustaa. Opettajille ja muille muualta tulleille viranhaltijoille tuli tarjota asunto. Niinpä kaksi ensimmäistä rivitaloa oli jo pystytetty ja niitä tarvittaisiin vielä muutama lisää akuuttisiin tarpeisiin.

Kunnassa elettiin parhaillaan vilkasta jälleenrakentamisen aikaa. Syrjäkyliltä muutti nuorempaa väkeä kuntakeskukseen leveämmän leivän ääreen. Tuleva perintöosuus ja vakituinen työpaikka takuuna oli varsin helppo saada pankkilainaa, mikä mahdollisti kotitalon rakentamisen. Valtakunnan pohjoisimman kunnan avautuminen ulkomaailmaan oli kovasti vilkastuttanut tätä perää. Kuntakeskuksesta oli peruskorjatun tien ansiosta toimiva yhteys muuhun Suomeen, ja rakenteilla oleva Tenon varren tiekin vihittäisiin lähivuosina virallisesti käyttöön. Nyt oli jo tiedossa, että siitä tulisi yksi maan komeimmista tieosuuksista ja varsinainen vetonaula pohjoiseen havitteleville lohestusturisteille ja muille matkustavaisille. Kunnan johto ja valtiovallan edustajat olivat hyvin tietoisia siitä, millaisia mahdollisuuksia piakkoin valmistuva jokivarrentie soisi kunnan tulevaisuuden suunnitelmille, ja niinpä kitsas valtiovalta oli tuohon hintavaan tiehankkeeseen ryhdyttyään keskeytyksettä rahoittanut sitä.

22.

Perikunnan vastuuhenkilöt olivat jo tuudittautuneet siihen uskoon, että Jooseppila ei menisi mahtavuutensa ja syrjäisen sijaintinsa takia koskaan myyntiin, mutta nyt olivat taas alkaneet hälytyskellot raksua. Eräs valtakunnan johtavista matkailuyrityksistä oli iskenyt haukankatseensa siihen. Kyseinen yritys oli jo useiden vuosien ajan hankkinut sopivilta paikoilta autioituneita maatiloja ja muita kiinnostavan tuntuisia kohteita ja ottanut ne sittemmin rahallisesti tuottavaan käyttöön. Toimintansa alkuaikoina se oli erikoistunut järvimatkailuun ja oli hankkinut esimerkiksi Saimaalta ja Päijänteeltä päin maisemallisesti sopivia kohteita ja kehitellyt niihin matkailuun liittyvää majoitus- ja ravintolatoimintaa mutta oli sittemmin kiinnostunut myös erämaamatkailun suomista mahdollisuuksista.

Yritys oli ollut alusta lähtien hyvin valikoiva. Tärkeimpänä kannustimena ostoon oli hankittavan kohteen maisemallinen sijainti ja sen luomat mahdollisuudet ottaa ostettava kohde taloudellisesti tuottavaan toimintaan. Kiinnostuttuaan jostain sopivan tuntuisesta paikasta se oli monesti jo aika kohta havittelemassa sitä omistukseensa.

Tiedot tuon taloudellisesti vahvan matkailuyrityksen kiinnostuksesta Jooseppilaan olivat jo perikuntaan kuuluvien paikallisten tiedossa. Niilolle oli soitettu ja Kaleville oli lähetetty kirje yrityksen kiinnostuksesta perikunnan maatilan hankintaan. Tiedot yllättävästä uutisesta olivat kohta kiirineet myös muualla asuvien perikuntaan kuuluvien tietoon. Niinpä paikalliset olivat pähkäilleet ja surkutelleet, kun noin onnettomasti piti käydä, ja Torniossa päin asuvissa taas oli virinnyt toivo että näinkö sittenkin se perikunnan talo saataisiin myyntiin ja toivottavasti aika tukevalla hinnalla.

Matkailuyrityksen taholta oli ilmoitettu Kaleville, että pari henkilöä olisi tulossa juhannuksen alla tutustumaan myyntitarjoukseen ja mahdollisesti jo hieromaan kauppoja. Perikuntaan kuuluvista muualla asuvista jotkut olivat tulossa seuraamaan tuota historiallista tapahtumaa, jolloin Jooseppila mahdollisesti siirtyisi ulkopuoliseen omistukseen. Paikalliset perikuntalaiset sen sijaan olivat päättäneet pitää matalaa profiilia ja oleilla tiiviisti kotosalla Kalevin hoidellessa virkansa puolesta tuota kiperää asiaa.

Oli kaunis alkukesän päivä. Jooseppilan pihamaalle oli jo aamusella kokoontunut jonkin verran väkeä – useimmat heistä olivat perikuntaan kuuluvia muualta tulleita. Torniosta oli saapunut useita henkilöitä ja myös Rovaniemeltä ja Kittilästä muutama. Lisäksi oli tullut uteliaisuudesta muutama paikallinen seuraamaan, menisikö Jooseppila myyntiin vai ei.

Kalevi jutteli sukulaistensa kanssa matkailuyrityksen edustajien saapumista odotellessa.

– Se koitti vielä sekin päivä, kun näistäkin asioista tulee huolehtia, hän tuumasi jotain sanoakseen.

– Älä jo muuta mutta tämä on vain sitä elämää, totesi Kittilästä saapunut Kalevin pikkuserkku.

– Erinäisistä syistä tämän perikunnan talon juridinen jälkiselvittely on päässyt hieman sinkumaan. Olen kovasti pahoillani!

– Jotain tällaista on ollut havaittavissa, totesi Tanelin opettajataustainen poika, joka oli toiminut paperiasioissa jo varsin pitkään hänen oikeana kätenään.

Heidän keskustelunsa keskeytyi matkailuyrityksen edustajakaksikon karauttaessa Ivalosta vuokraamallaan maastoautolla perikunnan talon pihamaalle.

Kalevi kiirehti tervehtimään heitä ja sanoi:

– Tervetuloa Jooseppilaan! Olen perikuntamme valtuuttamana toiminut jo jonkin aikaa edesmenneen isovaarini kotitilan myyntiä järjestelemässä.

– Onko ollut kiinnostusta? Toisin sanoen onko täällä päin kulkenut niitä ostajaehdokkaita?

– Kyllä kiinnostusta on ollut ja ostajaehdokkaitakin on ollut ihan mukavasti.

– Olen muuten matkailuyrityksemme markkinointipuolen edustaja ja kollegani taas on siltä kiinteistöpuolelta. Minun tehtäviini kuuluu luoda yleissilmäys myynnissä olevaan kohteeseen ja saada näin ensivaikutelmani siitä että tunnenko ylipäätään vetoa siihen.

– Mikä muuten mahtaisi olla ensivaikutelmasi?

– Tämä on komea paikka. Yksi niistä upeimmista erämaakohteista, mihin olen ikinä törmännyt toimessani. Karun kaunis perinteikäs maatila erämaan sydämessä kirkassilmäisen järven rantamilla. Mitä muuta voisi vielä vaatia erämaakohteelta?

– Olenko oikein ymmärtänyt että teidän yrityksellä olisi kiinnostusta tämän maatilan hankintaan? tiedusteli Tanelin poika varovasti.

– Ei kannata kiirehtiä asioiden edelle. Nuo lausumani sanat olivat vain ensivaikutelmiani mutta tämän kokoisessa ostohankkeessa on toki muitakin huomioon otettavia seikkoja.

Kalevi otti virkansa puolesta aloitteen käsiinsä ja jutusteli:

– No mehän ruvetaan katteleen niitä paikkoja. Tuossa on se Pannepieranjärvi ja tuossa tämän maatilan ensimmäisten asukkaiden kotitalo. Ja samalla sinä markkinointipuolen edustaja voisit luoda yleissilmäyksen niihin ulkorakennuksiin ja kehitellä näkemäsi perusteella ensivaikutelmasi.

– Tämä on kaiken kaikkiaan komea paikka. Kovin mielelläni pistäytyisin kollegani kanssa tuossa hirsirakennuksessa. Parasta on kai siten että me menemme kaksin sinne, jotta voisimme yhdessä tutkailla paikkoja ja keskustella tietyistä yksityiskohdista.

Yrityksen edustajien mentyä tutustumaan vanhaan hirsirakennukseen perikuntaan kuuluvat vaihtoivat muutaman sanan.

– Mitenkähän tässä mahtaa käydä? hätäili Rovaniemeltä saapunut asianosainen.

– Ei ehkä olekkaan niin ittestään selvä juttu kuten mie olin kuvitellut, totesi Kittilästä saapunut perikuntalainen.

– Kovin pikkutarkoilta kavereilta vaikuttavat, semmosilta viimeisen päälle laskelmoivilta saivartelijoilta, arveli joku.

Kalevi tuumaili:

– Tämä meiän myyntiprojektimme on hyvällä mallilla. Kaikki järjestyy toivomallamme tavalla. Yrityksen edustajat ovat tottuneet satsaamaan laatuun, joten he tuskin voisivat antaa mennä ohi suun tuon tasoisen myyntitarjouksen.

Yrityksen edustajakaksikko astui ulos talosta. He olivat todenneet, että vanha hirsirakennus oli vahvaa tekoa ja siistissä ja mukavassa kunnossa.

– No miltäs se tuntuu? tiedusteli Kalevi.

– Kaikki on kohdallaan, mitä tulee tuon hirsirakennuksen kuntoon ja vetovoimaan.

– Entäs muuten?

– Itse olisin ollut hetken mielijohteesta valmis heti kaupanhierontaan mutta yrityksemme kiinteistöpuolen edustajana kollegani löi kapuloita rattaisiin.

– Nyt olisi mukava kuulla millä perustein kiinteistöpuolen edustaja on päätynyt tuollaiseen, tuumaili Kalevi.

– Minulla oli tosiaankin markkinointipuolen edustajan kanssa tiettyjä näkemyseroja. Hän liikkuu usein mielikuvien maailmassa, kun taas kiinteistöpuolen edustajana olen tottunut ruohonjuuritasolla ottamaan kaikki mahdolliset seikat huomioon. Siis tämän maatilaan ostoon liittyen on joitakin solmukohtia.

– Voisitko selittää yksityiskohtaisemmin?

– Juuri nyt kesällä kaikki on täällä niin komean ja kiehtovan näköistä. Mutta talvella voikin olla täysin toisin. Keskustelin tänne tullessamme Ivalossa tiepiirin edustajien kanssa ja tulin tietämään yhtä ja toista. Joskus aikoinaan se muinainen kärrytie on kulkenut tuosta ihan vieritse ja siitä oli kulkenut myös se entinen maantie. Ja kun tuota tietä ruvettiin kunnostamaan, silloin havaittiin se pahanlaatuinen paannekohta tuossa lähistöllä ja ministeriön kehotuksesta peruskunnostettava tielinjaus päätettiin vetää tuon järven toisen pään kautta, jolloin tämä maatila jäi aikalailla syrjään kulkuyhteyksistä.

– Mutta onhan se kiertotie tästä talosta sinne maantien varteen.

– Kun se ei ole nyt kesälläkään kovin kaksisessa kunnossa, niin miten ihmeessä talvella tuiskujen aikaan sitä pitkin voisi kulkea.

Markkinointipuolen edustaja tuumaili:

– Loppuun asti realistinen kollegani taitaa olla tälläkin kertaa oikeilla jäljillä. Mikä harmin paikka, kun sattui olemaan se paannekohta – jollei sitä, niin tämä maatila olisi mennyt jo nyt kirkkaasti myyntiin! Ymmärrän hyvin pettymyksenne, kun päädyttiin tuollaiseen ratkaisuun. Mutta näinkin voi käydä tämän kokoisissa kaupantekoasioissa.

– Olin jo lähes varma että maatila menisi tällä kertaa myyntiin! huokaisi Kalevi.

– Jatkakaa samalla päättäväisyydellä! Ei kannata lannistua. Markkinoinnin ammattilaisena minulla olisi teille pikkuvinkki annettavana. Jotta tämä olisi teiltä vakavasti otettava myyntisuunnitelma, niin ensimmäisenä tehtävänä teidän olisi muutettava tämän paikan nimi. Ettäkö Jooseppila – ehei, ei käy, ei eletä sentään kivikautta! Sopivan nimen löytäminen on tämän kaltaisissa myyntiasioissa hyvin tärkeä pointti. Siinä jos missä vaaditaan luovuutta ja kekseliäisyyttä. Sopivalla nimenvalinnalla on saatu myydyksi paljon vaatimattomampiakin kohteita. Nimen pitää olla sellainen että se iskee silmään ja luo samalla monenlaisia vahvoja mielikuvia.

– Vaarivainaan tilan nimeä ei piru muuteta! kamehtui Kittilän mies. – Tämä paikka on ollut mulle pienestä pitäen Jooseppila ja on tästeeskin.

Torniosta saapuneet nyökäyttivät sukulaisilleen, astelivat vaitonaisina autolleen ja lähtivät ajelemaan maantien varteen. Tätä myyntitapahtumaa seuraamaan tullut perikuntaan kuulumaton paikallinen suuntasi kiireimmiten kulkunsa kohti kuntakeskustaa ilmoittaakseen Niilolle ja Iivarille, miten oli käynyt.

Iivari oli uutisen kuultuaan pirauttanut Niilolle ja arvellut että nyt olisi taas hyviä perusteita poiketa Matkailuhotellissa. Niilo oli välittänyt tuota pikaa ilosanoman Leemetille että «nyt kipin kapin Majalaan! Pistetään pöytä koreaksi ja pannaan ranttaliksi! Ja meille kelpaa vain ne hintavimmat sapuskat ja kyytipojaksi Lapin Kulta ja nyt poikkeuksellisesti sie meiän kirkkotulkkimmekin voisit ottaa ees yhen pullollisen tämän ikimuistettavan hetken kunniaksi, kyllä kerkiät vielä juua sitä maitoa».

23.

Taneli oli ollut lähes varma, että tällä kertaa vaarivainajan kotitila menisi myyntiin. Merkit olivat niin ilmeisen selviä. Hän tiesi kyseisen yrityksen maineen luontomatkailun kehittäjänä. Sille kelpasivat vain laadukkaimmat kohteet, ja kuulopuheiden mukaan hänen paikalliset sukulaisensa olivat saattaneet Jooseppilan loistokuntoon. Perinteikäs maatila oli karunkauniin erämaajärven rantamilla, juuri sellaisella paikalla että vakavarainen yritys ei voinut olla kiinnostumatta siitä.

Hän oli kovasti pettynyt asian ratkettua ei-toivotulla tavalla. Hänellä olisi ollut valmiit suunnitelmat sen varalle, että vaarivainajan kotitila olisi mennyt myyntiin. Hän jatkaisi pienimuotoisesti autokaupan alalla, perustaisi kaupungin laitamille ikioman liikkeensä, mistä hänen asiakkaansa saisivat henkilökohtaista, ihmisläheistä palvelua, mitä ei ollut saatavilla siitä kaupungin keskustaan hiljattain perustetusta prameilevasta autoliikkeestä, jonka päätavoitteena olivat tehokkuus ja liiketaloudelliset voitot.

Aika kohta Taneli oli saanut otteen elämästä, hänessä oli herännyt kauppamiehen mieli ja hän oli päättänyt taas astua liike-elämään. Hän tiesi, että käytettävissä olevan pääoman niukkuuden takia hänen olisi lopullisesti luovuttava autokaupasta, mutta yritteliäälle ihmiselle löytyisi toki muita mahdollisuuksia liikealalla. Hän oli taas innostumaisillaan. Mielessä liikkui monenlaisia ajatuksia. Hänen kaltaisellaan oli mahdollisuuksia yhteen ja toiseen tuottavaan toimintaan. Hänellä oli liikemiesvuosinaan karttunutta elämisenhallintaa, hän oli ennakkoluuloton ja ihmisenä sosiaalinen, hänellä oli juuri niitä ominaisuuksia, joita tarvitaan mikäli mielii menestyä yritysmaailmassa.

Pitkällisen puntaroinnin päätteeksi eräs vaihtoehto nousi kaikkien muiden yläpuolelle. Mitä jos hän perustaisi kodinkoneliikkeen – alkaisi myydä pesukoneita, linkoja, sähköhelloja, jääkaappeja ja muuta vastaavaa tarvitseville!

Sellaiseen hänellä olisi taloudellisia resursseja. Hän oli käsistään näppärä ja sopisi juuri tuollaiseen toimintaan ja hänellä oli jo liikekumppanikin kiikarissa. Hän oli aina ollut hyvissä väleissä vävynsä kanssa. Tällä oli sähkömiehen koulutus, mikä olisi eittämättä lisävaltti kodinkoneliikkeen menestyksekkäässä pyörittämisessä. Hän itse touhuilisi siellä myymälän puolella ja kaupan päälliseksi vävy kuskaisi ostetut kodinkoneet oikeisiin osoitteisiin ja liittäisi ne sähköverkkoon ihmisten tarpeita palvelemaan – niin että kauppa kävisi ja rahaa tulisi.

Kodinkoneliikkeen piakkoin tapahtuva perustaminen oli jo todellisuutta Tanelille. Vävy oli innostunut asiasta ja kannustanut häntä tekemään liikkeen perustamiseen tarvittavat perusvalmistelut. He olivat parhaillaan haeskelemassa kaupungin keskustasta sopivaa paikkaa, johon tuleva kodinkoneliike perustettaisiin.

24.

Kunnassa elettiin nopeita muutosten aikoja. Uutta rakennettiin ja vanha joutui monesti väistymään. Koulukeskus oli jo täydessä toiminnassa ja Tenon varren tie valmistumaisillaan. Jooseppila oli ollut vilkkaassa käytössä. Perikunnan puuhahenkilöiden toimesta vanhaa perintötilaa oli ahkerasti markkinoitu. Jooseppilasta oli tullut jo tavaramerkki luontomatkailusta ja retkeilystä kiinnostuneille. Joidenkin mielestä vain tuolta perältä löytyi vielä sitä aitoa erämaan rauhaa, jota oli turha haeskella Lapin suurista matkailukeskuksista.

Myös Tanelilla meni ihan kohtalaisesti. Hän oli vuokrannut Tornion keskustasta hiljattain suljetun tilavahkon sekatavarakaupan ja remontoinut sen kodinkoneliikkeeksi. Vaimonsa kehotuksesta hän oli ottanut liikkeensä nimeksi Tanelin Konekota. Kaupankäynti oli lähtenyt hiljalleen käyntiin. Paikalliset tulivat kohta tietämään, että entinen autokauppias oli radikaalisti muuttanut toimenkuvaansa. Yksi ja toinen pistäytyi uteliaisuudesta liikkeessä ja he huomasivat, että se oli ulkoisilta puitteiltaan vielä varsin vaatimaton mutta sieltä sai tarvittaessa yksilöllistä palvelua ja lähes kaikkea mitä tavallinen ihminen tarvitsi elääkseen.

Taneli oli ollut jatkuvasti yhteydessä Kaleviin, juridiseen neuvonantajaansa. Viimeisessä yhteydenotossaan hän oli pyytänyt Kalevia vielä kerran tosissaan paneutumaan tehtäväänsä, ja jos tälläkin kertaa tuloksena olisi vesiperä, silloin oli kai jo varminta uskoa että Jooseppilaa oli mahdoton myydä ulkopuolisille.

Tällä kertaa Taneli oli hieman avautunut, toisin sanoen kertonut sukulaismiehelle jotain itsestään. Hän oli kertonut, miten hän oli teknillisen koulun ja sotaväen käytyään muuttanut Rovaniemelle, hankkinut ajokortin ja auton ja työskennellyt muutaman vuoden jossain konekorjaamossa ja perehtynyt tulevaan työhönsä. Rovaniemellä asuessaan hän oli tutustunut Sinikkaan, avioitunut hänen kanssaan ja pojan synnyttyä he päättivät muuttaa Tornioon, missä oli kuulopuheiden mukaan hyvä työllisyystilanne ja rutkasti mahdollisuuksia yritteliäälle ihmiselle.

Taneli oli kertonut myös jotain henkilökohtaisempaa itsestään. Hän sanoi arvaavansa, että paikalliset perikuntalaiset pitivät häntä ahneena, kun hän muka kovin köykäisin perustein oli valmis luopumaan suvun kantaisän kotitilasta. Mutta tuo ei pitänyt hänen mukaansa täysin paikkaansa. Liikemiehenä toimiessaan hänellä piti olla tarvittavia rahallisia valmiuksia toimia alallaan ja toisekseen hän ei ollut yksin vaan hänen tuli ottaa huomioon myös vaimonsa mielipiteet ja heidän tyttärelleen ja kolmelle pojalleen kuuluvat perintöedut. Vararikkoon ajauduttuaan hänen taloutensa oli romahtanut ja uudelleen alkuun päästäkseen hän oli joutunut vaimonsa painostuksesta kyselemään hänelle kuuluvaa perintöosaa vaarivainajansa maatilasta. Vaimo oli jo perinyt itselleen kuuluneen rahallisesti varsin mukavan perintöosuuden, josta oli liiennyt jotain myös heidän lapsilleen. Niinpä nyt olisi hänen vuoronsa hoitaa kyseinen tärkeä asia.

Taneli kertoi, miten hän oli lähtenyt sotaväen käytyään lähes tyhjin käsin Rovaniemelle, hankkinut ensimmäiseksi kodikseen vaatimattoman vuokra-asunnon ja työpaikakseen meluisan konekorjaamon, jossa oli huhkinut useamman vuoden ajan pitkää päivää ja täten luonut itselleen peruspääoman ja arvokasta valmiutta tulevaan itsenäisempään elämään. Niinpä kaikki ei ollut tapahtunut hänelle itsestään käden käänteessä, kuten siellä hänen synnyinseudullaan jotkut kuvittelivat.

Tämä oli ensimmäinen kerta, kun Kalevi tutustui hieman paremmin sukulaismieheensä. Hän oli tavannut Tanelin muutaman kerran, kun tämä oli toisinaan käväissyt pohjoisimpia sukulaisiaan tapaamassa. Taneli oli tuttujaan tavatessaan sumeilematta näytellyt menestyksekkään liikemiehen rooliaan ja varsinkaan tosikkomainen Iivari ei voinut sietää tiukassa työelämässä hioutunutta serkkuaan, kun tämä puhui enemmän kuin oikeastaan olisi pitänyt.

Tämän pitkähkön puhelinkeskustelun lopputuloksena oli, että päätettiin tehdä tehoisku perikunnan talon myymiseksi. Kalevi lupautui huolehtimaan siitä, että hänen Kittilässä ja Rovaniemellä asuvat sukulaisensa panisivat myynti-ilmoituksen paikalliseen asunnonvälitystoimistoon näkyvälle paikalle ja hän itse sitoutui panemaan myynti-ilmoituksen Lapin Kansan ja Pohjolan Sanomien ohella myös valtakunnan päälehteen. Ja jos tälläkään kertaa ei onnistuttaisi myyntihankkeessa, siinä tapauksessa se haudattaisiin lopullisesti, Kalevi saisi korvauksen tehdyistä töistään ja Taneli keskittyisi kodinkoneliikkeensä toimintaedellytysten turvaamiseen.

25.

Kunnan historiassa elettiin parhaillaan tärkeää vaihetta. Tänään vihittäisiin virallisesti Tenontie käyttöön. Tämä hetki olisi tärkeä merkkipaalu valtakunnan perimmäisen kunnan avautumisesta ulkomaailmaan. Tästä lähtien saattoi huristella kuntakeskuksesta peruskunnostettua tietä pitkin etelään päin ja voisi vaihtelun vuoksi myös hurauttaa ensin Tenontietä pitkin kunnan eteläosan pikkutaajamaan ja sieltä saksalaisten sodan aikana tekemää ja sittemmin kunnostettua tietä pitkin niin sanottuun Tienhaaraan, missä nuo kaksi tietä yhtyivät ja siitä sitten eteenpäin.

Arvovaltaisia vieraita oli saapunut tilaisuuteen molemmin puolin valtakunnanrajaa. Kunniavieraana oli tasavallan presidentti, jonka tehtävänä oli juhlavin menoin avata kyseinen tie käyttöön. Oli syyskesän kaunis aurinkoinen päivä. Väkeä oli kokoontunut runsaasti Pahtavaaran rinteelle, missä tien vihkiäistilaisuus pidettäisiin.

Kunnanjohtaja toivotti paikalle kokoontuneen väen tervetulleeksi vihkiäistilaisuuteen. Hän katsahti kutsuvieraisiin päin ja aloitti tervehdyspuheensa:

– Herra tasavallan presidentti ja muut kutsuvieraat, rakkaat ystävät! Toivotan teidät sydämellisesti tervetulleiksi tähän tilaisuuteen! Tämä on merkittävä päivä kuntamme historiassa. Me eletään nyt täällä uuden ajan kynnyksellä, esittääkseni tuon asian sillä tavalla runollisesti. Olemme nyt kokoontuneet Tenontien vihkiäistilaisuuteen. Ulkopuolisten on ehkä vaikea ymmärtää, miksi jonkin maantien käyttöönotto voi olla tällaisen juhlimisen arvoinen asia että valtakuntamme päämieskin on lähtenyt sitä läsnäolollaan todistamaan. Siellä muualla asuvista kaikki eivät ole luultavasti tietoisia että pohjoisin kuntamme eroaa monella tavalla valtakuntamme muista alueista niin maantieteellisesti kuin myös asujaimistoltaan. Hangosta on pitkä matka Nuorgamiin, ja tämä näkyy selvästi luonnonoloissa. Kun siellä eteläisimmässä

Suomessa omenapuut ovat jo täydessä kukassa, niin täällä kesä on vasta varovasti tuloillaan. Ja myös elinkeinoelämän suhteen tämä kunta eroaa kovasti valtakuntamme sydänalueista. Meillä on täällä kaksi perinteistä elinkeinoa ylitse muiden – lohestus ja poronhoito. Poronhoitoa harjoitetaan toki muuallakin mutta lohestusta on vain täällä pohjoisimmassa kunnassa ja naapurikunnassamme siellä Inarijoen varrella. Meillä on täällä myös varsin kukoistava maatalous, mikä ei ole mikään itsestäänselvyys näillä korkeuksilla. Ja rajakaupasta on kehkeytymässä varteenotettava toimeentulolähde monille paikallisille. Lisäksi on tietysti myös ne matkailun suomat mahdollisuudet.

Hän keskeytti hetkeksi puheensa, katsahti kunniavieraisiin päin ja mietiskeli mitä hänen tuli vielä ottaa esille tervehdyspuheessaan ja taas jatkoi:

– Tämä on ainoa saamelaisenemmistöinen kunta maassamme. Saame on täällä laajasti käytössä ihmisten välisessä kanssakäymisessä. Niinpä se ei ole mikä tahansa eksoottinen koristus vaan ihan luonnollinen asia. En malta olla kehaisematta että täällä on erittäin rikas suullinen perinne ja nyt saamen kielen kirjoittamista on ruvettu opettamaan myös siellä peruskoulun ala-asteella ja yläasteella ja tietysti myös meidän Saamelaislukiossamme. On hyvä että meidän nuorisomme oppii jo pienestä pitäen puhumisen ohella myös kirjoittamaan äidinkielellään. Olen hyvin iloinen siitä että tasavallan presidentti vastasi positiivisesti kunnan johdon kutsuun tulla tähän tilaisuuteen. Ja tosi tyytyväinen olen myös siitä että väkeä on saapunut näin runsaslukuisesti tälle ihanalle paikalle todistamaan tätä historiallista hetkeä. Tervetuloa Tenontien vihkiäistilaisuuteen!

Virallinen tervehdyspuhe oli pidetty, mutta kunnanjohtajalla oli vielä jotain sydämellään ja hän jutusteli:

– On vaikea uskoa että asiat ovat lyhyessä ajassa näin muuttuneet kunnassamme. Muistan miten ensimmäinen kunnanjohtajamme ja samalla velipoikani joskus takavuosina maalailevasti kertoili että meilläkin olisi kohta kunnon tieyhteydet muuhun Suomeen ja peruskoulun tulon jälkeen opetusolot kohenisivat olennaisesti. Meidän nuortemme ei tarvitsisi enää lähteä Ivaloon keskikouluun ja ylioppilastutkinnonkin voisi lähivuosina suorittaa ikiomassa lukiossamme. Koulukeskuksen rakentamista, lukion perustamista ja tämän

Tenontien käyttöönottoa hän ei ollut enää omin silmin todistamassa mutta toivoisin hänen siellä toisessa maailmassa olevan nyt tosi tyytyväinen että hänen suuret suunnitelmansa on nyt mallikelpoisesti toteutettu.

Kunnanjohtaja kumarsi kohteliaasti yleisöön päin, pyyhkäisi kädenselällä silmäkulmaansa ja asteli sitten presidentti Koiviston ja muiden kunniavieraiden seuraan.

– Kiitos kauniista puheesta, kunnanjohtaja! Tiivis pakkaus faktatietoa tästä kunnasta. Minäkin tulin tietämään yhtä ja toista, totesi valtakunnan päämies.

– No kutakuinkin noin on ollut tääläpäin, herra presidentti! – Tästä tiestä tulee tärkeä kulkuyhteys. Ja nyt on suunnitteilla myös siltayhteyden saaminen kuntakeskuksesta Norjan puolelle ja sitten alkaakin jo olla täältä meiltä päin aika hyvät kulkuyhteydet muuhun maailmaan.

– On mukava huomata että kunnanjohtaja vaikuttaa tyytyväiseltä tapahtuneeseen kehitykseen.

– Sitä ehdottomasti olen. Tämä on komea tie. Komeimmillaan se on ehkä juuri tällä kohdalla. Tuossa virtaa tummasilmäinen Teno kohti Jäämerta. Ja kun vilkaisee tuonne alavirtaan, niin siellä näkyy Levajoen suu ja sen taustalla kohoaa tämän perän saamelaisten pyhä tunturi Rastigaisa. Komeat on maisemat, vai mitä herra presidentti!

– Juu, kyl maar, komeeta on!

Puheet oli pidetty ja sitten olikin avajaisseremonioiden vuoro. Tenonvene sahattiin poikki tieyhteyden avaamisen vertauskuvaksi ja tuohon sahaamiseen osallistui myös tasavallan presidentti. Molemmin puolin valtakunnan rajaa saapuneet paikalliset juttelivat yhtä ja toista tästä tiestä, kuluneen kesän lohestuksen onnistumisesta ja muistakin asioista. Kuntalaisilla oli mahdollisuus vaihtaa muutama sana valtakunnan päämiehen kanssa, ja kutsuvieraille sekä kunnan johdolle paikallisista aineksista valmistettu juhla-ateria nautittiin kuntakeskuksessa.

26.

Tuli syksy ja lähestyttiin joulua. Perikunnan talon myynti-ilmoitus oli ollut jo useita kuukausia hyvin esillä muutamassa asuntotoimistossa sekä Lapin kahdessa päälehdessä ja välillä myös Helsingin Sanomissa, mutta kovin hiljaista oli ollut. Oli luultavaa, että nyt talvella ostajaehdokkaita oli jokseenkin turha odottaa. Niinpä Tanelin pyynnöstä perikunnan talon myyntiä tuli jatkaa juhannukseen asti, ja mikäli siihen mennessä ei ollut ilmaantunut ostajaa, silloin myyntihankkeesta luovuttaisiin lopullisesti.

Jooseppila oli ollut vilkkaassa käytössä. Sesonkiaikoina siinä oli usein oleillut ulkopuolisia, mutta kyllä paikallisillakin oli ollut tilaisuus hiljaisempina aikoina oleilla talossa. Pääsiäispyhien ajaksi se oli ollut tälläkin kertaa hyvissä ajoin loppuunmyyty.

Jotkut olivat lähteneet retkeilytarkoituksella pohjoiseen. Tällöin heillä oli mahdollisuus hiihdellä hohtavilla keväthangilla ja innokkaimmat heistä tekivät pidempiäkin vaelluksia Paistunturin ylängölle, missä oli oivat hiihtomahdollisuudet. Jotkut toiset taas olivat lähteneet nauttimaan erämaan rauhasta. Harmaantuneessa hirsirakennuksessa oli mukava oleilla vanhaan malliin. Tilavassa tupakeittiössä saattoi keitellä yhtä ja toista. Norjalaismallinen valurautauuni veti mainiosti ja puuvajasta saattoi hakea poltettavaa. Entisestä elämisentavasta jo vieraantuneet saattoivat muistin virkistämiseksi ja omaksi ilokseen tehdä polttopuuta. Puuvajan seinää vasten nojaili koivukeko ja käytössä oli pokasaha, halkaisukirves, sahapukki ja hakkuupölkky. Tarvittavan käyttöveden sai vinttikaivosta ja tarpeillaan saattoi käväistä navettalammasmajan päätyyn pystytetyssä käymälässä, jonka siisteydessä perikunnan väki oli asiaankuuluvalla tavalla huolehtinut. Vieraat huomasivat, että ilman nykyajan mukavuuksiakin pärjäili talossa tarvittaessa muutaman päivän.

Perikunnan taloa markkinoidessa varsinaiseksi vetonaulaksi oli osoittautunut Pannepieranjärvi ja siinä esiintyvä punakalakanta. Jooseppilan saattoi varata käyttöönsä joko pyyntioikeudella tai ilman sitä. Useimmat lunastivat pyynti-luvan, jolloin heillä oli oikeus pyytää annettujen rajoitusten puitteissa järveä perikunnan vesialueella. Talvella saattoi pilkkiä. Pilkkijöiden varalla oli talossa muutama kaira sekä tavallisimpia pilkkiuistimia ja pyyntiluvan lunastanut sai käyttää myös omia välineitään. Kesällä taas saattoi virvelöiden ja veneellä sou-taen kokeilla kalaonneaan, ja nyt oli jo tiedossa, että järvessä oli ihan mukavasti rautua ja pienikokoista taimenta. Joskus takavuosina ylikalastuksella kurjaan kuntoon pyydetyn erämaajärven kalakanta oli taas elpymäisillään.

Perikunnan vastuuhenkilöt elivät jatkuvassa pikkupelossa, että Jooseppila voisi mennä milloin tahansa myyntiin. Niilolla oli tapana välillä kysäistä po-jaltaan että "mitä uutta myyntirintamalta" ja sai vakiovastaukseksi että "ei paljon mitään, kovin hiljaista on ollut".

Kevät oli jo kääntynyt kesäksi, kun alkoi vihdoin tapahtua. Edesmenneen Kunnan-Joosepin kuopuspoika Antti oli sodan päätyttyä muuttanut ete-lään ja sittemmin vahvasti juurtunut pääkaupunkiin. Hänen ensimmäinen työpaikkansa oli ollut Pääpostissa ja sittemmin hän oli ajokortin ja auton hankittuaan toiminut vuosikausia vakuutusasiamiehenä ja eläkkeelle hän oli hiljattain siirtynyt erään suuren vakuutusyhtiön hallinnolliselta osastolta täysin palvelleena virkamiehenä.

Antti Pannela ei ollut pitänyt suurta lukua taustastaan vaan oli pyrkinyt ele-lemään "kuten kaikki muutkin tässä maassa". Hän oli etelään muuttaessaan il-moittanut vanhemmilleen, että hän luopuisi perintöosuudestaan velipoikien ja sisarkaksikon hyväksi ja yrittäisi pystyttää elämänsä sinne pääkaupunkiin. Hän oli Helsinkiin muutettuaan harvakseltaan kulkenut pohjoisessa suku-laisiaan ja tuttaviaan tapailemassa.

Hän oli varttuneessa iässä avioitunut paikallisen kanssa, vaimo oli häntä huomattavasti nuorempi ja heillä oli kolme tytärtä. Inkeri oli valmistumi-sestaan asti toiminut kiertävänä sairaanhoitajana kaupungin sosiaalihuollon palveluksessa. Hän oli ulospäin suuntautunut ja seurallinen ja sopi siksi eri-tyisen hyvin juuri tuollaiseen työhön.

Inkeri oli eräänä päivänä tapansa mukaan aamukahvia juodessaan selaillut Helsingin Sanomien sunnuntainumeroa ja oli huomannut perikunnan talon myynti-ilmoituksen. Hän oli hihkaissut miehensä paikalle katsomaan ilmoitusta.

Talonisäntä katseli mietteissään ilmoitusta ja tuumaili:

– Vai myyntiin meni sittenkin Jooseppila. Kuulopuheiden mukaan se on ollut viime vuosina käytössä ja sitä taloa on jossain määrin remontoitu. Se selittää osaltaan sen että myyntihinta on noinkin korkea.

– Komeelta näyttää toi hirsirakennus.

– Se on aika mahtava rakennus. Vahvaa tekoa. Ja tosi komealla paikalla Pannepieranjärven rannalla.

– Anteeksi kuinka?

– Pannepieranjärven rannalla.

– Siinähän ois meille talo!

– Älä höpsi! Mitä me sillä? Se on siellä korvessa. Meidän elämämme on täällä pääkaupungissa.

– Mut mä oon nyt ihan tosissani. Isävainajasi kotitilan hankkimista vois harkita.

– Nyt taitaa taas Inkeri puhua omiaan.

– Mul ei oo tapana turhia puhua. On suuri vahinko, kun luovuit silloin tänne muuttaessasi perintöosuudestasi.

– Olen jälkeenpäin katunut, kun toimin silloin kovin lyhytnäköisesti. Halusin näyttää niille muille että pärjäisin ominkin päin. Silloin tuli valitettavasti tehtyä aikamoinen moka.

– Siis et ole perinyt mitään vanhemmiltasi, kun taas perheen ainokaisena mulle ois luvassa ihan mukava perintö.

– En ole valitettavasti perinyt mitään sellaista kouraantuntuvaa. Perintöni on ollut lähinnä henkistä laatua. Minulla oli onni varttua vakavaraisessa talossa rakastavien vanhempieni hoidossa. Ja perheen kuopuksena sain aivan erityistä huolenpitoa. Enkö ole silti saanut aika paljon niitä elämisen eväitä!

– Toi oli sattuvasti sanottu. Ymmärrän mitä tarkoitat. Siis sä olit nuorin teidän porukasta?

– Nuorin olin. Minä olen niin sanottu onnenkantamoinen. Äitini oli täyttänyt jo 45 vuotta minut synnyttäessään ja isäni lähes viiskymppinen. Perheemme esikoinen Volmari oli parisenkymmentä vuotta minua vanhempi.

– Mutta nyt sul ois jälkikäteen mahdollista hankkia myös jotain konkreettista.

– Kaikki olisi nyt monen mutkan takana. Siitä ei taida tulla mitään.

– Eikö ois kiva välillä kokeilla jotain muuta? Tehtäisiin sellainen radikaali muutos niihin päivittäisiin rutiineihin.

– Minä haluaisin ensimmäiseksi nauttia eläkeläispäivistäni ja samalla seurata tyttöjemme varttumista aikuisikään.

– Voisit ainakin soittaa annettuun numeroon.

– Uteliaisuudesta voisin tietysti soittaa.

Ensimmäinen varovainen askel perikunnan talon hankkimiseen oli otettu.

27.

Antti oli soittanut annettuun numeroon ja keskustellut Kalevin kanssa. Hän kertoi huomanneensa myynti-ilmoituksen lehdessä ja sanoi olevansa jossain määrin kiinnostunut siitä ja niinpä hänellä olisi tarkoitus käydä uteliaisuudesta katsomassa, mistä oikein oli kysymys. Hän olisi tulossa alkukesästä kuntakeskukseen, jolloin hänellä olisi tilaisuus pitkästä aikaa tapailla sukulaisiaan ja samalla voisi käväistä perikunnan talon luona tutustumassa tilanteeseen.

Kyseinen puhelinsoitto oli kohta perikunnan vastuuhenkilöiden tiedossa. Heidän mielestään tästä asiasta oli parasta pitää matalaa profiilia. Tuon vierailun perimmäisestä tarkoituksesta ei kannattanut pukahtaa ulkopuolisille. Siispä Antti olisi tulossa vain sukuloimaan ja uteliaisuudesta voisi käväistä myös Jooseppilassa vanhoja muistoja verestämässä.

Kaupunkilaisvieras saapui kuntakeskukseen. Oli jo sovittu, että hän oleilisi muutaman päivän Niilon talossa ja tapailisi sukulaisiaan ja tuttujaan. Perikunnan talon mahdollisesta hankkimisesta ei keskusteltaisi, joten Kalevin tehtäväksi jäisi omin päin hoidella ihan loppuun asti hänelle uskottu tehtävä.

Oli jo järjestetty siten, että Jooseppila olisi tyhjillään, kun Antti kävisi tutustumassa myyntikohteeseen. Niinpä Kalevi karautti maastoautollaan sukulaismies vieressään perikunnan talon pihamaalle.

– Tämmönen se on nykysin tämä Jooseppilla. Taitaa olla melkosesti muuttunut siitä kun sie viimeksi kävit täällä, tuumaili Kalevi.

– Sitä varmasti on.

– Millon oot muuten viimeksi käynyt täällä?

– Siitäkin on jo aikoja. Se oli silloin kun käytiin takavuosina laittamassa kunnon hautakivi vanhempieni haudalle. Silloin kävimme porukalla tutkailemassa tuota taloa, missä he olivat vuosikymmeniä elelleet.

– No miltäs tämä isävainajasi kotitila sinusta vaikuttaa?

Antti tähyili järvelle päin, katsahti sitten vanhaan hirsirakennukseen ja totesi:

– Upeat on näkymät. Tämä on tosi komea paikka.

– Taiat jo havitella sitä ittellesi?

– Kieltämättä olen jossain määrin kiinnostunut lapsuuteni kotitalosta. Mutta kaikki on vielä hämärän peitossa. Onko muuten ollut minkä verran kiinnostusta siihen teidän myyntitarjoukseen?

– Kyllä on ollut. Aika paljonkin. Kyselyjä ja tiedusteluja on tullut sieltä täältä pitkin maata.

– Siis on aika luultavaa että tämä voisi mennä jo varsin kohta myyntiin.

– Se on ihan mahollista. On sen verran houkutteleva myyntikohde.

– Minulla on vielä kaikki alkutekijöissään mitä tulee tämän perikunnan talon hankkimiseen. Muut taitavat ehtiä ennen minua.

– Kyllä sulla on omat mahollisuutesi. Meiän suvussa on ollut jo pitkään periaatteena että veri on vettä sakeampaa ja se koskee myös tämän perikunnan talon myyntiä. Niinpä etuosto-oikeus kuuluisi ihan luonnollisista syistä sinulle, rakas sukulaismieheni!

– Tietysti tuo on mukavaa kuultavaa. Mutta se myyntihinta kiikastaa. Olen eläkkeellä oleva virkamies, joka tuskin voisi kilpailla niitten varsinaisten rahamiesten kanssa.

– Siitä myyntihinnasta vois aina näin sukulaisten kesken keskustella, toisin sanoen sitä vois hieman laskea. Mutta ulkopuolisille tätä Jooseppilaa ei pantaisi alihintaan. Ja se kyllä on saletti juttu!

– No se myyntihinnan lasku tietysti helpottaisi sitä mahdollista ostoa. Mutta olisi paljon muutakin. Pitäisi asentaa sähköt ja teettää putkityöt. Ja talossa pitäisi olla lämmin ja kylmä vesi ja tietysti myös sisävessa ja suihkutilat, ja se maksaa rahaa. Me ollaan silti kaupunkilaisia ja ollaan totuttu siihen että talossa on kunnon saniteettitilat, ja tietysti se teidän hyyskänne voisi toimia vastedes kivana kulttuurimuistona.

– Tarkemmin kun asiaa harkitsee, niin tuohonkin vois löytyä ratkaisu. No mehän lähetään katteleen sitä taloa sieltä sisältä päin. Näkee sukulaismies että ihan hempuli hommasta tässä ei oo kysymys. Tämä ois loistokohde juuri sinun kaltaiselle ihmiselle.

He astuivat avaraan pirttiin.

– Oho! Onpas tämä viime näkemästä kovasti muuttunut! huudahti Antti.

– Mutta ne perusrakenteet tässä talossa ovat yhä samat kun sillon vanhempiesi eläessä. Siis on säilytetty mikä on ollut säilyttämisen arvoista ja muutettu niiltä osin, kun muutokseen on ollut tarvetta. Toisin sanoen tätä taloa on jossain määrin remontoitu. Nyt voit jonkin aikaa katella tätä pirtin puolta ja sitten vilkaistaan vielä miltä sieltä vintin puolelta näyttää.

Antti huomasi, että hänen lapsuudenkodistaan oli pidetty hyvää huolta. Niinpä he kapusivat yläkertaan.

– Kylläpäs on komeasti laitettu! En olisi ikinä uskonut että vanha kotitaloni olisi näin vahvassa kunnossa.

– Tämä hirsirakennus on ihan asiantuntijoien mielestä loistokunnossa – ei oo homeongelmia ja niissä hirsissä ei oo havaittu pienimpiäkään lahoamisen merkkejä. Tämä talo seisoo pystyssä vielä kauan senkin jälkeen, kun ne uuen ajan rakennukset ovat lahonneet.

– Ja nyt haluaisin vielä vilkaista vanhempieni makuuhuonetta.

– No mehän kurkataan sinne.

– Hyvin on näemmä perikunta huolehtinut vanhempieni kamarista, totesi Antti, tähyili järvelle päin ja ajatteli että aivan tämän mahtavan näkymän takia talon voisi hankkia, olisi niin mukava Inkerin kanssa heräillä kesäaamuisin lintujen liverrykseen tällä ihanalla paikalla.

– Mahtavat on näköalat, vai mitä! Taitaa kiinnostaa sinua.

– Jonkun asteista kiinnostusta eittämättä on.

– No voiaankin jo lähteä sinne ulos katteleen mitä siellä sattuis näkymään.

Antti käyskenteli pihamaalla tuttuja ulkorakennuksia tutkailemassa ja asteli sitten kohti hiljattain pystytettyä rantasaunaa.

– Tämä saunan rakentaminen oli tosi hyvä oivallus isäukolta. Ja se on tosiaankin ollut viime vuosina kovassa käytössä. Siitä saa tosi mahtavat löylyt ja sitten on tuo järvi, jossa voi käväistä välillä pulikoimassa. Tästä saa aivan eri tason löylyt kuin niistä sisäsaunoista, puhumattakaan niistä nykyajan hengettömistä sähkösaunoista.

– Uskotaan, uskotaan. Loistavat on puitteet mitä tulee tuohon saunomiseen. Ja sitten niihin muihin asioihin.

– Mitä sie vielä haluaisit tietää?

– No ne nyt on niitä käytännön juttuja, jos me Inkerin kanssa ostettaisiin tämä Jooseppila. Esimerkiksi kuinka vaikea tänne olisi saada sähkövirta?

– Se on helppo juttu. Ei tuu ongelmia. Meiän sähköosuuskuntamme huolehtisi siitä että tänne Jooseppilaankin saataisiin sähöt.

– No entäs se tieyhteys tuonne maantien varteen? Aurattaisiinko tämä kiertotie tuiskujen aikaan?

– Tuo on jo vähän hankalampi juttu. Tämä Jooseppila on sen verran kaukana valtatiestä että aurausvelvollisuus ei kuuluisi Tiehallinnon tehtäviin. Niinpä joutuisi itse huolehtimaan siitä.

– Tuo mutkistaa kovasti asioita.

– Totta kai se hieman hankaloittaa mutta tuohonkin löytyy ratkaisu. Meillä on täällä muutama traktorimies, jotka ruukaavat tuiskujen aikaan aukoa niitä tieyhteyksiä, jotka eivät kuulu Vesivaltion aurausvelvoitteen piiriin.

– Se olisi aikamoinen lisäkulunki tämän talon ympärivuotisessa käytössä.

– Totta puhut. Mutta toisaalta on niinkin että laadusta joutuu usein pulittamaan hieman ekstraa. Luksus maksaa. Tämä on asiantuntijoien mielestä yksi komeimmista eräämaakohteista näillä main.

– Myös se vesihuolto olisi saatettava ajan tasalle.

– Järjestyy, järjestyy. Meillä on täällä putkimiehiä ja muita alansa ammattilaisia. Asennetaan taloon putket ja tekastaan tuohon pihamaalle porakaivo. Johan rupeaa vettä tulemaan. Ja tuo vinttikaivo jäisi siihen viereen muistoksi niistä vanhoista ajoista.

– Ja minulla olisi vielä jotain kysyttävää. Elämme nopeita muutosten aikoja. Siellä etelässä puhutaan että kohta olisi alkamaisillaan se langattomien puhelimien aikakausi. Siis soittamista varten ei tarttisi olla enää puhelinlankoja. Tärkeintä on että niillä radioaalloilla olisi mahdollisimman esteetön kulkumahdollisuus.

– Ei pitäis olla ongelmia. Tämä perikunnan talo on erittäin sopivalla paikalla täällä ylängöllä. Isovaarini kuunteli sillä Salorallaan Lahen pitkillä aalloilla uutisia ja säätiiotuksia ja hänen emäntänsä taas sunnuntaisin niitä jumalanpalveluksia. Kun vilkaiset tuonne etelän suuntaan, niin on hyvin aukeata, ja kun katsahat tuonne länteen päin, niin siellä häämöttävät Norjan puolen tunturit. Ja tuon kukkulan päältä voi selkeällä ilmalla kiikaroia Sen suuren ja mahtavan maille, joten lääniä riittää joka suuntaan. Isäsi kuoltua Jooseppilan puhelinyhteys suljettiin ja liitettiin taas verkkoon, kun perikunnan talo otettiin nykyiseen käyttöön. Siis tähän taloon muuttaessasi sinä ottaisit sen vuorostasi omiin nimiisi, joten lähivuosina sinun käytössäsi olisi sekä langallinen että langaton puhelinyhteys ja niinpä tieto kulkisi joko lankoja pitkin tai ilman niitä.

– Jotenkuten noin olen itsekin ajatellut. No voidaan kai lopetella tähän tämä minun tutustumiskäyntini. Olen nyt nähnyt sen olennaisimman tästä myyntikohteesta ja olen näkemääni oikein tyytyväinen.

Antti oleili vielä pari päivää Niilon vieraana. He kävivät ongella ja saivat pienehkön lohen, josta Anneli keitti maukkaan kalakeiton kaupunkilaisvieraalle. Lähtiessään Antti oli vihjaissut sukulaismiehelle, että hänellä tosiaankin oli jonkin asteista kiinnostusta isävainajansa kotitilan hankkimiseen, mutta se myyntihinta oli hänen kaltaiselleen eläkeläiselle melkein liiankin korkea.

28.

Niilo oli taas pitkästä aikaa kutsunut perikuntalaiset kotitaloonsa keskustelemaan ajankohtaisista asioista. Niinpä väkeä oli kokoontunut melkoisesti avaraan pirttiin kuulemaan, mistä tällä kertaa olisi kysymys.

– On niin mukava huomata että jouitte näin monilukusesti tulemaan tähän tapaamiseen nyt kesäkiireien aikaan. Elämme parhaillaan suurten muutosten aikaa kunnassamme – uutta tulee ja vanha väistyy niin että mullakin on ihan seuraamisvaikeuksia. Meillä ois muuten nyt sellasta tähellisempää keskusteltavaa perikunnan talon tulevaisuuesta.

– Kaikkihan on selvää. Jatketaan entiseen malliin. Tuo Jooseppila on ruvennut viimeinkin tahkoamaan myös sitä rahallista hyvää, huomautti joku perikunnan nuorempiin kuuluvista.

– On ollut jo aika kauan myynnissä mutta onneksi kukaan ei oo ostanut sitä, kun se sattuu olemaan sopivasti syrjässä. Jos ois ollut maantien varressa, niin ois mennyt jo ajat sitten myyntiin, lisäsi joku toinen.

Useimmat perikuntalaiset eivät olleet vielä tietoisia helsinkiläissukulaisen vierailun perimmäisestä tarkoituksesta. Niilo katseli paikallaolijoihin, kokoili ajatuksiaan ja aloitti:

– Elämme parhaillaan sellasta käänteentekevää vaihetta perikuntamme talon tulevaa käyttöä ajatellen. Se Jooseppila näet vois mennä vielä tämän kesän kuluessa myyntiin tietyillä ehoilla. Yhellä tavalla minun pitäis olla kovasti huolissani mutta toisaalta oon aika helpottunut. Meillä ois nyt tiiossa semmonen potentiaalinen ostajaehokas, joka on käsittääkseni ihan noin niinku oikeasti kiinnostunut perikunnan talon hankkimisesta.

– Voisitko kertoa lyhyesti selkokielellä näille muille mistä oikein on kysymys! töksäytti Anneli.

– Niin, joo. Jooseppila vois tosiaankin mennä jo tänä kesänä myyntiin. Se Antti on kiinnostunut lapsuutensa kotitalosta.

– Sen perikunnan talon takiako se käväisi täällä? kysäisi joku.

– Sen takia käväisi. Isänsä kuoltua se ei oo pahemmin kulkenut täälläpäin. On kuulemma tapaillut jonkin verran niitä etelämpänä asuvia sukulaisiaan, kun on käynyt perheensä kans muutaman kerran siellä Rovaniemellä ja Kittilässä päin hiihtelemässä.

– Onko se siltä Antilta kuinka vakavasti otettava ostosuunnitelma, tiedusteli Iivarin vävy.

– Aika vakavalta vaikuttaa. Ja sikäli aika lupaavalta tuntuu, kun se hänen vaimonsakin on kovasti kiinnostanut sen perikunnan talon hankkimisesta. Ja ne heiän alaikäiset tyttäret haluaisivat ehottomasti muuttaa Lappiin.

– Sillä Antillako on niin nuoria tyttäriä?

– No niin on. Meni näet yli viiskymppisenä naimisiin. Se Inkeri on kai toistakymmentä vuotta nuorempi.

– No mitäs tämä Inkeri tekee elääkseen?

– Se on kuulemma sairaanhoitaja.

– Sie sanoit Niilo että he voisivat mahdollisesti ostaa sen Jooseppilan tietyillä ehdoilla. Mitkä muuten mahtavat olla kyseiset ehdot? halusi Leemetin opettajataustainen tytär tietää.

– Myyntihintaa pitäis laskea.

– Siinä tapauksessa sitä vois hieman laskea.

– Ei vain hieman vaan rutkasti laskea. Se Jooseppila ei saa mennä ventovieraille! töksäytti Anneli.

Niilo jutusteli:

– Me perikunnan vastuuhenkilöt oomme keskustelleet tuosta asiasta ja kannatamme yksissä tuumin myyntihinnan laskua. Soitin Tanelille ja kerroin hänelle tuosta asiasta. Kovasti myöntyväinen oli myyntihinnan laskemiseen. Sano että ois se niin hyvä jos se Jooseppila menis viimeinkin myyntiin ja erityisen tyytyväinen hän ois siitä että se menis kaiken kukkuraksi sukulaiselle. Kalevi kertoi keskustelleensa Tanelin kanssa ja he olivat jo sopineet siitä että ne myynti-ilmoitukset tuli välittömästi poistaa niistä asuntotoimistoista ja sanomalehistä. Jooseppila ei ois enää ulkopuolisille myynnissä.

– Vai meinaa lopahtaa se Jooseppilan nykynen käyttömuoto, totesi joku.

– No siltä vaikuttaa. Kovasti kiinnostunut tuntu olevan se Antti vaikkei se sitä selvästi sanonukkaan. Halusi kai yllyttää meitä laskemaan sitä myyntihintaa ja hyvin onnistu strategiassaan. Sitä myyntihintaa vois tosiaankin romauttaa huomattavasti alaspäin. Perikunnan talo ei saa mennä ulkopuolisille. Vaarivainaanikin ois tosi tyytyväinen, jos hänen kuopuspoikansa rupeaa vastaisuuessa isännöimään Jooseppilaa. Siinä ois sitä jatkuvuutta.

Iivari puheli:

– Meiän pitäis valmistautua siihen että Antti ostaa sen talon. Voitais talkootyönä vahvistaa sitä tienpohjaa, jotta talon tulevat asukkaat pääsisivät helpommin maantien varteen ja taas takasin kotitaloonsa. Ja vaikka sillä Antilla näky olevan vankkarakenteinen Volvo, niin vaikeaa voi olla silläkin kulkea, jos tie on kovin kuoppainen.

– Totta puhut. Se meiän kiertotie on paikoin aika kuhmurainen. Yhessä tuumin voisimme hieman kunnostaa sitä, sanoi Leemetti.

– Perikunnallamme on omasta takaa vahvaselkäisiä lapiomiehiä ja vävylläni se traktori, joka sopisi hyvin tuohon työhön. Vai mitä, Reino!

– Kyllä sopisi. Vaikka multa puuttuu ne varsinaiset tientekolaitteet, niin kyllä sillä minun Valmetillani vois tehä yhtä ja toista tuon kiertotien hyväksi.

Niilo kertoili:

– Olin jo valmistautunut siihen että se vaarivainaan kotitila ei menisi koskaan myyntiin ja olin oikein tyytyväinen siihen. Jooseppila toimi niin vahvasti että syitä tyytyväisyyteen oli. Jatkuvasti jäyti kuitenkin pikkupelko siitä että jos se kumminkin menisi myyntiin. Sillon kaikki meiän ponnistelut olisivat olleet turhia. En olisi ikikuunapäivänä uskonut että se perikunnan talon tuleva käyttö ratkeaisi tällä tavalla. Ja tämä on mulle tosiaankin suuri helpotus.

– Tietenkin vähän se kyllä kismittää kun se Jooseppilan nykynen käyttö tuolla tavalla yllättäen lopahti. Me olimme kehitelleet tosi mahtavan yrityksen, joka oli tullut laajemminkin tunnetuksi. Yritän totutella kohta tapahtuvaan muutokseen. Mutta tietenkin paljon parempi on näin kuin että se ois mennyt ventovieraille, selitti Niilon sisarenpoika.

– Jos tämä heiän ostosuunnitelmansa tosiaankin toteutuu, niin meiän tulee valmistautua siihen.

– Mitenkähän ne täällä pärjäilisivät? Toisin sanoen mitä tekisivät elääkseen? tiedusteli Leemetti.

– Nehän kyllä pärjäilevät. Se Antti on eläkkeellä ja entisellä virkamiehellä on varmaan aika mukava eläke. Ja se Inkeri on sairaanhoitaja. Me voimme hoiella sillä tavalla että sillä ois vakituinen työpaikka, kun asettuu asumaan tänne. Ja ne tytöt menisivät kouluun. Kävisivät ala-asteen, yläasteen ja lukion ja sitten niihin yliopistoihin ja korkeakouluihin jatko-opintoihin. Ja niillä kaupunkilaistytöillä ois täällä myös kunnon mahollisuuet oppia sitä saamea.

– Tuolle Niilolle on kaikki aina periaatteessa niin helppoa! hymähti Anneli.

– Ei kannata ruveta etukäteen mutkistamaan tuommosia ihan ratkaistavissa olevia asioita. Ja sille Antillekin löytyis käyttöä. Toisin sanoen sen ei tarttis eläkeläisenä pitkästyä ja tuntea itteään tarpeettomaksi. Se Antti jos kuka ois oikein sopiva ihminen niihin kunnanhommiin. Sillä on vahva tuntemus yhessä sun toisessa asiassa. Se Antti vois tuua semmosta ulkopuolista perspektiiviä näihin meiän joihinkin hieman sisäänpäin kääntyneisiin ympyröihin. Ja siinä Antissa ois myös niitä aineksia ihan kunnanjohtajaksi asti.

– Pitkälle oot näemmä rakas ukkoseni suunnitellut!

– Mie en ruukaa vitkastella sillon kun on toiminnan hetki. No voiaankin pikkuhiljaa lopetella tähän tämä meiän tapaaminen. Nyt te tiiätte mistä on kysymys ja voitte henkisesti valmistautua tulevaan muutokseen. Oon niin tyytyväinen, kun tulitte joukolla tähän tilaisuuteen. Nähään taas kohta!

29.

Antti oli soittanut Niilolle ja kertonut, että hän olisi kohta tulossa vaimonsa kanssa tutustumaan Jooseppilaan. He molemmat olivat kovasti kiinnostuneita myyntikohteesta, joten kaupat voitaisiin mahdollisesti jo nyt lyödä lukkoon ja niin voitaisiinkin ryhtyä niihin jatkotoimenpiteisiin.

Heinäkuu oli jo puolivälissä ja kesä kukkeimmillaan, kun perikunnan vastuuhenkilöt sekä Kalevi kärsimättöminä odottelivat perikunnan talon pihamaalla vieraiden saapumista. Viimein kuului lupaavaa jurinaa, ja Antti kaahaili Volvollaan ulkoportaiden viereen.

– Tuo tie oli näemmä paremmassa kunnossa kuin mie olin kuvitellut, totesi Antti autosta ulos astuessaan.

– Sitä tietä on näet teiän takia hieman paranneltu, sanoi Iivari.

– Tuo oli teiltä ystävällisesti ajateltu. Näet viime kerralla vaikutti kovin kuhmuraiselta.

Inkeri astui ulos autosta, ja Niilo riensi käsi ojossa häntä tervehtimään:

– No tervetuloa Jooseppilaan! Mie oon se Niilo ja tuossa on poikani Kalevi, joka on ollut järjestelemässä vaarivainaan kotitilan myyntiä. Ja tämä Iivari ja tuo Leemetti ovat serkkujani ja ovat samalla toimineet minun ohellani perikuntamme vastuuhenkilöinä.

– Toi oli selvästi sanottu, Niilo! On kiva tavata mieheni pohjoisimpia sukulaisia. Tää on eka kerta, kun mä oon näin pohjoisessa.

– Oon oikein tyytyväinen, kun teillä tuntuu olevan kiinnostusta tähän meiän perikunnan taloon.

– Sitä kyl on ollut. Ja kun mä nyt tsiikailen ympärilleni, niin huomaan että ei oo mieheni mulle turhia kertonut. Komeet on puitteet.

– Tuo Pannepieranjärvi oli isovanhempieni kotijärvi ja samalla ruoka-aitta.

Niinpä talossa oli ympäri vuoen tuoretta kalaa. Kesällä verkosteltiin ja talvella juomustettiin.

– No voi kuin ihanaa! Ja tos toi punainen rantasauna, tosi nättiä!

– Kaikki muukkin meiän vieraat ovat pitäneet tätä Jooseppilaa oikein komeana paikkana. No voiaankin lähteä tuohon taloon katteleen niitä paikkoja.

He astuivat pirttiin.

– Kyl tääl on ainakin tilaa! huudahti Inkeri.

– Joo. Avarat on paikat, totesi Antti.

– Ja voi kuin makeesti suunniteltu!

– Tätä hirsirakennusta ei ole kai sitä suuremmin suunniteltu. On rakennettu suurin piirtein siten, kuten siihen aikaan oli tapana. Tehtiin kuitenkin isävainajani toivomusten mukaan keskimääräistä suuremmaksi. Tämä on sellainen perinteinen maalaistalo. Siis on ne ulkoportaat, eteinen ja tämä tilava tupakeittiö siihen kuuluvine lisätarvikkeineen ja sitten vielä ne vintillä olevat tilat.

– Kyl on mahtavaa!

Antti selitti sukulaisilleen:

– Ymmärrän hyvin miksi Inkeristä kaikki tuntuu täällä niin suurelta. Me siellä Helsingissä Kallion kaupunginosassa Kolmannella linjalla näet asumme aika ahtaasti. Niinpä sitä tilankäyttöä on jouduttu varsin tarkkaan suunnittelemaan. Asunnossamme on pienehkö tupakeittiö, joka toimii samalla olohuoneena. Meillä Inkerin kanssa on makuukamari. Vanhimmalla tyttärelläni on pieni huone käytössään ja sen tilavamman huoneen jakavat hänen kaksi nuorempaa siskoaan.

– Se myytiin meille kolmiona mut on oikeestaan vain tilava kaksio! hymähti Inkeri.

– Tuo nyt on sellainen määrittelykysymys. Joku näkee sen tilavana kaksiona ja joku toinen taas on näkevinään sen ahtaanpuoleisena kolmiona.

Niilo puheli:

– Mutta kun hommaatte tämän talon, niin johan alkaa olla tilaa. Ei tartte enää laskeskella, miten ne neliömetrit käytetään. Käsittääkseni teiän kaikkien makuutilat oisivat siellä vintillä. Ja jos teille sattuu tuleen riitaa, niin yön yli voi urvahtaa myös tämän alakerran hetekoilla – joten rutkasti on tilaa teiän tulevassa kotitalossanne.

Inkeri käyskenteli alakerrassa ja tutkaili paikkoja. Uudenaikainen ja samalla perinteistä välittävä sairaanhoitaja oli hyvin tyytyväinen näkemäänsä. Hän oli varttunut pikkuporvarillisessa virkamiesperheessä, jossa eleltiin varsin vaatimattomasti mutta viljeltiin kumminkin myös niitä henkisiä harrastuksia. Hänen isänsä oli toiminut kantavana voimana kaupunginosansa harrastelijakuorossa ja hänen äitinsä taas oli teatterista kiinnostunut ja oli esittänyt toisinaan runonlausuntaa kotikorttelinsa kulttuuri-iltamissa.

– No voiaankin kai jo lähteä sinne yläkertaan katteleen mitä siellä sattuis näkymään, tuumaili Niilo.

He kapusivat vintille.

– Et oo Antti mulle turhia kertonut, upeeta on täälläkin! huoahti Inkeri haltioissaan.

– Varsinkin kesäisin täältä yläkerrasta on komeat näkymät tuonne järvelle.

– Mikä se taas olikaan ton järven nimi?

– Pannepieranjärvi.

– Voi kuin runollisesti funtsittu paikannimi!

Inkeri tutkaili tarkkaan ullakkotilat ja erityistä ihailua hänessä herätti edesmenneen Kunnan-Joosepin ja hänen Pirita-vaimonsa makuuhuone, ja hän oli yhä vakuuttuneempi siitä, että tämä olisi hänen tuleva kotitalonsa.

– No voiaankin kai lähteä sinne alakertaan juttelemaan niistä kauppaehoista, arveli Niilo.

He laskeutuivat pirttiin ja kokoontuivat ruokapöydän ääreen keskustelemaan. Niilo tuumaili:

– Tapaamisissamme me perikuntalaiset oomme sopineet siitä että pyrimme olemaan aika joustavia tämän meiän myyntiprojektin kanssa. Niinpä me laskimme teiän takia huomattavasti Jooseppilan myyntihintaa niinko te ootte hyvin tietoisia.

– Tietoisia ollaan, tuo oli teiltä ystävällinen ele, totesi Antti.

– Mutta meiän perikunnalla ois vielä muutaman prosentin verran joustovaraa siinä myyntihinnassa.

– Toi ois teiltä kivasti tehty. Se ois kumminkii varsin mahtava kauppatoimi meidän perheelle. Ois ne tulevat kunnostustyöt ja ois yhtä ja toista hankittavaa, jotta voisimme asettua asuun tänne Jooseppilaan, selitti Inkeri.

– Siis te ootte koko ajan aiosti kiinnostuneet tämän perikunnan talon hankkimisesta?

– Tietyst ollaan.

Antti kertoili:

– Lapsuuteni kotitalon hankinnasta on kehkeytynyt meidän perheelle todella merkittävä tulevaisuudenhanke. Olemme henkisesti valmistautuneet pohjoiseen muuttamiseen. Ja meillä alkaa olla myös taloudellisia valmiuksia siihen. Minulla on ihan mukiinmenevä eläke ja ennestään jonkin verran säästöjä. Ja myös tuo Inkeri voisi kantaa oman kortensa kekoon.

– Kyl voisin. Mul on vakiduuni kaupungin sosiaalihuollon palveluksessa. Ja mun vanhempani ovat lupautuneet rahallisesti jeesaan mua. Näin niil ois oiva tilaisuus käydä ja välillä jopa hieman oleilla unelmiensa Lapissa. Ja heidän poismenonsa jälkeen mua ois odottamassa ihan mukava perintö. Oon jo käynyt mieheni kehotuksesta pankkikonttorissani tiedustelemassa että oisko mulla mahdollista tuleva perintöosuus vakuutena saada tarvittaessa pankkilainaa ja konttorin vastaavan mielestä minun tapauksessani se ois ihan mahdollista. Ja mun serkkupoikani perhe ois valmis vuokraamaan asuntomme. Siitäkin irtoais ihan kivasti fyrkkaa. Oomme jo sopineet heidän kanssaan siitä että se vois toimia meille kortteeripaikkana, jos meil sattuis oleen toisinaan niitä stadin käyntejä.

– Niinpä jos jostain syystä emme viihtyisikään täällä Lapin perukoilla, silloin voisimme muuttaa takaisin kaupunkiasunnollemme, lisäsi Antti.

– Toi nyt ei oo kovin todennäköistä! tuhahti Inkeri.

– Ja kun muutatte tänne, niin meiän perikuntamme ois jo puhunut Inkerille vakituisen työpaikan, sairaanhoitajille löytyy aina käyttöä tämän kaltaisilla syrjäseu´uilla, selitti Niilo.

– Toi on teiltä ystävällisesti ajateltu.

– No mehän voiaan lähteä nyt meille syömään. Minun emäntäni on valmistanut juhla-aterian vieraillemme tämän ikimuistettavan hetken kunniaksi.

Kalevi lähti Land Roverillaan vetämään autoletkaa kohti kirkonkylää, häntä seurasivat perikunnan vastuuhenkilöt kukin omalla ajoneuvollaan ja hännänhuippuna ajeli Antti vaimo vieressään.

Kaikki oli valmiiksi laitettu heidän astuttuaan tupaan. Toimelias Anneli oli paneutunut hänelle uskottuun tärkeään tehtävään ja valmistanut maukkaan aterian. Oli paistettua lohta keitetyillä perunoilla ja aromikkaasti höystetyillä sekavihanneksilla, vastaleivottua leipää sekä piimää ja maitoa ruokajuomana.

Talonemäntä toivotti kohteliaasti kaupunkilaisvieraat kotitaloonsa:

– No tervetuloa tälle juhla-aterialle, kaukaiset vieraamme! Tuon Antinhan mie jo tunnenkin jotenkuten mutta on oikein mukava tutustua myös sinuun, Inkeri! Rakkaan puolisoni kertomusten mukaan nyt eletään parhaillaan aivan käänteentekevää vaihetta sukumme historiassa ja siksi tämä varmasti on pikkujuhlimisen arvoinen asia. Oonkohan mie ihan oikein ymmärtänyt että sie et oo koskaan käynyt näin pohjoisessa, Inkeri?

– Ihan oikein oot ymmärtänyt. Tää on eka kerta.

– Siis sie oot semmonen pesunkestävä helsinkiläinen?

– Mä oon stadilainen. Siel syntynyt ja ikäni siel asunut.

– Joo, joo. Niinpä tietenkin.

– Tuo Inkeri on tosiaankin niitä etelän ihmisiä mutta asettuu lähiaikoina perheensä kanssa tänne meille päin asumaan, valisti Niilo.

– Onko ne teiän asiat jo noin pitkällä? kysäisi talonemäntä.

– On. Kaupat on jo periaatteessa lyöty lukkoon ja nyt voiaan löysäillä tässä ruokapöyän ääressä.

Tämän tapaamisen alkukankeus oli kohta tipotiessään ja tuvan täytti vilkas puheensorina.

– Se oli tosiaankin Antilta ja Inkeriltä hyvä hankinta, totesi Iivari.

– On mukava että saahaan muualta uusia asukkaita tänne meille päin. Se on tervetullut lisä, suorastaan taivaan lahja meiän kunnalliselämän vilkastuttamiseksi, selitti Leemetti.

– Toi Jooseppilan hankinta oli meille kuin lottovoitto. On kiva et honasin silloin sen ilmoituksen Hesarissa. Se on tosi snadi mesta, tuumaili Inkeri.

– Häh! Mitä sie tuollakis tarkotat? kysäisi Anneli.

– On komea paikka se Jooseppila. Upeet on näkymät.

– No sitä kyllä. On niitä komeimpia paikkoja näillä main.

Seurallinen naiskaksikko oli kohta samalla aallonpituudella ja heidän välilleen virisi vilkas ajatustenvaihto.

Helsinkiläisvieraat yöpyivät talossa, ja tukevan aamupalan nautittuaan he lähtivät ajelemaan etelään päin.

30.

Perikunnan vastuuhenkilöt olivat olleet puhelinyhteydessä Antin ja Inkerin kanssa. Jooseppilan tuleva omistajapariskunta oli parhaillaan valmistautumassa pohjoiseen muuttoon. Oli jo sovittu siitä, että perikunnan talo voisi olla nykyisessä käytössä seuraavan vuoden vappuun asti, jolloin ryhdyttäisiin vanhan hirsirakennuksen remontointitöihin. Talo oli sähköistettävä ja sen lämpö- ja vesihuolto saatettava ajan tasalle. Niinpä luvassa oli aika paljon sähkö- ja putkitöitä, jotka olisi saatava hyvissä ajoin tehdyiksi, jotta uudet asukkaat voisivat loppukesästä asettua asumaan taloon.

Aviopari oli jo maksanut myyntihinnasta sen ensimmäisen erän ja loppusumma siirrettäisiin perikunnan pankkitilille heidän perheensä asetuttua virallisesti asumaan Jooseppilaan. Oli paljon ennakkoon valmistautumista, kun kyse oli näin mittavasta muuttosuunnitelmasta. Piti tarkkaan miettiä mitä ottaa mukaan ja mitä jättää. Lisäksi oli niitä muita valmistautumisia, kun he olisivat muuttamassa kielellisesti ja elämäntavoiltaan täysin erilaiseen ympäristöön.

Näistä valmistautumisista tärkeimpiä oli, että kaupunkiympäristöön syntyneillä ja siinä varttuneilla Inkerillä ja hänen tyttärillään tuli olla ainakin jonkinlaisia kielellisiä valmiuksia vastaisen varalle. Niinpä Inkerin oli opittava ennen Lappiin muuttamista hieman saamea. Ei kannattanut täysin ummikkona muuttaa pohjan perukoille, jossa hän joutuisi mahdollisen työnsä takia olemaan aika usein tekemisissä saamelaisvanhusten kanssa, joiden suomen kielen hallinta saattoi olla kovin vajavaista.

Myös perheen tytärten oli tutustuttava saamen kielen saloihin. Vanhempien toiveena oli ujuttaa heidät niin sanottuun saamenkielisten ryhmään, jossa opetus tapahtuisi aika pitkälle saameksi. Näin tytöt oppisivat muiden asioiden ohella perustiedot esivanhempiensa kielestä, joka sitten vahvistuisi luonnollista tietä käytössä. Perheen kaksi nuorimmaista aloittaisi seuraavana syksynä ala-asteella saamenkielisen koulunkäyntinsä ja vanhin taas yläasteen ensimmäisellä luokalla.

Tiukan aikataulun takia heidän oli ryhdyttävä välittömästi toimeen tuon tärkeän asian hoitamiseksi. Niinpä Inkeri oli kirjoittautunut Työväenopistolla pari kertaa viikossa iltaisin pidettävälle saamen alkeiskurssille, jota oli vetämässä valtakunnan pohjoisimmasta kunnasta lähtöisin oleva yliopiston naislehtori. Opettajaltaan Inkeri oli saanut saamen opiskeluun liittyvää oheismateriaalia sekä oli hankkinut häneltä saamiensa ohjeiden mukaan Pekka Lukkarin sanakirjat.

Antti oli ryhtynyt opettamaan tyttärilleen saamen puhekieltä. Hän oli ottanut taas käyttöönsä ensimmäisen kielensä, joka oli käytön puutteessa hieman ruostunut muttei ollut mihinkään kadonnut. Häntä parempaa opettajaa oli vaikea löytää. Kärsivällisesti hän opetti tyttärilleen mikä oli tämä tahi tuo saameksi, miten tervehditään saameksi ja siinä sivussa tytöt oppivat viikonpäivien ja kuukausien nimet ja ne tavallisimmat saamenkieliset sanontatavat.

Hän kuului siihen saamelaispolveen, joka ei ollut oppinut kirjoittamaan saamea, mutta muuten hänellä oli erittäin syvällinen tuntemus ensimmäisestä kielestään. Hänen hallussaan oli perinteiseen tapaan puhutun saamen hyvin monitahoinen syvärakenne siihen kuuluvine liitepartikkeleineen ja muine lisineen, joiden luontevaa käyttöä ulkopuolisen ja myös saamelaistaustaisen oli lähes mahdoton aikuisiässä oppia. Ja kun hän oli jutellut heidän Lapin reissullaan sukulaistensa kanssa saameksi, niin Inkeristä oli ollut mukava kuunnella miehensä polveilevaa ja tietyin painotuksin tunturipuron tavoin hiljalleen eteenpäin soljuvaa puhetta.

Antti oli ihan innostunut, kun hänellekin oli viimein käyttöä. Eläkkeelle siirryttyään hänen kaltaisensa toimelias ihminen pyrki toisinaan pitkästymään. Mutta nyt hän oli aktiivisesti mukana perheen muuttovalmisteluissa. Hän oli muuttoa järjestellessään tämän tästä puhelinyhteydessä perikunnan vastaavien kanssa ja joutessaan opetti tyttärilleen ja vaimolleen yhä uusia ja uusia sanoja sekä niiden ääntämistä. Yleensä aika joustava talonisäntä oli hyvin ehdoton siinä, että suhuässä oli äännettävä puhtaasti eikä vain jotenkuten siihen suuntaan. Niinpä tuvassa kuului toisinaan suhinaa, kun talon naisväki harjoitteli tuon ongelmallisen äänteen oikeaoppista ääntämistä.

Inkerin toivomuksesta perheen puhekielenä tuli olla vastedes saame heidän yhdessä ollessaan. Perheen saamenkielinen kanssakäyminen lähti hiljalleen käyntiin. Antti puhui joka ikistä sanaansa selvästi painottaen saamea ja muut kuuntelivat korva tarkkana ja yrittivät ymmärtää. Monesti hän joutui selittämään heille suomeksi, mitä oli vasta sanonut. Antti kysäisi tuosta ja tästä asiasta ja hänen oppilaansa joutuivat kykyjensä mukaan vastaamaan saameksi. Tämä oli kielikylpyä parhaimmillaan. Perheen äidin ja hänen tytärtensä sanavarasto alkoi karttua ripeää vauhtia ja aluksi hieman oudonkuuloinen saame alkoi upota heidän piilotajuntaansa.

Silloin tällöin he tutkailivat yhdessä Inkerin kielikursseiltaan saamia saamenkielisiä opintovihkosia. Nyt Antti oli ottavana osapuolena. Inkeri ja tytöt selittivät hänelle, mitä ne sanaluokat, sijamuodot ja aikamuodot oikeastaan tarkoittivat ja talonemäntä osasi kertoa miehelleen niiden suomenkieliset nimitykset. Pekka Lukkarin sanakirjat olivat hyvin keskeisellä sijalla heidän saamen opinnoissaan. Niistä perheen äiti ja hänen tyttärensä löysivät keskeisimmille suomenkielisille sanoille saamenkieliset vastineet ja näin Antti sai ensimmäisen kosketuksen saamen kielioppiin.

Oppimistulosten parantamiseksi kullekin hankittiin ikioma "pekkalukkarinsa". Perheen naisväki rupesi pänttäämään saamenkielisiä sanoja päähän ja Antti ryhtyi tutustumaan kieliopillisiin käsitteiseen. Utelias talonisäntä paneutui koko sydämellään asiaan ja omaksui aika kohta sijamuotojen ja aikamuotojen nimitykset sekä saameksi että suomeksi ja monta muuta hyödyllistä asiaa.

Nyt Antilla oli oiva tilaisuus todistaa koko maailmalle, että hänessä virtasi melkoisesti muinaisen Kunnan-Joosepin verta, joka oli ollut aikoinaan keskeinen vaikuttaja kotiseudullaan. Hänen isänsä oli ollut väärti valtakunnan pitkäaikaisen presidentin kanssa. Hänen tuttavapiiriinsä oli kuulunut ministereitä, pari maaherraa, suuryhtiöiden vuorineuvoksia ja muita silmäätekeviä. Isänsä tavoin Antti oli hyvin uudenaikainen ja oppivainen ihminen, joka oli kiertokoulupohjalta hiljalleen noussut suuren vakuutusyhtiön hallinnollisella osastolla varsin merkittävään asemaan.

Sittemmin synnyinseudulleen muutettuaan hän oli kärsivällisesti jatkanut kieliopillisia harrastuksiaan ja oli oppinut ihan mukavasti ilmaisemaan itseään myös kirjallisesti saameksi. Niinpä opetusministeriö oli kunnan johdon suosituksesta myöntänyt hänelle kielenhuoltopalkinnon siitä, että hän oli "vielä varttuneessa iässä ansiokkailla ponnistuksillaan ottanut takaisin äidinkielensä".

31.

Perikunnan väki valmistautui parhaillaan piakkoin tapahtuvaan muutokseen. Kuntakeskuksessa tiedettiin jo, että Jooseppila oli myyty ja sen toiminta lakkaisi loppukeväästä nykyisessä muodossaan. Niilolle tuttu Lapin Kansan toimittaja oli kirjoittanut kyseisestä asiasta lehtijutun ja näin tiedot tuon suositun luontokohteen lakkauttamisesta olivat kohta levinneet laajemmallekin.

Niinpä Jooseppilan kantavieraiden välille oli syntynyt pikkukilpailu siitä, kuka ehtisi varata ne parhaat retkeilypäivämäärät ja kohta ne olikin jo loppuunmyyty. Jokainen olisi halunnut päästä ainakin kerran vielä nauttimaan siitä erämaanrauhasta, jota löytyi vain Jooseppilasta. Joulunseudun päivät oli kuitenkin talon nykyinen omistajapariskunta varannut omaan käyttöönsä. Tällöin heidän tyttärillään olisi mahdollisuus tutustua siihen entiseen Jooseppilaan, joka olisi sittemmin kokenut täydellisen muodonmuutoksen heidän asettuessaan vakituisesti asumaan kotitaloonsa.

Lopulta oli käynyt niin, että paikalliset joutuivat tyytymään niihin jäännöspaloihin. Loskaisina syystalven päivinä ja sydänkaamoksen pimeimpinä hetkinä ei ollut juuri tunkua taloon ja silloin saattoivat hekin oleilla päivän, pari siinä. Paliskunnan poromiehet ja paikalliset riekonpyytäjät olivat toisinaan kortteeranneet Jooseppilassa. He olivat tietoisia siitä, että menettäisivät kohta tämän tärkeän tukikohtansa ja pitivät suurena vahinkona, että näin ikävästi oli käynyt.

Taneli oli saanut ensimmäisen erän hänelle kuuluvasta perintöosuudesta. Niillä rahoilla hän oli palkannut itselleen apulaisen myymälän puolelle. Hänen kodinkoneliikkeensä oli jo tullut osaksi kaupungin katukuvaa. Tanelin Konekota oli varsin vaatimattoman näköinen lähistöllä sijaitsevan vahvalla peruspääomalla pystytetyn liikkeen rinnalla. Hänen näppärä vävynsä oli toiminut hänen oikeana kätenään. Tarvittaessa Enska oli valmis jättämään muut työnsä, jotta voisi kuskata appiukon myymät koneet annettuihin osoitteisiin ja liittää ne turvallisella tavalla sähköverkkoon.

Tanelilla alkoi olla jo jonkin verran kanta-asiakkaita. He pistäytyivät toisinaan hänen liikkeessään jotain suurempaa tai pienempää hankkimassa tai muuten vain juttelemassa. Tuon lupsakkaan lapinmiehen kanssa oli mukava praatata tuosta ja tästä ja tarvittaessa häneltä sai tietoja lohestukseen liittyvistä asioista tai muuten hänen synnyinseutuaan sivuavista asioista kuten siitä, mistä voisi hankkia Tenon varrelta kohtuuhintaan tonttipaikan, johon voisi pystyttää kesämökin.

Suvun liikemies oli taas täydessä iskussaan. Hänellä alkoi olla jo aika selvät suunnitelmat vastaisen varalle. Hän oli päättänyt, että kun hän saisi perintöosuudestaan sen hänelle kuuluvan loppusumman, niin niillä rahoilla liikettä voisi hieman laajentaa ja modernisoida. Hänen kodinkoneliikkeessäkin tuli olla kunnon kyltti, jonka saattoi panna tarvittaessa vilkkumaan. Se olisi sitä nykyaikaa. Hän oli yhä varmempi siitä, että Konekodasta voisi vielä tarmolla ja asiantuntemuksella kehitellä vaikka kuinka toimivan liikeyrityksen.

Myös Helsingissä valmistauduttiin tulevaan muutokseen. Inkerin ja hänen tytärtensä saamen taito oli edistynyt toivotulla tavalla. Sanavarasto karttui päivä päivältä ja sanojen ääntäminenkin alkoi olla kutakuinkin kohdillaan. He olivat vaateliaan opettajansa ohjauksessa selättäneet myös niin sanotun tumman a:n oikean ääntämisen, mikä tuotti toisinaan aivan ylitsepääsemättömiä vaikeuksia suomenkieliselle.

Erityisen huojentunut Inkeri oli ollut saadessaan varmistuksen hänelle puolittain lupailtuun vakituiseen työpaikkaan. Niilo oli soittanut hänelle ja kertonut, että kunnan johdon suosituksesta kuntaan oli päätetty perustaa kiertävän sairaanhoitajan toimi, johon oli hänen henkilökohtaisesta ehdotuksestaan valittu yksimielisesti Inkeri sillä perusteella, että tällä oli pitkäaikainen työkokemus kiertävänä sairaanhoitajana toimimisessa.

Tuo mukava uutinen oli innostanut Inkerin entistä enemmän saamen opintoihin. Hän uteli mieheltään sairaanhoitoon liittyviä sanoja, tutki sanakirjoistaan tautien sekä ihmisen kehon ja sisäelinten nimityksiä ja muita tärkeitä sanoja. Hänellä ei ollut tarkoitus ryhtyä täysin ummikkona tärkeään tehtäväänsä.

Talvi alkoi kallistua kohti kevättä, tuli pääsiäispyhät ja parhaat hiihtokelit ja kohta vapun jälkeen Jooseppilan ovet sulkeutuivat ulkopuolisilta. Vanhan hirsirakennuksen remontointityöt aloitettiin oitis ja juhannukseen mennessä talo ja rantasauna oli sähköistetty. Porakaivo ja putkityöt valmistuivat parin seuraavan viikon kuluessa. Elokuun ensimmäisenä päivänä lähti muuttokuorma Lappiin ja heti seuraavana aamuna suuntasi Antti Volvollaan porukkansa kanssa kohti pohjoista.

32.

Maallemuuttajat olivat asettuneet asumaan korskeaan kotitaloonsa Panne-pieranjärven länsipäähän. Sukulaiset olivat autelleet heitä vanhan hirsiraken-nuksen tyhjentämisessä ja uudelleen sisustamisessa. Ylimääräiset hetekat nii-hin kuuluvine vaahtomuovipatjoineen ja muut matkailukäyttöön tarkoitetut tarvikkeet oli kuskattu kuntakeskukseen säilöön. Varsinkin näppäräkätinen Iivari oli ollut suureksi avuksi tämän kaltaisissa käytännön askareissa. Hän oli ollut ja oli edelleenkin kotiseudullaan tunnustettu kirvesmies, jolta oli liiennyt aikaa myös kunnan yhteisten asioiden hoiteluun.

Antti oli keskustellut hänelle suositellun parin traktorimiehen kanssa. Hän oli tiedustellut heiltä, että voisivatko he mahdollisesti ottaa tehtäväkseen maantien varteen johtavan kiertotien aukipidon tuiskujen aikaan. Toinen heistä oli puolittain lupautunut tuohon työhön ja se toinen sanoi olevansa tosi tyytyväinen, että hänelle olisi luvassa lisää traktoritöitä muuten niin hil-jaiseen talvisaikaan.

Lähestyi koulujen alkamispäivä tälle lukuvuodelle. Pannelan pariskunta oli saanut kutsun saapua edellisenä päivänä tytärtensä kanssa kuntakeskukseen esittäytymään yläasteen rehtorille sekä ala-asteen johtajaopettajalle ja kysei-seen palaveriin oli saanut kutsun myös ala-asteen saamen kielen opettaja.

Aamusella Pannelan väki lähti pikkujännitys vatsan pohjalla ajelemaan kohti kuntakeskustaa. Antti kurvasi mahtavan tuntuisen koulukeskuksen pihamaalle. Kaikki vaikutti kovin hiljaiselta mutta huomisaamusta lähtien kantautuisi jälleen oppilaiden kisailun ääniä suuren koulukeskuksen suun-nalta.

He astuivat koulun huoltomiehen ohjaamina opettajainhuoneeseen, missä heitä jo odoteltiin. Yläasteen rehtorina toimiva keski-ikäinen mieshenkilö otti heidät asiaankuuluvalla tavalla vastaan ja jutusteli:

– On mukava huomata että jouditte tulemaan tähän tapaamiseen! Meillä on ollut semmonen tapa että kun tulee muualta ihan tuntemattomia oppilaita, niin järjestetään tämmönen tutustumiskäynti. Toimin täällä yläasteella saamen kielen ja kulttuurin opettajana. Ja tämä Tellervo taas toimii ala-asteen johtajaopettajana ja tuo Taina vastaa siellä saamen kielen opettamisesta. Siis Tainan ja minun velvollisuutena on huolehtia siitä että oppilaamme ohjataan jo varhain saamen kielen lukemiseen ja kirjoittamiseen. Useilla heistä on vahva saamelaistausta, joten suullinen kieli heillä on kutakuinkin hallussaan mutta nykymaailmassa olisi hyvä osata myös kirjoittaa ainakin jossain määrin äidinkielellään.

– Noinhan se tietysti on. Kun osaa lukea ja kirjoittaa, silloin luultavasti pärjää paremmin elämässään, totesi Antti.

– Totta puhut, Antti! On mukava taas nähä pitkästä aikaa sinua. Ajattelin toisinaan että sie se muutit sinne etelään ja elelet siellä poikamiehen elämää. Vasta äskettäin kuulin että sie olit naimisissa ja sulla oli perhe. Ja varsinainen yllätysten yllätys mulle oli ollut kuulla että olit ostanut vanhempiesi kotitalon ja muuttamassa perheinesi siihen. Ajattelin että tuommonen ei oo mahollista kuin Kunnan-Joosepin jälkikasvulle.

– Tuossa on muuten vaimoni Inkeri! Ja nuo ovat tyttäriäni, vanhimmasta päästä lueteltuina Päivikki, Sointu-Tuulia ja Pirita!

– Olenko oikein ymmärtänyt että sinä Inkeri alkaisit ihan kohta kiertäväksi sairaanhoitajaksi kuntaamme? tiedusteli ala-asteen johtajaopettaja.

– Pitää paikkansa.

– Ja sinä olet sieltä Helsingistä lähtöisin. Pääkaupunkilaistaustainen olen muuten minäkin. Kiva tutustua, Inkeri! Ja noihin tyttäriisihän minulla on tilaisuus sittemmin paremmin tutustua opetustyöni puitteissa.

Yläasteen rehtori puheli:

– Olemme saaneet sellaisen ennakkotiedon että vanhemmat haluaisivat saada tyttärensä saamenkielisten ryhmään. Olen kovasti otettu että muualla syntyneillä ja kasvaneilla kaupunkilaistytöillä on kiinnostusta oppia ihan tuolla tasolla esivanhempiensa kieltä. Vai onko tuo mahdollisesti vain vanhempien toivomus? Niinpä en malta olla kysäisemättä tulevalta oppilaaltani Päivikiltä että haluaisitko sinä ehdottomasti siihen saamenkielisten ryhmään, saamen kieltä kun voi opiskella myös vieraana kielenä vähemmillä ennakkovalmiuksilla.

– Ehdottomasti haluaisin siihen saamenkielisten ryhmään. Ja saamenkielisten ryhmään haluavat myös mun pikkusysterini siel ala-asteen puolella.

– Nyt haluaisin tiedustella vanhemmilta että uskovatko he tytärtensä mahdollisuuksiin saamenkielisten ryhmässä. Ja mikäli uskovat, niin millä perusteilla?

– En epäile heidän mahdollisuuksiaan, totesi Inkeri.

– Ja mitä sie Antti ajattelet tuosta asiasta?

– Kyllä he oppivat, jos heille annetaan mahdollisuus oppia. On totta että he ovat vasta hiljattain tulleet tietoiseksi saamelaistaustastaan mutta ovat kovasti kiinnostuneita siitä. Ja heillä on palava halu oppia esivanhempiensa kieltä niin suullisesti kuin myös kirjallisesti.

Inkeri katsahti mieheensä ja jatkoi:

– Tuo Antti on ollut meidän opettajamme. Itse olen ollut jonkin aikaa myös saamen kielen alkeiskurssilla. Olen jo tottunut siihen että kun puolisoni sanoo jotain, niin hänen sanomisiaan ei yleensä tarvitse epäillä. Antti on kärsivällisesti opastanut meidät suulliseen saameen. Olen kuullut täkäläisiltä että hän on aikamoinen mestari saamen tuntemuksessa, muualla vietetyt vuosikymmenet eivät ole poistaneet hänestä sitä vahvaa perustaa, joka on lujasti iskostunut hänen alitajuntaansa.

Yläasteen rehtori tuumaili:

– Teillä kaikilla tuntuu olevan vahva luottamus heidän mahdollisuuksiinsa selviytyä saamenkielisten ryhmässä. Luulisin että Tainalla on minua syvällisempi tuntemus tuosta asiasta, hän kun on joutunut kohtaamaan siellä ala-asteella monentasoisia oppilaita, jotka haluaisivat oppia saamea joko ensimmäisenä kielenään tai sitten vieraana kielenä.

– Kyllä muutaman vuoden kokemus on.

– Mitä sinä siitä ajattelet että nämä meidän uudet oppilaat haluavat päästä nimenomaan saamenkielisten ryhmään, jolloin oppilaalta vaaditaan ainakin jonkin tasoisia perusvalmiuksia pystyäkseen täysipainoisesti seuraamaan saameksi tapahtuvaa opetusta.

– No hieman uhkarohkealta vaikuttaa. Niillä saamenkieliseen ryhmään ryhtyvillä on yleensä tarvittavat perusvalmiudet. Ja ne vieraana kielenä opiskelevat ovat pääosiltaan saamelaistaustaisia, jotka ovat jo jossain määrin kaikonneet saamen kielestä ja joukossa on ollut myös täysin suomenkielisiä.

– Voisitko kertoa joitakin kokemuksiasi kyseisestä asiasta?

– Voisin kyllä. Joskus vanhemmat ovat laittaneet kovin heppoisin perustein lapsensa saamenkielisten ryhmään. Ja toisinaan taas vanhemmat ovat panneet lapsensa suomenkielisten ryhmään, vaikka nämä olisivat selviytyneet vallan mainiosti myös saamenkielisten ryhmässä. Muutaman kerran on sattunut myös siten että saamenkielisten ryhmään tullut ala-astelainen on jouduttu kesken lukukauden siirtämään vaatimustasoltaan kevyempään ryhmään ja muutaman kerran on käynyt niinkin että vieraana kielenä saamea opiskelemaan ryhtynyt on siirretty sittemmin saamenkielisten ryhmään. Ja voisin mainita myös erään menestystarinan. Meille tuli tässä takavuosina täysin suomenkielinen oppimaan vieraana kielenä saamea ja aika kohta hänet siirrettiin saamenkielisten ryhmään ja nyt hän kuuluu olevan yläasteella niitä parhaimmin pärjääviä oppilaita saamen kielessä ja myös saamelaiskulttuurin tuntemuksessa. Niin että oikeastaan kaikki on mahdollista tässä maailmassa, joten annetaan noille tytöille mahdollisuus kokeilla siipiensä kantavuutta saamenkielisten ryhmässä.

– Kiitos syvällisestä selvityksestäsi, Taina! Minulla ei tosiaankaan ole mitään tuohon lisättävää. Haluaisin kuitenkin mielelläni hieman kokeilla tulevan oppilaani saamen taitoa. Mitähän kuuta me nyt parhaillaan eletään, Päivikki?

– Nyt eletään tietysti elokuuta, saameksi borgemánnu. Ja kohta astutaankin jo syyskuuhun, saameksi čakčamánnu.

– Aivan oikein! Voisitko kertoa jotain itsestäsi?

Tyttö kertoilee hieman haparoiden saamellaan olennaisimmat tiedot itsestään.

– Mutta sinähän puhut huomattavasti paremmin kuin olin kuvitellut. Ja sanojen ääntäminen on suorastaan loistavaa.

– Kiitos kannustavista sanoistasi, yläasteen rehtori!

– Ja ehkä myös Taina haluaisi hieman ennakkoon kokeilla oppilaidensa saamen taitoja?

– En oikein viitsisi juuri nyt alkaa. Annetaan olla. Mutta voin vakuuttaa että heti huomenissa testataan Sointu-Tuulian ja Piritan valmiudet ryhtyä saamenkielisten ryhmään.

33.

Koulut olivat alkaneet sille lukuvuodelle. Tytöt oli hyväksytty saamenkielisten ryhmään. Heidät kyyditettiin koulupäivinä aamusella Jooseppilan tienhaarasta kuntakeskukseen ja illansuussa taas takaisin tienhaaraan. Paikalliset taksinkuljettajat olivat ottaneet hoitaakseen kyydityksestä huolehtimisen. Koulukeskuksessa koulua käyvistä peruskoululaisista ja lukiolaisista useat kuuluivat koulukyydityksen piiriin, vain pitkämatkalaiset oleilivat asuntolassa. Yleensä Antti heitti aamuvarhain tytöt maantien varteen ja auton ollessa vapaana myös nouti heidät sieltä kotitaloonsa. Aika usein auto oli päivisin Inkerin käytössä, jolloin tytöt joutuivat jatkamaan jalan kotitaloonsa.

Tytöt olivat ryhtyneet tarmokkaasti koulunkäyntiin. Vanhemmat olivat saaneet kuntakeskuksesta positiivista palautetta heidän koulunkäynnistään. Kaikki tuntui viittaavaan siihen, että uudet oppilaat pystyisivät seuraamaan saamenkielistä opetusta. Jooseppilassa oli valittu kotikieleksi saame, jotta perheen äidin ja tytärten saamen taidot kohenisivat luonnollista tietä. Antti kertoili opetustarkoituksella tuosta ja tästä saamellaan ja hänen oppilaansa kuuntelivat korva tarkkana hänen verkkaan polveilevaa jutusteluaan. Se oli sitä kieltä, mitä talonisäntä oli varhaislapsuudessaan imenyt sisäänsä ja mikä oli taas otettu päivittäiseen käyttöön.

Inkeri oli ryhtynyt työhönsä. Kiertävänä sairaanhoitajana hän oli jo aika hyvin päällisin puolin tutustunut nykyiseen kotikuntaansa. Hän ajeli Volvollaan sinne tänne. Saamenkielisten kanssa hän yritti toisinaan työasioissa kommunikoida saameksi, mutta useimmat heistä sanoivat ymmärtävänsä myös maan pääkieltä ja näin kieli kääntyi suomeksi. Joidenkin saamelaisvanhusten kanssa hän pääsi kokeilemaan kielitaitoaan. He kuuntelivat tuota outoa rivgua, joka kuului olevan ihan Helsingistä asti kotoisin ja ihmettelivät että onpa omituinen ihminen, kun edes yrittää puhua tätä meidän kieltämme.

Saamelaisvanhuksista hän oli sittemmin saanut kiitollisimmat asiakkaansa. Hän tiedusteli saameksi heidän vaivoistaan, kyseli kuulumisia ja kertoili mitä itse ajatteli tuosta tai tästä asiasta ja mitä oli viime aikoina nähnyt ja kokenut. He pitivät seurallisesta sairaanhoitajasta, jolta tuntui liikenevän varsinaisen asian ohella aikaa ja mielenkiintoa myös heidän sosiaalisiin tarpeisiinsa.

Inkeri veti pääkaupunkiseudulla saamallaan rautaisella rutiinilla hänelle uskotun tehtävän. Hän ajeli työtehtävissään sekä Ylä-Tenolla että Ala-Tenolla ja toisinaan myös Utsjoen varren harvaan asutulla alueella. Hän mittasi asiakkaidensa kuumeen ja verenpaineen, tarkisti pulssin, kuunteli stetoskoopillaan rintakehää ja yläselkää ja huomasi, että kyse oli yleensä nuhakuumeesta tai harmittomasta kulkutaudista, joka paranisi itsestään lämpimillä juomilla ja muutaman päivän vuodelevolla. Epävarmat tapaukset hän passitti Ivalon terveyskeskukseen lisätutkimuksiin.

Kulunut syksy ja alkutalvi olivat olleet varsin leutoja, vain pari kertaa oli hieman satanut lunta, joka oli aika kohta sulanut pois. Säätiedotus oli kumminkin lupaillut ilmojen viilenevän ja lännestä oli viimeisten tietojen mukaan työntymässä sisämaahan päin vahva matalapaineen rintama. Niinpä Jooseppilassa heräiltiin eräänä päivänä joulukuun alkupuolella talvituiskun tuiverrukseen. Tuuli vinkui nurkissa ja koko seutu hohti paksun lumikerroksen alla. Antti lähti ulkoportaille toteamaan tilanteen ja huomasi, että pihamaalla oli kahlaamiseen asti lunta. Hän kiirehti tupaan ja pyysi tyttöjä pikimmiten ottamaan aamupalan, minkä jälkeen hän saattaisi heidät maantien varteen. Tytöt hotkaisivat jotain suihinsa, hetkauttivat koulurepun selkäänsä ja niin lähdettiin matkaan. Inkeri jäi ulkoportaille seuraamaan, kun he rupesivat tarpomaan kohti tienhaaraa.

Inkerillä olisi ollut iltapäivällä Nuorgamissa tärkeä tapaaminen jonkun vanhuksen kanssa, mutta nyt kyseisen tapaamisen toteutuminen oli kovin epävarmaa tuiskun takia. Hän astui taas tupaan ja päätti ajankuluksi ottaa tukevan aamiaisen miehensä paluuta odotellessaan. Viimein Antti palasi ja kertoi, että heidän kiertotiensä oli pahasti tukossa mutta valtatietä oli vasta aurattu ja niinpä koulukyyditys oli toiminut ja tytöt olivat päässeet kouluun. Hänen mukaansa tuisku oli talttumaisillaan, tummanpuhuvat pilvet kaikkoamaisillaan ja parin päivän päästä palattaisiin taas normaaliin päiväjärjestykseen.

Inkeri tiedusteli mieheltään, että olisiko tällä ratkaisu miten päästä tänään kuntakeskukseen. Antin mielestä vaimon kannattaisi soittaa Niilolle, luultavasti tämä voisi tehdä jotain asian hyväksi. Niinpä Inkeri soitti tuttuun numeroon ja kohta asia olikin jo hoidettu. Niilo lupautui hakemaan hänet puolilta päiviltä tienhaarasta ja lupasi lainata hänelle autonsa, jotta Inkeri voisi käydä sovitussa tapaamisessa Nuorgamissa ja työmatkaltaan palattuaan hän voisi myös yöpyä heillä.

Antti soitti traktorimiehelle, joka oli sitoutunut pitämään kiertotien avoinna tuiskujen sattuessa, ja tämä lupasi saapua seuraavana aamuna työvälineineen tien aukaisuun. Tämä oli ensimmäinen kerta, kun Jooseppilan nykyiset asukkaat joutuivat kokemaan millaista oli asua korvessa epävarmojen kulkuyhteyksien varassa. Ilman ulkopuolista apua olisi luultavasti runsaan lumentulon aikana lähes mahdoton päästä autolla maantien varteen. Hän oli tyytyväinen, että hänellä oli pari traktorimiestä, jotka saattoivat tarvittaessa avustaa häntä tuossa tärkeässä asiassa.

34.

Tuli joulu. Jooseppilan väki vietti intiiminä perhejuhlana aattoillan. Antti oli hankkinut jostain käkkyräisen joulumännyn, jonka perheen naisväki oli sitten koristellut. Aatonateria oli makoisa ja varsin tuhti, lahjoja jaettiin ja laulettiin muutama joululaulu.

He olivat saaneet Niilolta ja hänen vaimoltaan kutsun saapua jouluaterialle heidän kotitaloonsa, myös heidän vanhin poikansa Kalevi perheineen olisi läsnä tuossa tapaamisessa. Puolilta päivin he suuntasivat kulkunsa kohti kuntakeskustaa. Kiertotie oli ensimmäisen kovan tuiskun jälkeen vielä kertaalleen aukaistu runsaan lumentulon takia ja niinpä tie oli nyt aivan ajettavissa. Aika kohta Antti kurvasi Volvollaan Niilon kotitalon edustalle.

– No sieltähän se saapuu se Jooseppilan väki! Tervetuloa matalaan majaamme joulupäivän viettoon! toivotti Anneli vieraansa tervetulleiksi taloon.

– Millaisessa kunnossa muuten oli Antti se kiertotie? tiedusteli talonisäntä.

– Ihan ajettavissa.

– Teillä on tosi mahtava kotitalo. Vain syäntalvella ja kevättuiskujen aikaan voi olla välillä aika hankalaa.

– Siihenkin tottuu. Mutta onhan mulla parikin traktorimiestä, joihin voin tarvittaessa turvautua.

– Miten meiän uuet oppilaat ovat tottuneet koulunkäyntiin täällä pohjan perukoilla? tiedusteli Kalevi suomeksi.

– Ihan mukavasti. Mul on siel ylästeel ihan kivasti kavereita, totesi Päivikki.

– Oppilaani Päivikki on sopeutunut täkäläisiin oloihin. Hän on hyvin suosittu oppilas yläasteella, kertoi Hannele.

– Oon tullut tietään että oppilaiden joukos on mun sukulaisii. Oon jo aika hyvin tutustunut muutamiin. Siks kai mun on ollut varsin vaivatonta sopeutua uusiin oloihin.

– Entäs ne meiän ala-asteen oppilaat! Miten teillä pyyhkii siellä koulussa? jatkoi Kalevi.

– Ihan kivasti. Se meidän ope Taina on kertonut että myös siel ala-asteel on mun sukulaisii. Mul on jo kavereita, kertoi perheen kuopustyttö Pirita.

Inkeri jutusteli suomeksi:

– Tytöt ovat päässeet koulunkäynnissään kivasti alkuun ja mikä mukavinta että he tuntuvat selviytyvän saamenkielisten ryhmässä. He ovat kiinnostuneet saamen kielestä ja yrittävät välillä kommunikoida keskenään saameksi. Mutta silloin kun he haluavat vaihtaa syvällisempiä ajatuksia keskenään, niin silloin kieli vaihtuu suomeksi. Heidän sanavarastonsa on vielä sen verran vajavaista että tahtoo takellella, jos haluaa ilmaista sillä kaikkea mitä kulloinkin liikkuu mielessä. Mutta oon varma että he ovat jo nyt minua huomattavasti kielitaitoisempia eikä tuo nyt mitenkään niin ihmeellistä ole, he ovat vielä nuoria ja parhaassa oppimisiässä.

– Noinhan se tietysti on. Heidän iässään ihminen on huomattavasti vastaanottavaisempi vieraan kielen oppimiseen, totesi Hannele. – Aikuisiällä uuden kielen omaksuminen on jo huomattavasti vaativampi tehtävä. Olen tullut sen huomaamaan. Kalevi puhuu lastensa kanssa omaa kieltään, joten kuulen päivittäin saamea. Ymmärrän yleensä mistä puhutaan mutta minun on varsin vaikea yhtyä luontevaan keskusteluun heidän kanssaan. Samoin työpaikallani olen jatkuvasti tekemisissä saamenkielisten kanssa ja epäröin aina ennen kuin antaudun heidän kanssaan juttusille saameksi.

– Näet vaimoni on kovin tarkka kunniastaan. Ei haluaisi tehä kieliopillisia kömmähdyksiä. Haluaisi että kaikki menee justiinsa. Hänen ensikosketuksensa saameen on ajalta, jolloin hän tutustui minuun. Ja hän oli silloin jo aikuinen eikä hän oo sittemmin käynyt niitä kielikursseja. Hannele pärjäilee aivan mukavasti saamellaan ja toisekseen hän on aina ollut hyvin saamelaismielinen, mikä on minusta erittäin mukavaa.

– Totta puhut, Kalevi! Miniäni on juuri tuollainen. On ollut täällä asuessaan keskeinen henkilö kunnalliselämässä siellä kulttuurilautakunnassa ja toimi myös lainastonhoitajana sillon sen vanhan koulun aikaan, tuumaili Anneli.

– Ja hoiteli mallikkaasti perikuntamme kirjanpitoa. Kaikki oli aina kohillaan, lisäsi Niilo.

– Nyt taisi lipsahtaa kehumisen puolelle! hymähti Hannele. – Mutta totta puhuakseni olen viihtynyt täällä ja minulla on ollut aivan toimivat välit niin saamenkielisiin kuin myös suomenkielisiin. Minun on ollut hyvä asua täällä pohjoisessa.

Toimelias talonemäntä pisti töpinäksi ja tuumaili:

– No voiaankin kohta istuutua nauttimaan joulupäivän ateriaa. Kaikki on valmiiksi laitettu. Miniäni on autellut minua valmisteluissa. On kinkkua, lanttulooraa ja muuta pientä alkupaloiksi ja pääruokana on tietysti poronpaistia siihen kuuluvine lisukkeineen. On maitoa, piimää ja monenlaisia mehuja meiän nuorimpia varten. Niilo istuutuu isännän paikalleen ja Antti sukunsa vanhimpana pöyän toiseen päähän ja me muut tälläydymme niihin muihin istumapaikkoihin.

Illansuussa he nousivat ruokapöydästä. Jouluateria oli ollut maukas ja sitä oli riittävästi ja kaikki olivat tyytyväisiä.

– Tuhannet kiitokset kutsusta! totesi Inkeri. – Tää oli niitä mieliinpainuvimpia jouluaterioita, mihin oon koskaan osallistunut. En ois ikinä uskonut että muuttaisin vielä joskus kauas Lapin perukoille.

– Kaikki on mahollista tässä maailmassa. Ei ollut mitenkään kirkossa kuulutettu että muuttaisin silloin soan päätyttyä mies parhaassa iässä pääkaupunkiin ja palaisin ikämiehenä stadilaisen vaimon ja tyttökatraan kanssa lähtökohilleni, hymähteli Antti.

– Oot ollut aika aloitekykyinen kun noin vain lähit sinne etelään. Itte tuskin oisin tohtinut, sanoi Niilo.

– Sitä ittekin oon jälkeenpäin ihmetellyt. Mutta varmasti kannatti lähteä. Tuli nähtyä erilaista elämää ja tehtyä erilaisia töitä kuin täällä päin yleensä tehtiin.

– Tuo oli Antti-seältä sattuvasti sanottu.

– Minulla olisi jotain kysyttävää Antilta! äännähti Hannele.

– Mistä mahtaa olla kysymys?

– Mitä siinä siihen sanoisit että kävisin toisinaan Jooseppilassa sinua haastattelemassa? Nauhottaisin sinulta saamani tiedot vastaisen varalle. Olen jo haastatellut Niiloa, Iivaria, Leemettiä ja tämän perän varttuneemmasta väestä joitakuita muita.

– Tietysti suostuisin sinun haastateltavaksi. Sie saisit multa tarvitsemiasi tietoja ja mulle ittelleni se ois semmonen soma ajankulu. Näet miekin tahon joskus hieman pitkästyä joutilaana oloon. Mutta mihin sie oikein tarttisit noita haastattelujasi?

– Se nyt olisi minulla sellainen pitkän tähtäimen suunnitelma. Mieheni ja appivanhempani tukevat kunnianhimoista projektiani. Minulla on yhteiskuntatieteiden maisterin tutkinto ja haluaisin laajentaa sen joskus myöhemmin tohtoritason työksi. Minulla olisi nyt meneillään se aineistonkeruuvaihe. Hieman iäkkäämpänäkin voi väitellä. Tunnen naisia, jotka ovat jatkaneet opintojaan sen jälkeen, kun lastenhoidot ja perhe-elämään kuuluvat muut velvoitteet ovat takanapäin. Mutta voisihan tietysti käydä niinkin että niistä minun suurista suunnitelmistani ei tulisi mitään.

– Älä epäile mahollisuuksiasi vaan jatka ihan loppuun asti! sanoi Niilo.

– Hannele kyllä pystyy siihen! Siitä ei oo epäilystäkään, lisäsi hänen vaimonsa.

– Ja tuolta Antilta minä saisin kaikkein autenttisimpia tietoja siitä millaista oli elää hänen lapsuudenpäivinään Jooseppilassa.

– Sovittu juttu. Voit käväistä halutessasi Jooseppilassa ja mie voisin kertoa sulle yhtä toista siitä miten elettiin siihen aikaan täällä päin.

Hannelen tulevaisuudensuunnitelmat herättivät vilkkaan sananvaihdon. Ilta oli jo pitkällä, kun Jooseppilan väki lähti taas ajelemaan kohti kotitaloaan.

35.

Vaihtui vuosi, talvenselkä taittui ja tuli kevät. Pääsiäisenseutu oli ollut vilkasta aikaa Jooseppilassa. Inkerin vanhemmat olivat vierailleet unelmiensa Lapissa ja oleilleet viikon verran talossa tyttärensä ja vävynsä vieraina ja olivat ihastuneet komeaan hirsirakennukseen ja sen upeisiin puitteisiin. Kunnan-Joosepin jälkikasvua oli kulkenut Pannepieranjärvellä pilkillä tai muuten sukulaisia tapailemassa. Hannele oli käynyt jo muutaman kerran talonisäntää haastattelemassa ja oli saanut tältä arvokkaita tietoja nimekkäästä isästään ja muuta kulttuuritietoutta vanhoista ajoista.

Pannepieranjärvi avautui jäistä kesäkuun alkupäivinä. Kalevin vanhin poika ja hänen parhaat kaverinsa olivat kohta onkivälineineen Pannepieranjärvellä kalamiehen taitojaan kokeilemassa. He virvelöivät veneestä käsin, välillä pyysivät soutaen ja saivat ihan mukavasti pienikokoista punakalaa. Toisinaan talon omistajapariskunta lähti järvelle pyyntitarkoituksessa. Antti souteli vesialueellaan järven länsipäässä pari harriperhoa siiman päässä ja vaimo kelasi veneeseen kotitarpeiksi syötävää. Niinpä talossa oli jatkuvasti tuoretta paistinkalaa, ja kookkaimmat raudut ja taimenet Antti suolasi perinteellisellä tavalla graavikalaksi.

Inkerin kuningasajatuksena oli ollut Jooseppilaan asetuttuaan laittaa pienehkö perunapelto, jotta voisi loppukesästä keitellä uusia perunoita ja panna niitä myös jonkin verran säilöön talven varalle. Hänen suunnitelmansa oli kohta Niilon tiedossa, ja niinpä tämä oli soittanut sedälleen ja kertonut kokoavansa talkooporukan, jotta Jooseppilaan saataisiin perunapelto ja muuta tarvittavaa.

Kesäkuun toisella viikolla saapui kuntakeskuksesta talkooväkeä Jooseppilaan. Kärjessä kaasutteli Iivari maastoautollaan peräkärryssä pari lannoitesäkkiä, jonkin verran hedelmällistä lehmänlantaa ja tarvittavat työvälineet.

Sitten ajeli paikalle Kalevi vaimonsa kanssa. Kohta heidän jälkeensä jurruutti pihamaalle Niilo toimeliaan emäntänsä kanssa. Myös Leemetti saapui hieman myöhemmin Jooseppilaan ja näin voitiin ryhtyä talkoisiin.

Antti selitti missä kohtaa hänen vanhemmillaan oli ollut perunapelto ja hän halusi, että tämä uusi perunapelto laitettaisiin samaan paikkaan ja ilman konetyövoimaa kuten silloin hänen lapsuudenpäivinään. Niinpä nyt oli taas käyttöä kuokalle, talikolle ja lapiolle. Vielä sen päivän kuluessa käännettiin perunamaa, möyhennettiin kuohkeaksi, kasvualustaan sekoitettiin hieman lehmänlantaa ja keinolannoitetta ja sen jälkeen porukalla istutettiin siemenperunat peltoon.

Seuraavana päivänä Antti nikkaroi vaimonsa toivomuksesta muutaman kukkapenkin. Inkeri tilasi Ivalosta mieleisiään koristekasveja, ja ne olivatkin jo muutaman päivän päästä kukkapenkeissä kasvamassa ja tuomassa oman lisänsä Jooseppilan paikallisväriin.

Nyt kesäloman aikaan talon tytärten sukulaistyttöjä oli kulkenut Jooseppilassa. Toisinaan oli tosi vilkasta. Saunaa lämmitettiin tämän tästä, saunottiin ja pulikoitiin järvessä. Vanhemmista oli mukavaa, että heidän tytärtensä saame vahvistuisi täten luonnollista tietä käytön kautta. Myös talonisännän sukulaispojille Jooseppila oli ollut nyt kesällä mitä mainioin lomailupaikka – kalasteltiin, uitiin ja pidettiin hauskaa. Niinpä Jooseppilasta oli parhaillaan kehkeytymässä kesäsiirtola suvun nuorimmaisille kuten oli ollut myös talon ensimmäisten asukkaiden aikaan.

Ensimmäiset lakat olivat poimittavissa heinäkuun loppupuolella, ja Jooseppilan väki oli joutessaan usein lähistön hillasoilla astia kädessä kyykkimässä. Elokuun puolivälissä alkoi myös mustikanpoiminnan aika ja kirpeän punaiset puolukat olisivat poimittavissa syyskuun alkupuolella. Niinpä ensimmäinen kesänvietto Jooseppilassa oli hyvin onnistunut talon uusille asukkaille ja he olivat vakuuttuneita, että näin tulisi jatkumaan myös vastaisuudessa.

36.

Kuluvan syksyn suuriin tapahtumiin kuului Niilolle myönnetyn kunnallis-
neuvoksen arvonimen juhlinta kuntakeskuksessa. Viralliset juhlallisuudet
pidettiin kunnantalolla. Kunniavieraina olivat Kunnallisliiton puheenjohtaja
ja pari muuta silmäätekevää kunnallishallinnon puolelta sekä Lapin läänin
maaherra, Niilon lähituttava. Kunnan ylin johto oli vahvasti edustettuna
tuossa tilaisuudessa. Varsinaisena yllätysvieraana paikalle oli saapunut myös
tiemestari Virtanen vaimoineen.

Virtanen kertoili tuttavilleen että hänelläkin oli viimein hieman luppo-
aikaa, kun Pokan tien peruskunnostustyöt oli saatu vastikään tehdyiksi ja
hänen tuleva tietyömaansa alkaisi vasta loppuvuodesta ja tällä kertaa hieman
etelämpänä siellä jossain Kainuun perällä. Hän kertoi kuulleensa välikäsien
kautta tästä tapahtumasta ja päätti lähteä vaimonsa kanssa katsomaan mistä
oikein oli kysymys ja heillä oli tarkoitus lomailla muutama päivä kuntakes-
kuksessa ja siinä ohella ihailla pohjoisimman Lapin värikylläistä ruskaa.

Tähän tapahtumaan liittyvä juhla-ateria oli tarkoitus nauttia Matkailuho-
tellissa. Ravintolasalin keskilattialle oli katettu muutama pöytä vieretysten
kunniavieraita, kunnan ylintä johtoa sekä Niiloa ja hänen vaimoaan varten.
Ravintolasali oli viimeistä sijaa myöten täysi, kun juhlittiin tunnustetun kun-
nallispoliitikon sosiaalisen statuksen nousua. Puheita pidettiin ja taputettiin
käsiä. Kunnallisliiton puheenjohtaja kertoi millä perusteilla Tasavallan presi-
dentti oli päättänyt myöntää kyseisen arvonimen juuri Niilolle, ja maaherra
tuumaili että siellä lääninhallituksessa oltiin hyvin tietoisia Niilon pitkään
jatkuneesta merkittävästä toiminnasta kotikuntansa hyväksi. Seurakunnan
puolesta onnittelusanat lausui Leemetti. Tavallisen kuntalaisen kiitokset
tuoreen kunnallisneuvoksen ansiokkaasta toiminnasta esitti Sammeli, säh-
köosuuskunnan kirjanpitopuolen entinen vastaava. Niilo kiitteli kohteliaasti

ja tuumaili että on niin mukava saada ponnisteluistaan positiivista palautetta, se lämmittää mieltä ja motivoi jatkamaan.

Antti ja Inkeri sekä tiemestari Virtanen vaimoineen istuivat samassa pöydässä. Virtanen katsahti Anttiin ja sanoi:

– Vai sinä olet Niilon setä. Ei uskoisi, koska vaikutat niin nuorekkaalta.

– Niilon setä oon. Olin perheemme kuopus. Ja Niilon isä oli vanhin velipoikani ja Niilo taas on perheensä esikoinen, mikä selittää osaltaan sen että Niilon ja minun välillä on vain kymmenisen vuotta ikäeroa.

– Toi oli Antti sulta selvästi sanottu! totesi Inkeri.

Tiemestari jutusteli:

– Keskustelin hetki sitten tuttavani Niilon kanssa ja hän kertoi yhtä ja toista sinusta, Antti! Kuulemani mukaan olet saanut elää varsin vaiherikkaan elämän. Olit silloin nuorukaisena siellä kärkijoukoissa puolustamassa isänmaatamme ja rintamalta palattuasi muutit pääkaupunkiin ja loit siellä lähtökohtasi huomioon ottaen ihan mainitsemisen arvoisen virkamiesuran vakuutuselämän saralla. Ja ei siinä kaikki. Eläkkeelle siirtymisen jälkeen teit sitten eräänä päivänä sellaisen radikaalin päätöksen ja päätit karistaa kaupungin pölyt ja muuttaa perheinesi takaisin synnyinseudullesi. Ostit edesmenneiden vanhempiesi hirsirakennuksen ja remontoit sen perheesi kotitaloksi. Tuollainen ei ole mahdollista kuin tosi yritteliäälle ihmiselle.

– Nuo sinun sanasi eivät piä kaikilta osiltaan täysin paikkaansa. Ilman Inkeriä en ois nyt täällä. Hän se suorastaan pakotti minut hankkimaan entisen kotitaloni, kun selvisi että se oli myynnissä. Me oomme yhdessä ostaneet ja remontoineet sen. Ja rakkaan vaimoni ansiosta tuo vanha hirsirakennus on nyt meiän perheen viihtyisä kotitalo. Vain nainen pystyy tuollaiseen. Itte en ois esimerkiksi hoksannut laitattaa sitä perunapeltoa, kukkapenkkejä ja muuta pientä.

– Noinhan se tietenkin on. Tuon Marjatan ansiosta meilläkin on varsin viihtyisä kotitalo siellä Päijänteen rantamilla.

– Miten sä muuten oot tutustunut Niiloon? tiedusteli Inkeri.

– Niissä tientekotöissä. Toimin vastaavana mestarina, kun tuo vanha kulkuyhteys peruskorjattiin uuden ajan tarpeita varten. Silloin jouduimme tielinjaukseen liittyvässä ongelmatilanteessa napit vastakkain. Niilo olisi ehdottomasti halunnut että kunnostettu tie kulkisi perikunnan talon, siis sen teidän kotitalonne vieritse, mutta minä halusin saattaa jo hyväksytyn tielinjauksen uudelleen arviointiin.

– Mistä syystä?

– Tulin paikallisilta työmiehiltä tietämään siitä pahanlaatuisesa paannepaikasta siinä teidän kotitalonne lähistöllä.

– Paannepaikka? Ihan outo sano mulle. Mitä se muuten tarkottaa?

– Maan alta pursuaa syystalvella vettä, joka paisuu sitten talven mittaan epämääräiseksi jääkasautumaksi, mikä vaikeuttaa kovasti tietä pitkin kulkemista.

– Oi, oi, oi, oi! Ihan kaameeta! Kiva että toi paannepaikka honattiin hyvissä ajoin.

– Mutta on toisaalta niinkin että tuon paannepaikan takia me asutaan nyt Jooseppilassa. Ilman sitä perikunnan talo ois mennyt jo ajat sitten myyntiin! huomautti Antti.

– On ollut kummiskii meil aikamoinen tuuri kun sattu oleen se paannepaikka siin lähistöl.

– Missä te muuten meinaatte oleilla täällä? tiedusteli Antti.

– Olisi tarkoitus varata muutamaksi päiväksi yösija tästä hotellista.

– Voisitte tulla joksikin aikaa Jooseppilaan. Sielläkin voi hieman lomailla. Voisitte ihailla ruskaa, saunoa ja uimassakin voisitte käväistä. Mitä sinä Inkeri tuohon sanoisit?

– Tiemestari ja hänen vaimonsa ovat tervetulleita meille. On kiva tutustua uusiin naamoihin.

Juhla-ateria Matkailuhotellissa oli nautittu. Kunnallishallinnon kiireiset virkamiehet kiittivät kunnan edustajia saamastaan ystävällisestä vastaanotosta ja ravintolan henkilökuntaa maukkaasta ateriasta ja lähtivät ajelemaan samassa kyydissä etelään päin. Maaherra keskusteli vielä pitkään kunnan edustajien kanssa ja meni sitten iltamyöhällä huoneeseensa lepäilemään, jotta voisi kohta aamiaisen nautittuaan lähteä vakituisen kyytimiehensä matkassa työpaikalleen Rovaniemelle.

37.

Marraskuun alkupäivinä oli ollut ensimmäinen lumipyräkkä. Kohta oli selvinnyt, että loppuvuosi oli tuiskuista aikaa. Niinpä Antille jo tutuksi tullut traktorimies joutui tämän tästä lähtemään työvälineineen tienaukaisuun, jotta talon väki pääsisi syrjäisestä kotitalostaan ihmisten ilmoille. Muutamia kertoja talon tyttäret olivat joutuneet menemään kävellen maantien varteen ja illansuussa taas kotitaloonsa. Runsaimman lumentulon aikaan Inkeri oli joutunut oleilemaan muutaman päivän Niilon talossa ja käymään työmatkoillaan hänen autollaan.

Talon väelle oli viimeistään nyt selvinnyt, millaista oli elää epävarmojen kulkuyhteyksien varassa talvisaikaan. Oli kovin stressaavaa, kun ei koskaan tiennyt ennalta millaista olisi aamusella. Säätiedotuksen ennusteet pitivät toisinaan paikkansa, toisinaan taas menivät pahasti pieleen.

Onni onnettomuudessa oli ollut tiemestari Virtasen ja hänen vaimonsa alkusyksystä tapahtunut vierailu Jooseppilassa. Silloin talossa oli keskusteltu tuostakin asiasta. Tiemestarin tietojen mukaan tietyissä tilanteissa oli mahdollista hakea kunnossapitoavustusta tieyhteyden ylläpitämiseksi. Kyseisellä avustuksella ei luultavasti voisi korvata ihan kaikkia koituneita kuluja mutta kumminkin huomattavan osan niistä. Antilla oli tiemestarin käsityksen mukaan kuntalaisena ja eläkeläisenä oikeus kyseiseen tukeen ja niinpä hänen oli pikimmiten keskusteltava asiasta Niilon kanssa, joka ehkä voisi tehdä jotain asian hyväksi.

Antti oli keskustellut asiasta tuoreen kunnallisneuvoksen kanssa ja tämä oli ryhtynyt oitis tarvittaviin toimenpiteisiin ja saattoikin jo muutaman päivän päästä ilmoittaa sedälleen, että tällä tosiaankin oli oikeus tuollaiseen kunnossapitoavustukseen. Tämä oli ollut suuri helpotus Jooseppilan pariskunnalle, sillä tämän tästä toistuva tienaukaisu talvisaikaan tulisi aika kalliiksi ja tämän kokoisen asuintalon ylläpitämisessä oli muitakin juoksevia kuluja.

Joulunpyhät talonväki oli viettänyt kotosalla. Vieraina olivat olleet Päivikin toivomuksesta Leemetin tyttärentytär ja Iivarin pojantytär, hänen parhaat koulukaverinsa. Oli jo sovittu, että heidän läsnäollessa talossa puhuttaisiin pelkästään saamea. Muutaman kerran tarkkakorvainen talonemäntä oli kuitenkin kuullut tyttöjen juttelevan suomeksi. Eräänä päivänä hän kuuli vilkasta puheensorinaa ja naurunpurskahduksia Päivikin kamarista. Hän hiipi lähemmäksi kuullakseen mistä oikein oli kysymys. Hänen vanhin tyttärensä lasketteli jotain stadin slangiksi ja hänen sukulaistyttönsä hirnuivat haltioissaan. Inkeri kopautti oveen, astui sisään, huomautti tiukasti asiasta ja viittasi heidän sopimukseensa. Päivikki selitti äidilleen, että joskus oli lähes pakko turvautua suomeen, jotta saattoi ilmaista kaikkea mitä ajatteli juuri sillä hetkellä. Inkeri sanoi jossain määrin ymmärtävänsä tytärtään mutta kehotti heitä kumminkin kommunikoimaan mahdollisimman paljon saameksi.

Inkeri oli keskustellut havainnoistaan miehensä kanssa. Hän sanoi olevansa kovasti pettynyt, kun tytöt eivät muistaneet mistä oli sovittu. Antti ei pitänyt tuota kovin vakavana asiana. Hänestä oli jokseenkin ymmärrettävissä, että tytöt ottivat tiukan paikan tullen käyttöönsä vahvimman yhteisen kommunikointivälineensä, toisin sanoen suomen kielen. Antti oli selittänyt vaimolleen, että noiden tyttöjen iässä ihmisen mielessä liikkui kaikenlaista mikä purkautui yleensä ulos helpoimmalla mahdollisella tavalla, ja vanhempana sinä ja minä tietysti toivoisimme että tyttäremme juttelisivat vain saameksi, jotta heidän suullisen saamen taitonsa kohenisi ja he pärjäisivät paremmin tulevaisuudessa, mutta meidän tulee muistaa että ihminen elää heidän iässään ensimmäiseksi tätä hetkeä eikä ajattele mitä hyötyä kielen oppimisella on joskus tulevaisuudessa. Inkerin mielestä tuo oli puolisolta varsin syvällisesti ajateltu. Hän oli jo tullut tietämään, että vähäisestä koulusivistyksestään huolimatta hänen miehensä pystyi hyvin hahmottamaan missä kulloinkin liikuttiin.

Vuosi vaihtui ja palattiin taas päivittäisiin rutiineihin. Talon tyttäret kävivät koulua ja Inkeri toimi kunnassa kiertävänä sairaanhoitajana. Hänet tunnettiin jo hyvin ja varsinkin varttuneemmat saamenkieliset olivat oikein tyytyväisiä saamistaan palveluista. Hänen toimialueensa oli hyvin laaja. Toisinaan hän käväisi työasioissaan Nuorgamissa, joskus taas Ylä-Tenolla ja olipa hän käynyt kerran ihan Kuolnassa asti kylän vanhimman terveydentilaa tarkistamassa.

Inkerin vanhemmat olivat taas tulossa pohjoiseen pääsiäisenpyhien viettoon. Tällöin piakkoin eläkkeelle siirtyvä aviopari voisi tavata sukulaisiaan, hiihdellä keväthangilla ja nauttia erämaan rauhasta. He olivat oleilleet muutaman päivän Jooseppilassa ja olivat oikein tyytyväisiä lyhyehköön lomaansa. Vapunalusviikolla oli ollut viimeinen tuisku tälle keväälle ja kohta vapun jälkeen havaittiin ensimmäiset tummat sulapaikat Pannepieranjärven jäällä, ensimmäinen käen kukunta kuultiin toukokuun toisella viikolla ja tuttu kotijärvi avautui poikkeuksellisesti jo kuun viimeisinä päivinä ja näin astuttiin taas uuteen kesään.

38.

Koulujen kesäloman alettua Jooseppila vilkastui kuten edellisenä vuonna. Talonisännän sukulaispojat saapuivat onkivälineineen kalastamaan. Toisinaan talon omistajapariskunta kävi hakemassa järvestä ruokakalaa. Kiertävänä sairaanhoitajana Inkeri oli aika usein työmatkoillaan. Hänen tuli olla tarvittaessa lyhyellä hälytysajalla valmis matkaan. Hänellä ei ollut kiinteitä loma-aikoja, mutta toisaalta saattoi vierähtää useitakin päiviä, jolloin kunnassa pärjättiin ilman kiertävän sairaanhoitajan palveluksia, joten Inkeri saattoi pitää välillä vapaata.

Juhannuksen alla Antti sai yllätyssoiton opetusministeriön tiedotuspalvelusta. Hänelle oli kunnan johdon suosituksesta myönnetty ministeriön kielenhuoltopalkinto. Virkailija onnitteli Anttia ja ilmoitti, että tämä saisi lähipäivinä kunniadiplomin saavutuksestaan. Inkeri innostui kovasti kuultuaan uutisesta ja päätti, että tuota tapahtumaa tuli ehdottomasti juhlia Jooseppilassa. Kunnanjohtaja kävi muutaman päivän päästä asiaankuuluvin onnittelusanoin ojentamassa kunniadiplomin Antille ja välitti samalla ministeriön onnittelut asianosaiselle.

Sinä keskikesän päivänä oli Jooseppilassa paljon väkeä, kun suvun vanhimman kielenhuoltopalkintoa juhlittiin. Kunnan johto oli vahvasti edustettuna. Myös kiireinen Taneli Torniosta oli tiedon saatuaan astunut parhaat päivät nähneeseen Mersuunsa ja lähtenyt vaimonsa kanssa ajelemaan kohti synnyinseutuaan. Juhlallisten järjestelyjen puuhahenkilöinä olivat toimineet Inkeri sekä Niilo vaimonsa ja miniänsä kanssa. Anneli oli ottanut tehtäväkseen juhla-aterian valmistamisen ja Hannele oli lupautunut pitämään juhlapuheen.

Avaraan pirttiin oli varsinaisen ruokapöydän lisäksi katettu pari pienempää pöytää, sillä sen verran paljon oli juhlaväkeä. Avajaissanat lausui tietysti Inkeri. Hän sanoi olevansa kovasti kiitollinen siitä, että hänen miehelleen oli

myönnetty kielenhuoltopalkinto, sillä sen hän varmasti oli ansainnut. Kärsi-
vällisesti Antti oli opastanut täysin suomenkieliset perheenjäsenensä saamen
puhekieleen, kun oli käynyt selväksi, että he olivat muuttamassa Lappiin.
Tuollainen ei ole mahdollista kuin omistaan välittävästä avarakatseiselle hen-
kilölle, oli lopettanut Inkeri ja oli herkistynyt kyyneliin ja istahtanut jälleen
miehensä viereen.

Juhla-aterian valmistamisesta olivat huolehtineet Anneli sekä Niilon Maa-
rit-siskon vanhin tytär, joka oli kansakoulun käytyään ottanut lisäkoulutusta
ensin Ivalon emäntäkoulussa ja sitten Rovaniemellä talouskoulussa ja oli sit-
temmin työskennellyt muutaman vuoden matkailuhotellin keittiössä ja oli
koulukeskuksen valmistuttua valittu sen keittiöpuolen pääemännäksi.

Pääateria oli nautittu ja oltiin jo jälkiruoassa. Nyt oli juhlapuheen vuoro.
Hannele nousi seisomaan, katsahti Anttiin ja alkoi puhua:

– Toivotan sydämelliset onnittelut omasta puolestani ja nyt täällä paikalla
olijoiden puolesta Antille, sukunsa nykyiselle päämiehelle hänen suursaavu-
tuksensa kunniaksi! Olen tutustunut Anttiin vasta hänen tänne muutettuaan
ja voin sanoa että jo ensitapaamisessamme hän teki minuun vahvan vaikutuk-
sen. Tajusin että olin tekemisissä harvinaisen monipuolisen ihmisen kanssa,
joka oli luonut uransa täysin suomenkielisessä ympäristössä pääkaupungissa ja
oli eläkkeelle siirryttyään palannut synnyinseudulleen ja jatkanut sitten täällä
toimiaan saamen kielen saralla esimerkiksi siten että oli pystynyt opastamaan
suomenkieliset perheenjäsenensä suullisen saamen saloihin ja oli ikämiehenä
oppinut tietojeni mukaan myös varsin hyvin kirjoittamaan saamen kielellä.
Tuollaiseen pystyy vain tosi yritteliäs ihminen. Olen sittemmin ollut Antin
kanssa useita kertoja tekemisissä, koska hän on toiminut minulle informant-
tina kootessani tutkimusaineistoa tulevaa väitöskirjaani varten. Ja häneltä
olen luultavasti saanut ne kaikkein autenttisimmat tiedot siitä miten täällä
päin on tämän vuosisadan alkupuolella eletty. Vielä kerran tuhannet kiitokset
Antille! Ehkä Antillakin olisi muutama sana sanottavana?

Talonisäntä kampeutui jaloilleen ja tuumaili:

– No kiitos kovasti kauniista puheestasi, Hannele! No mitäpä mie
osaisin vielä tuohon lisätä! Sie veit niin sanotusti sanat suustani. En ois

ikikuunapäivänä arvannut että ne minun viimevuotiset puuhasteluni olisivat olleet kielenhuoltopalkinnon arvoisia. Mutta kai se nyt on sillä tavalla. On tietenkin mukava saaha positiivista palautettua, toisin sanoen on parempi saaha kehuja kuin risuja niinko sillon joskus täällä päin ruukattiin sanoa. Oon tosi kiitollinen kun te ootte näin monilukusesti tulleet tähän taloon minun kielenhuoltopalkintoani juhlimaan!

Juhla-ateria oli nautittu ja vieraat lähtivät ulkosalle jatkamaan juhlapäivän viettoa. Taneli keskusteli serkkunsa Niilon kanssa. He eivät olleet vuosikausiin tavanneet toisiaan, joten heillä oli yhtä ja toista sanottavaa.

– Kovasti on näemmä muuttunut sitten viime näkemän mummin ja vaarin kotitalo, totesi Taneli.

– Sitä varmasti on. Heiän aikainen kotitalonsa on sittemmin kokenut täyellisen muodonmuutoksen.

– Antti-enolla ja sillä Inkerillä on tosiaankin komea kotitalo. Jo vaan tässä kelpaa asuskella. No mitä meiän kunnallisneuvoksemme muuta osaisi kertoa? Syämmelliset onnittelut muuten sulle!

– No kiitos paljon! Ihan mukavasti mulla on mennyt. Siellä kunnalliselämän puolella on aina jotain tehtävää ja tuon arvonimen takia on tosiaankin ollut huomattavasti vilkkaampaa kuin aikaisemmin. Jotkut kuvittelevat minun nyt pystyvän vaikka mihin mutta se minulle myönnetty arvonimi on vain titteli lukemattomien muien tittelien joukossa. No miten meiän liikemiehellämme pyyhkii?

– No jos tarkotat terveyttä, niin ikäisekseni oon ihan mukavassa kunnossa.

– Entäs työelämässä ja muuten?

– Työelämässä on koettu aika ruma konkurssi ja selvitty hengissä sen yli ja nyt kodinkoneliikkeeni tahkoaa jo ihan mukavasti rahaa ja hyvinvointia meiän porukalle. Ja sillä rakkausrintamallakin pyyhkii vallan mainiosti. Sinikka tuntee jo minut ja tietää että voin olla ihmisenä joskus hieman hankala mutta muuten luotettava ja uskollinen elämäntoveri.

Juhlaväki oli vilkkaassa keskustelussa Jooseppilan pihamaalla. Kunnan piakkoin eläkkeelle siirtyvä kunnanjohtaja keskusteli päivänsankarin kanssa ja sanoi olevansa tosi tyytyväinen siitä, että se kielenhuoltopalkinto myönnettiin nimenomaan Antille. Hannele keskusteli seurakunnan kirkkoherran kanssa ja kertoili hänelle olennaisimpia suuntaviivoja tulevasta tohtorityöstään.

Inkeri taas oli ajautunut juttusille Sinikan kanssa. He seisoivat nyt rantasaunan rappusilla ja tähyilivät järvelle päin.

– Komea on paikka ja mahtavat näkymät! totesi Sinikka.

– Sitä varmasti on.

– Mikäs tämän järven nimi taas olikaan? Taneli on muutaman kerran maininnut mutten taho millään muistaa.

– Tää järvi on Pannepieranjärvi ja toi niemi tuol on Pannahisenniemi. Aika eksoottista, vai mitä!

– No sitä kyllä on. Että noin vain muutit miehesi kanssa sieltä pääkaupungista tänne korpeen pohjan perille!

– Se tänne muutto oli hetken päähänpistosta syntynyt monien yhteensattumien summa. Mut noinkin voi sattua.

– Ja nyt sie puhut jo jonkin verran myös sitä saamea.

– Kyl mä puhun ja opin koko ajan lisää. Ja myös meidän tyttäret pärjäilee ihan kivasti saamellaan.

– Sie oot tosiaankin saanut elää mielenkiintoisen elämän. Kun taas minun oma elämäni on ollut totta puhuakseni jokseenkin tasapaksua.

– Pitää paikkansa. Tää mun elämänstoorini on kuin suoraan satukirjasta. Mut tämmöstäkin voi sattua kuten mä jo sanoin. Voidaankin kai jo lähtee niiden muiden luo jatkaan tätä ikimuistettavaa päivää.

Kello lähenteli jo puoltayötä, kun viimeiset kutsuvieraat lähtivät. Myös talon väki meni aika kohta yöpuulle mieliinpainuvan mutta uuvuttavan päivän jälkeen.

39.

Kesä oli taas kallistumaisillaan kohti syksyä. Viime viikot olivat olleet vilkasta aikaa Jooseppilassa. Kunnan-Joosepin jälkikasvu piti jo itsestään selvyytenä, että Jooseppila oli heidän kaikkien yhteinen kesäsiirtolansa. Niinpä ulkopuolista nuorisoa oli talossa parhaina päivinä parisenkin kymmentä, niin että talonemäntä tahtoi toisinaan rasittua.

Poikien aika kului yleensä kalastellessa. He olivat jo tulleet tietämään missä olivat ne parhaat kalapaikat. He virvelöivät veneestä käsin ja muutaman kalan saatuaan soutivat venevalkamaan, perkasivat kalat ja paistoivat ne talon tulistelupaikassa rantatörmällä oikeaoppisesti tikun nokassa, söivät suihinsa ja olivat jo taas kohta järvellä tutussa harrastuksessaan. Niinpä he olivat pitkälle omillaan toimeentulevia ja heidän saalistaan liikeni aina jonkin verran myös talon tarpeisiin.

Huomattavasti enemmän ylimääräistä työtä oli teettänyt Inkerille taloon päivittäin kokoontuva monipäinen tyttölauma. He olivat yleensä sukuun kuuluvia mutta joukossa oli jonkin verran myös muuta paikallista nuorisoa. Järveltä päin kantautui välillä äänekästä pulputusta ja naurua, kun tytöt nauttivat kesälomastaan. He pulikoivat järvessä, sukeltelivat ja kehittelivät uimataitojaan ja välillä innostuivat myös saunan lämmitykseen. Niinpä polttopuuta oli viime aikoina kulunut hälyttävän paljon, niin että Antti oli joutunut huomauttamaan tyttäriään kyseisestä asiasta.

Toisinaan perheenäiti oli ihan helisemässä työn paljouden takia. Silloin tällöin hän oli joutunut käväisemään työmatkalla. Mutta oli myös yhtä ja toista ylimääräistä tehtävää. Kun esimerkiksi Päivikki, Sointu-Tuulia ja Pirita tulivat välillä tupaan jotain syödäkseen, niin samaan ruokapöytään oli tälläytymässä myös heidän koulukavereitaan. Perheenemäntä joutui tietysti tarjoamaan heillekin jotain, ja niinpä viime aikoina talon ruokalaskut olivat olleet huimasti suurempia kuin hiljaisina talviviikkoina.

Jooseppilan pariskunta oli muistuttanut tyttäriään siitä, että heidän tuli kavereitaan tavatessaan kommunikoida mahdollisimman paljon saameksi, ja tytöt olivat luvanneet ottaa huomioon vanhempiensa toivomuksen. Aika kohta oli kuitenkin selvinnyt, että käytäntö ja teoria kulkivat harvoin käsi kädessä. Esimerkiksi Päivikki yritti välillä parhaansa mukaan keskustella kavereidensa kanssa saameksi mutta varsin huonolla menestyksellä. Muutaman vuoden saamen tuntemuksellaan hänen puheensa oli sanavaraston puutteellisuuden takia katkonaista ja empivää eikä kaverusten välille syntynyt luontevaa keskusteluyhteyttä. Niinpä kieli vaihtui lähes huomaamatta suomeksi. Nyt perheen esikoistytär oli taas vahvasti omalla maaperällään ja ensimmäisellä kielellään hän kertoili kepeästi yhtä ja toista milloin mistäkin ja muut kuuntelivat korva tarkkana hänen jutusteluaan.

Elettiin jo elokuun ensimmäistä viikkoa. Pannepieranjärven vedenlämpö oli sydänkesän huippulukemista jo melkoisesti laskenut. Niinpä talon tyttäret ja heidän koulukaverinsa viihtyivät nyt paremmin kuivalla maaperällä. Antti ja Inkeri istuskelivat käsi kädessä talon ulkoportailla ja kuuntelivat nuorison äänekästä jutustelua pihamaalta. Yhä useammin talonemännän tarkka korva erotti suomenkielisiä sanoja.

– Tää on ihan järkyttävää! hän totesi.

– Ei kannata sentään liioitella. Tuo nyt tuskin on niitä maailmanlopun asioita.

– He eivät todellakaan muista tai välitä mistä on sovittu.

– He ovat vielä nuoria ja tuossa iässä ihminen ajattelee omalla tavallaan. Varttuneempi väki ei voi pakottaa heitä tiettyyn ajattelutapaan. Pakkotoimet eivät oo koskaan oikein purreet.

– Siis tuo ei oo susta kovin vakavaa?

– Ei oo.

– No kiitti kummiskii kannustavista sanoistasi vaikken mä oikein uskokaan että täs ois ihan pikkujutusta kysymys!

Päivikki tuli käväisemään tuvassa. Hän vaihtoi talon portailla muutaman sanan saameksi vanhempiensa kanssa.

– Vai ei oo meidän tyttäremme sentään täysin unohtanut saamen kieltään! arveli Inkeri suomeksi.

– En oo. Kyl aika paljonkin on mielessä. Mitä sä muuten tolla tarkotat?

– Aattelen vain sitä meidän yhteistä sopimustamme, joka ei tunnu oikein toimivan.

– Tajuun mitä sä tarkotat. Mut älä viitsi mutsi mua tuolla syyllistää! Ei oo mun vikani, kun toi meidän suunnitelmamme ei oo kaikilta osiltaan täysin onnistunut. Mä kyl oon parhaani yrittänyt. Ja hallitsen käsittääkseni aika hyvin saamea, mut sen sujuva puhuminen tahtoo tökkiä. En muista aina tarvittavia sanoja, häkellyn ja tunnen itseni tyhmäksi ja niin puhekieli vaihtuukin suomeksi.

Antti jutusteli:

– Tuo oli hyvin selitetty, Päivikki! Ymmärrän että tavallisissa oloissa on helpompi keskustella kielellä, jota kaikki ymmärtävät. Nykyinen saamelaisnuorisomme on hyvin suomenkielentaitoista. Ja minusta tuntuu että minun sukulaistyttöni haluaisivat mieluummin oppia sulta sitä etelän kieltä kuin alkaa sulle kielimestariksi saamen kielessä.

– Toi on prikulleen noin! Kun mä puhun niille suomee omalla tavallani, niin ne sanoo et se on kivan kuuloista. Sellaista kepeää, kekseliästä ja hyppelehtivää, aivan erilaista kuin paikallinen pohjoissuomi, joka on niistä niin kovin mielikuvituksetonta ja yksitotista. Niinpä nekin haluais oppia ne olennaisimmat pointit siitä stadin kielestä.

Inkeri puheli:

– Kai se on sitten tollai. Ehkä mä vain turhia hätäilen. Sekin on mahdollista. Nääs mäkin äiti ja vanhempana haluaisin antaa lapsilleni mahdollisimman vahvat lähtökohdat tulevaisuuden varalle! Mitä sä muuten siihen sanoisit Antti että lähdettäs tonne järvelle hieman souteleen, voitas rauhassa jutella ajankohtaisista asioista kuten tytärtemme saamen kielen opinnoista ja lähestyvästä talvesta!

Päivikki astui tupaan ja hänen vanhempansa astelivat kohti venevalkamaa.

40.

Koulut olivat taas alkaneet sille lukuvuodelle. Päivikki oli nyt yläasteen viimeisellä luokalla ja myös Sointu-Tuulia oli siirtynyt yläasteelle. Ensimmäinen pikkupyry oli ollut syyskuun loppupuolella muistutuksena kohta alkavasta talvesta siihen kuuluvine tuiskuineen, joiden ylitse Jooseppilan väen olisi jälleen selviydyttävä.

Marraskuun loppupuolella Jooseppilan pariskunta sai yläasteen rehtorilta kutsun saapua lauantaina aamusella opettajainhuoneeseen, jossa hän olisi heitä odottamassa. He arvasivat kutsun liittyvän tytärtensä koulunkäyntiin ja lähtivät uteliaina ja hieman jännittyneinä kuulemaan, mistä oikein oli kysymys.

Antti kopautti oveen ja niin he astuivat tuttuun huoneeseen. Yläasteen rehtori otti heidät ystävällisesti vastaan ja jutusteli:

– En halunnut muuta henkilökuntaa tähän tapaamiseen. Halusin henkilökohtaisesti keskustella teiän kanssa. Voin sanoa että kyse ei oo mistään kovin dramaattisesta asiasta, joten teiän ei tartte sen takia stressata itteänne. Tietysti voisimme jutella myös saameksi, jos te niin haluatte.

– Keskustellaan suomeksi. Se on mun ensimmäinen kieleni. En haluais vajavaisen saamen taitoni takia olla altavastaajan asemassa tässä ilmeisesti varsin tärkeessä asiassa, tuumaili Inkeri. – Onko kenties ollut kurinpidollisia vaikeuksia tyttärieni kanssa?

– Ei oo ollut.

– No mistä sitten kiikastaa?

– Siinäpä se onkin kun mie en oikein tiiä että voiko tässä yhteyessä puhua ongelmasta ollenkaan. Sanoisin pikemminkin näin että me paikalliset kouluviranomaiset oomme nyt yllättävän tilanteen edessä, mikä vaatisi selvennystä. Ja jonkin verran oon tosiaankin saanut paineita myös muutamien oppilaien vanhempien taholta, joten jonkinlaisia perusteita mulla oli kutsua teiät tähän tapaamiseen.

– Melkein jo arvaan mistä kenkä puristaa. Ulkopuolisten yllättävä tulo tähän teidän ihka uuteen peruskouluun on sekoittanut valmiit kuviot.

– Rouva Pannela on oikeilla jäljillä. Juuri tuosta on kysymys. Kuten tiiätte että meillä on täällä vahvasti saamenkielisiä oppilaita ja sitten on myös niitä saamen kielestä jo kaikonneita saamelaistaustaisia oppilaita ja tietysti on myös niitä täysin suomenkielisiä oppilaita. Ja meiän pitäis taata kaikille parhaat maholliset oppimismahollisuuet. Tuo onkin aikamoinen haaste meiän opettajakunnalle.

– Keskushenkilönä kaikessa tässä taitaa olla tyttäreni Päivikki?

– Juuri hänestä on kysymys. Hänen opettajanaan voin sanoa että mulla on vain hyvää sanottavana hänestä. Hän seuraa opetusta ja hänellä alkaa olla jo aika vahva passiivinen tuntemus saamen kielestä, joka käytön kautta vahvistuu vähitellen suulliseksi kielitaioksi eikä mulla oo koskaan ollut kurinpiollisia vaikeuksia hänen kanssaan.

– Siinä tapauksessahan tyttäreni on ihan mallikelpoinen oppilas! huomautti Antti.

– Noin voi sanoa. Hän on sosiaalinen ja ulospäin suuntautunut oppilas, jolla on paljon kavereita yläasteella. Melkein liiankin paljon.

– Ja se teettää vaikeuksia?

– No tuossa tavallaan on tämän asian ydin. Oon opettajaurallani tavannut Päivikin kaltaisia oppilaita, jotka ovat aika kohta valikoituneet ryhmänsä johtoon. Oon lukenut jostain että tällaisilla oppilailla on harvinaisen vahva läsnäolo, jota kutsutaan myös karismaksi. Tuollaiset oppilaat ovat vaikutuspiirissään jonkinlaisia kellokkaita, joita muut lähes huomaamattaan seurailevat. Tuon sanan juuret juontavat käsittääkseni poronhoitoon. Meiän kiertävä sairaanhoitajamme kai tuntee sanan «kellokas»?

– Toi on tuttu sana mulle. Kyl sitä käytetään porohoidon ulkopuolella myös esimerkiksi niis poliittisissa kuvioissa.

– Noinhan se tietenkin on. Teiän tyttärien takia suomea puhutaan nyt välitunneilla ja ruokatunnilla enemmän kuin aikaisemmin. Jos he oisivat jostain

Savon syänmailta tai Pohjanmaan lakeuksilta, niin tuollaista tilannetta ei ois päässyt syntymään. Mutta se etelän kieli on niin paha uppoamaan täkäläiseen nuorisoon. Me opettajat oomme tietenkin sen huomanneet ja asiasta ovat tietoisia myös joienkin oppilaien vanhemmat, mikä on herättänyt joissakuissa närää. Tämän meiän uuen koulukeskuksemme kun pitäisi olla heiän mielestään niissä opetusasioissa saamen kielen kehto.

– No onko teillä minkäänlaista käsitystä siitä miten tuo joienkuien mielestä epämukava tilanne ois ratkaistavissa? tiedusteli Antti.

– Kyllä ehotuksia on tullut tietooni. Ja noista ehotuksista ilman muuta se tavallisin on että pyrittäisiin kouluaikana mahollisimman tehokkaasti erottelemaan saamen kielellä opiskelevia ja niitä muita toisistaan. En oo ollut kovin innostunut tuollaiseen, koska se teettäisi mulle yläasteen rehtorina paljon ylimääräistä työtä ja oon antanut aika selvästi ymmärtää että mie en oikein usko tuollaisen erottelusuunnitelman toimivuuteen. Tietenkin kouluaikana se heiän suunnitelmansa vois vaikka toimiakin mutta entä sitten kun oppilaat ovat kouluaian ulkopuolella?

– Miten toi saamen kielellä koulua käyvien ja niiden muiden erillään pito käytännössä toteutettaisiin? halusi Inkeri tietää.

– No suoraviivaisin ratkaisu tietysti ois että välitunnit pietään eri aikoihin. Ja joienkin mielestä myös ruokatunti ois piettävä eri aikaan. Sanoin että tuollainen on lähes mahoton toteuttaa. Minua on sittemmin yritetty syyllistää kun en muka ota tarpeeksi vakavasti tuota asiaa.

– Oon tässä asiassa pitkälle samoilla linjoilla yläasteen rehtorin kanssa, totesi Antti.

– Keskustelin muuten tuosta asiasta sukulaisesi sen koulukeskuksen ruokalan vastaavan kanssa. Kysyin Kaarinalta oisko ees periaatteessa mahollista niin sanotusti porrastaa noita ruokailuaikoja, toisin sanoen esimerkiksi siten että ensin käväisisivät syömässä ne saameksi opiskelevat ja sitten ruokailisivat ne muut. Sain tiukan kieltävän vastauksen. Hän sanoi että heiän ruokalansa toimii valtakunnallisen työehtosopimuksen mukaan samoilla periaatteilla kuin muutkin kouluruokalat tässä maassa, jo nyt ylikuormitettu keittiöhenkilökuntamme ei vois ikinä nykyisellä palkkauksella suostua tuollaiseen, että ei koulukeskuksen ruokala oo mikään loistohotelli, josta voi noin vain hihkaista erikoispalveluja.

– Aika mutkikasta, aika mutkikasta! arveli Antti.

– Keskustelin muuten hiljattain Päivikin kanssa kyseisestä asiasta. Hän sanoi että ei oo hänen syytään jos on ajauduttu tähän tilanteeseen. Ei hän oo tieten tahtoen vieroittamassa niitä saamenkielisiä äidinkielestään. Ja kun hän juttelee suomenkielisten kanssa, niin tietysti hän puhuu lapsuutensa kotikieltä, ei hän voi hetkessä oppia puhumaan paikallista suomea, että hänellä on jo ihan tarpeeksi tekemistä kun yrittää oppia sujuvammin juttelemaan saameksi. Ja kun hän juttelee niitten suomenkielisten kanssa, niin saamenkieliset kuuntelevat tarkkaan hänen sanomisiaan. Noin Päivikki selitti mulle ja uskon aika pitkälle että ei hän ihan turhia kertonut.

– Miekin oon keskustellut tyttäreni tuosta asiasta. Hän selitti mulle suunnilleen samalla tavalla. Päivikki kertoi että hänellä on ollut viime aikoina yhä vaikeampi päästä luokkakavereidensa kanssa keskusteluyhteyteen saameksi, koska se ei oo kai heistä tarpeeksi sujuvaa ja niinpä kieli vaihtuu itsestään suomeksi. Ja sitä hänen suomeaan he kyllä olisivat valmiita kuuntelemaan enemmänkin, koska se on heistä niin uuenaikaista ja näppärää.

– No joo joo. Totta puhut, Antti! Tiiän että meiän nuoremme ovat kovin persoja siihen stadin kieleen. Mutta mitä me siihen mahamme? No voiaankin kai jo lopetella tähän tämä meiän tapaaminen. Me ollaan nyt käyty rakentavia keskusteluja, joien pohjalta on poikinut monenmoisia ihan varteenotettavia kannanottoja. Ennakkotietona voisin kertoa että tavataan taas luultavasti uuestaan näissä samoissa merkeissä, keskustellaan ja niin pois päin. Kiitoksia kovasti että jouitte tulemaan tähän tapaamiseen ja mukavaa alkutalven jatkoa!

41.

Itsenäisyyspäivän seutuvilla oli ollut muutama tuiskupäivä ja tuttu traktorimies oli käynyt pari kertaa aukaisemassa kiertotien. Inkerin vanhemmat olivat saapuneet joulun alla Jooseppilaan ja lähteneet vuoden vaihduttua kotimatkalleen. Talon tyttäret olivat keskustelleet vanhempiensa kanssa saameksi ja isovanhempiensa seurassa suomeksi. Mummi ja ukki olivat olleet kovasti mielissään, kun heidän jälkikasvunsa oli hyvää vauhtia oppimassa ihan uuden kielen.

Tammikuun loppupuolella oli alkanut pitkähkö pakkaskausi. Parina päivänä lämpötila laski peräti neljäänkymmeneenviiteen asteeseen. Nyt keskuslämmityksen tueksi otettiin käyttöön myös puulämmitys. Talonisäntä kantoi puuvajasta tupaan muutaman sylyksen verran kuivia koivunhalkoja ja sytytti tulen taloa pitkään palvelleeseen valurautauuniin, joka alkoi kohta hohkaa lämpöä kalseaan pirttiin.

Ilmojen yhtäkkiä lauhduttua oli alkanut runsas lumentulo. Kiertotie umpeutui useiksi päiviksi. Talon tyttäret joutuivat menemään parina päivänä hiihtäen maantien varteen ja hiihtäen taas illansuussa kotitaloonsa. Inkeri myös oli jotenkuten selviytynyt maantien varteen, josta Niilo oli noutanut hänet kuntakeskukseen ja lainannut hänelle toisen autonsa, jotta kiertävä sairaanhoitaja saattoi käväistä parilla sovitulla käynnillä Utsjoen varrella. Talvi alkoi kallistua kohti kevättä, kovimmat pakkaset väistyivät, lumentulo väheni ja Jooseppilassa palattiin taas säiden suhteen normaaliin päiväjärjestykseen.

Kuntakeskuksessa asioidessaan Inkeri pistäytyi mielellään lähituttavansa Annelin juttusilla. Talonemäntä oli vahvasti ajan hermolla siitä, mitä kylässä ja kunnan alueella tapahtui. Mieheltään hän kuuli päivittäin yhtä ja toista mainitsemisen arvoista ja lisäksi hänellä oli omat tietolähteensä kylässä ja kauempanakin puhelinyhteyksien ulottuvilla.

Eräänä päivänä Inkeri kuuli tuttavaltaan tyttäriensä koulunkäyntiin liittyvää.

– Se on sulla topakka tyttö se vanhimmainen, totesi Anneli. – Ilmeisesti tullut vanhempiinsa. Paikalliselle nuorisolle hänestä on jo tullut malli ja esikuva. Kouluviranomaiset ja jokkut vanhemmat taas kuuluvat olevan kovasti ymmällään miten heiän pitäis suhtautua asiaan.

– Tietyst on kiva kuulla että oon tommosen poikkeusyksilön äiti mut toisaalta tos taitaa olla aineksii aikamoiseen sotkuun.

– Siltä miniältäni Hannelelta mie oon kuullut yhtä ja toista tuosta asiasta. Siellä opettajainhuoneessa on kuulemma aika usein keskusteltu tyttärestäsi. Hannele kertoi tässä muutamana päivänä että häneltäkin on tämän tästä kysäisty mitä mieltä hän oli asiasta. Hannele kertoi että hän on tiukasti pysytellyt asian ulkopuolella. Hän ruukaa napauttaa tuollaisin uteluihin että hänen ensimmäisenä tehtävänään on toimia opettajana yläasteella ja lukiossa eikä hänellä oo aikaa yhtyä «koulutuspoliittiseen polemikointiin». Juuri noilla sanoilla hän asian ilmaisi. Eikö ookkin aika napakasti sanottu?

– Miniäsi on kovasti tietoinen asiasta.

– Ja se sinun nuorempi tyttäresi siellä yläasteella taas kuuluu olevan huomattavasti hiljaisempi oppilas, sellainen haaveilijatyyppi. Piirtelee omaksi ilokseen ja kirjoittelee muistivihkoonsa milloin mitäkin. Jo siellä ala-asteella hänen piirtelytaiot huomattiin ja yläasteen kuvaamataion opettaja on ollut positiivisesti yllättynyt tyttäresi lahjakkuuesta tuolla alalla.

– Sointu-Tuulia tykkää tollasista asioista.

– Ja se teiän kuopustyttönne siellä ala-asteella muistuttaa kuulemma aika paljon sitä Päivikkiä.

– Meidän Pikku-Piritamme on ulospäin suuntautunut tyttö, joka tykkää koulunkäynnistä ja viihtyy hyvin kavereidensa kans.

Kevään kuluessa Inkerin korviin kantautui yhä useammin vanhimman tyttärensä koulunkäyntiin liittyvää. Työmatkoillaan kulkiessaan hän kuuli yhtä ja toista. Annelilta hän oli saanut myös tietää, että koululautakuntaan oli hiljattain saapunut muutamien vanhempien allekirjoittama kirjelmä, jossa oli hänen tietojensa mukaan käsitelty nykyistä syvää käymistilaa kuntakeskuksen koulumaailmassa.

Vappuviikolla oli ollut viimeinen tuima kevättuisku ja kiertotie oli taas kohta tukossa. Antti oli muutaman kerran soittanut tutulle traktorimiehelle mutta tämä ei ollut vastannut. Vasta parin päivän päästä tuiskun päätyttyä hän oli saanut yhteyden vakituiseen työmieheensä. Antti sanoi ihmetelleensä miksi hänen puheluihinsa ei ollut aikaisemmin vastattu. Mies oli sanonut että tällaisella tuiskulla oli toki muitakin, jotka tarvitsivat hänen palvelujaan, että ei hän ollut pelkästään Jooseppilan tarpeita varten. Traktorimies tuli, aukaisi tien ja lähti taas ajelemaan kotiin päin.

42.

Kesä oli tuloillaan Jooseppilaan. Lehti oli jo hiirenkorvalla Pannepieranjärveä reunustavassa tunturikoivikossa. Muuttolinnut olivat palailemassa kesäsijoilleen ja käen kukuntaa oli kuulunut muutama päivä.

Järvi avautui vähitellen, ja kesäloman alettua saapuivat talonisännän sukulaispojat onkivälineineen Pannepieranjärvelle kalastamaan. Tuo oli jo heille tuttua touhua. He soutelivat sinne tänne pari harriperhoa siiman päässä ja välillä virvelöivät veneestä käsin lipukalla. Muutaman pikkutaimenen ja raudun saatuaan he soutivat talon venevalkamaan ja kävelivät tutulle tulistelupaikalleen kalanpaistoon. Talon tyttärien sukulaistytöt ja muut koulukaverit myös tiesivät, missä nämä ihanat kesäpäivät saisi rattoisimmin kulumaan. Nuorison naurunäänet ja iloinen rupattelu kantautuivat vanhan hirsirakennuksen suunnalta kauas järvelle.

Talonisäntä käänsi, muokkasi ja lannoitti perunapellon ja yksissä tuumin aviopari istutti siemenperunat siihen. Parin seuraavan päivän aikana talonemäntä istutti Ivalosta tilaamansa koristekasvit kukkapenkkeihin. Talon väen viimeinen kesä Jooseppilassa oli alkanut.

Päällisin puolin tämä kesä oli toisinto edellisestä kesästä, ainoana erona talon omistajapariskunnassa kytevä ennakkoaavistus, että jotain käänteentekevää oli tapahtumaisillaan. He keskustelivat silloin tällöin vaitonaisesti tuosta asiasta ja päätyivät vielä varsin usein loppupäätelmään, että ehkä he vain kuvittelivat. He olivat päättäneet pitää ahdistavat ajatuksensa omana tietonaan, ei kannattanut Jooseppilassa oleilevan nuorison ilonpitoa niillä kuormittaa.

Oli kumminkin eräs seikka, joka askarrutti Anttia. Hänellä oli ollut alusta lähtien hyvin luottamukselliset välit traktorimieheensä. Viimeisen kevättuiskun aikaan hänen työmiehensä oli käyttäytynyt hieman omituisesti. Ja kun hän oli muutama päivä sitten soittanut miehelle keskustellakseen tulevan talven tienaukaisutöistä, niin tämä oli vaikuttanut kovin vaivaantuneelta, ikään kuin ei olisi enää voinut omin päin päättää tuon kokoisesta asiasta. Antti oli jo ikämies, joka oli nähnyt paljon elämässään ja oli tottunut lukemaan rivien välistä, silloin kun kaikki ei ollut ihan kohdallaan.

Vahvistusta epäilyilleen hän oli saanut aika kohta. Niilo oli soittanut sedälleen ja kertonut kunnan sisällä vellovista puheista, että kiertävän sairaanhoitajan toimen ylläpito tulisi muka kovin kalliiksi asujaimistoltaan pienen kunnan herkälle taloudelle. Tämän kokoisen kunnan terveydenhoidon ja vanhustenhuollon saattoi pienillä lisäjärjestelyillä kattaa Kuntakeskuksen, Nuorgamin ja Karigasniemen toimipisteiden tarjoamilla palveluilla.

Kuulemansa uutisen talonisäntä oli pitänyt muutaman päivän omana tietonaan mutta kertoi sitten vaimolleen. Inkeri tajusi, että hänen työpaikkansa oli uhattuna. Hän kertoi miehelleen millainen isku työpaikan menetys olisi hänelle. Miten sitten pärjättäisiin Jooseppilassa? Talonisännän mielestä työpaikan menetys olisi tietysti rahallisesti arvioituna aikamoinen isku vaimolle, mutta kunnasta löytyisi varmaan muuta työtä tilalle. Rajakauppa kukoisti valtakunnan pohjoisimmassa kunnassa, joten kaupan parissa olisi runsaasti työpaikkoja ja miksei myös Matkailuhotellista voisi löytyä jotain sopivaa ja koulukeskuksestakin saattoi löytyä tilapäisiä opettajan paikkoja ylioppilastutkinnon suorittaneelle henkilölle.

Inkeri oli selittänyt miehelleen, että kyse ei ollut ainoastaan rahasta vaan paljon suuremmasta asiasta, lyhyesti sanottuna koko hänen elämästään ja heidän perheensä tulevaisuudesta täällä Jooseppilassa. Kyllä työpaikka luultavasti löytyisi muttei sellaista kuin hän halusi. Kunnassa oli jo vakituiset sairaanhoitajansa ja vanhainkodissa ammattitaitoiset työntekijänsä. Hän oli koulutuksen saanut sairaanhoitaja, jolla oli alallaan vahva työtausta ja syvällinen tuntemus omasta työstään. Hän oli aina pitänyt hieman aliarvostettua ja huonosti palkattua sairaanhoitajan työtä kutsumusammattinaan, joten hänelle kelpasi vain hänen ammattipätevyyttään vastaava työ.

Työmatkoillaan kulkiessaan Inkeri huomasi, että aika moni oli jo tietoinen hänen työpaikkansa lakkauttamisuhasta. Nuorempi väki ei hienotunteisuussyistä tiedustellut siitä häneltä mutta iäkkäimmät vähät välittivät tuollaisesta ja kysyivät suoraan. Inkeri kertoi heille kuulleensa jotain tuosta asiasta, mutta luultavasti nuo puheet olivat vain perättömiä huhuja.

Eräs hänelle hyvin tutuksi tullut leskinainen sanoi että kuinka kurjaa olisi, jos nuo tiedot kumminkin pitäisivät paikkansa. Hänen kaltaiselleen raihnaalle ihmiselle olisi sen jälkeen paljon vaikeampi saada hoitoa vanhuuden vaivoilleen. Ensin pitäisi soittaa sinne varausnumeroon ja varata aika ja sitten olisi vielä löydettävä kyyti, jolla pääsee syrjäisestä kotitalosta kuntakeskukseen ja sitten olisi siellä odotussalissa odoteltava vuoroaan, jotta pääsee sairaanhoitajan tai Ivalosta saapuneen kunnanlääkärin juttusille. Ja niillä on ikuinen kiire siellä terveystalolla että aina ei kerkiä suomeksi selittää ihan kaikkea mitä liikkuu mielessä. Sen jälkeen olisi vielä löydettävä kyyti kotitaloon ja täytettävä huolellisesti ne annetut paperit ja pantava postilaatikkoon.

– Siis tuollaista oli aikaisemmin? tiedusteli Inkeri saameksi.

– No tuollaista oli. Kyllä pari viimeistä vuotta on ollut mulla niin helppoa. Ei muuta kun soitan sulle ja sie oot jo kohta täällä. Mittaat kuumeen ja verenpaineen ja kuuntelet sillä vekottimella rintaa ja selkää. Jos mulla sattuu olemaan jotain pahempaa, niin sie määräät lääkkeet ja täytät itte ne paperit ja parin päivän päästä mulla on jo ne lääkkeet tässä talossa. Ja jos mulla taas ei oo mitään sen kummempaa, niin sillon juuaan kahvia ja jutellaan. On ollut niin soma kun sinunlainen rivgu ees yrittää puhua tätä meiän kieltä. Et oo niinko jokkut ruukaavat, kulkevat nokka pystyssä tällasen tavallisen ihmisen ohitte.

– Kai olemme sentään edes jotenkuten tulleet kielellisesti toimeen keskenämme?

– Oikein jo hyvin. Ois kyllä ikävä, jos ne huhut kummiskin pitäisivät paikkansa. No miten sitten tämmönen vanhempi ihminen pärjäisi?

Kesä oli taas kääntymäisillään kohti syksyä. Ensimmäiset yöhämärät olivat alkaneet ja järven rantamilla tirskuneet tiirat olivat lähteneet pitkälle muuttomatkalleen. Inarijärven saarilta oli jo poimittu ensimmäiset kypsät lakat, mutta ylängöllä sijaitsevan Jooseppilan hillasoiden punertavat raakileet olivat vasta kellastumaisillaan pohjoisen maailman mehukkaiksi marjoiksi. Lapin radion tietojen mukaan kesällä vallinneiden otollisten säiden ansiosta nyt olisi luvassa varsinkin läänin pohjoisosissa viime vuosikymmenien yksi parhaista hillasadoista, ja myös mustikan kukinta tuntui onnistuneen ja ilman hallaöitä perinteisille mustikkapaikoille olisi tulossa runsaasti poimittavaa.

Kohta Jooseppilan väki olikin jo tutulla palsasuolla kyykkimässä muovinen sanko kädessä. Palsojen reunoilla kasvoi keltaisenaan hilloja, ei ollut muuta kuin haalia astioihin. Ne kaikkein komeimmat ja mehukkaimmat hillat kasvoivat pienempien pounujen katveessa. Muutamassa tunnissa he olivat poimineet sangot täyteen ja saattoivat lähteä kotimatkalle.

Ensimmäiset hillat syötiin talossa siinä muodossa. Maidon ja sokerin kera ne olivat tosi maukkaita. Inkeri paisteli tämän tästä räiskäleitä, jotka saivat kyytiä, kun niiden päälle levitti lisukkeeksi sokerilla höystettyä hillamuusia. Toisen ja kolmannen marjamatkan jälkeen talossa alkoi olla jo niin paljon hillaa, että talonemäntä ei enää oikein tiennyt mitä tehdä niillä. Niinpä joutessaan hän valmisti niistä hilloa ja marmeladia, purkitti ne tiiviisti lasitölkkeihin ja vei talon maakellariin varmaan säilöön, ja mehumaijallan hän linkosi lakoista kellertävää hillajuomaa ja pullotti ne ilmatiiviisti tulevaa käyttöä varten.

Nykyisestä kriisitilasta huolimatta Inkeri oli yhä työelämässä mukana. Hän ajeli silloin tällöin työmatkoillaan. Aina matkaan lähtiessään hän nappasi mukaansa tölkin ja pullon siltä varalta, että hänen asiakkaansa mahdollisesti haluaisi ne. Mikäli tarjous ei kelvannut, silloin hän käväisi ojentamassa ne jollekulle tutulle vanhukselle, joka otti ne mielihyvin vastaan ja kiitti kauniisti.

Ylin hillanpoiminta-aika väistyi vähitellen ja nyt olivat ensimmäiset tummansiniset mustikat poimittavissa. Mustikkaakin poimittiin melkoisesti taloon, ja talonemäntä säilöi nekin tölkkeihin ja pulloihin, jos sattuisi joskus niitä tarvitsemaan. Ja elokuukin oli jo niin pitkällä, että alkoivat taas ne koulut tälle lukuvuodelle uusine haasteineen.

43.

Päivikki oli nyt lukion ensimmäisellä luokalla ja oli jo löytänyt ihan uusia kavereita. Sointu-Tuulia kävi yläastetta, piirteli ja kirjoitteli välillä omaksi ilokseen ja kuunteli toisella korvallaan muiden jutustelua, ja perheen nuorimmainenkin kävi jo ala-asteen viimeistä luokkaa.

Perheen vanhemmat olivat odottaneet jännityksellä koulujen alkamista mutta olivat huomanneet, että alkusyksy oli ollut ihmeen rauhallista. He olivat jo tuudittautuneet siihen uskoon, että pahimmat paineet olivat nyt takanapäin. Tuli mikkelinpäivä ja ensimmäinen pikkupyry talven tulon enteenä mutta lumi suli hetkessä tällaisena leutona syksynä. Inkeri ajeli työmatkoillaan tölkki ja pullo mukanaan. Jotkut asiakkaat ottivat ne mielihyvin vastaan, jotkut hieman empien ja oli sellaisiakin, jotka antoivat selvästi ymmärtää että heillä oli omastakin takaa marjaa ja muuta hyvää.

Inkerillä oli tarkoitus piakkoin tyhjentää maakellari sinne säilömistään tölkeistä ja pulloista. Ei olisi kovin sopivaa, että ne unohtuisivat sinne homehtumaan, jos talon väellä ei olisi enää jostain syystä niille jatkossa käyttöä. Niinpä hän jakeli ne vähin erin tuttavilleen.

Marraskuun alkupäivinä Jooseppilan pariskunta oli saanut äkkiherätyksen vallitsevaan todellisuuteen. Niilo oli soittanut sedälleen ja kertonut tälle kunnanhallituksen asialistalle saapuneesta useiden henkilöiden allekirjoittamasta kansalaisadressista kiertävän sairaanhoitajan toimen lakkauttamiseksi. Adressin puuhahenkilöiden mielestä pitkälle valtionavustusten varassa elävällä pikkukunnalla ei yksinkertaisesti ollut varaa tuollaiseen ylellisyyteen. Niinpä tämä ei ollut mikään henkilökysymys vaan taloudellisten realiteettien vaatima kivulias toimenpide. Kiertävä sairaanhoitaja oli heidän mukaansa ihan mallikelpoisesti hoidellut hänelle uskottua tointaan. Kunnassa oltiin kovasti kiitollisia hänen tekemistään palveluista, joista olivat hyötyneet varsinkin huonokuntoiset vanhukset, joiden oli vaikea päästä kotitalostaan kauemmaksi terveyspalveluiden ääreen. Ja ihan mainitsemisen arvoista oli myös se, että hän oli pystynyt näiden kanssa asioidessaan ihan mukavasti kommunikoimaan saameksi.

Antti ja Inkeri olivat puntaroineet kyseistä kansalaisadressia monelta kantilta mutta eivät olleet hiiskuneet tyttärilleen perheen tulevaisuutta varjostavasta uutisesta. Niinpä tässä vaiheessa mihinkään sen suurempiin toimiin heidän ei kannattanut ryhtyä, nyt olisi vain odotettava ja toivottava.

Kunnanhallitus oli pitänyt kokouksensa, mutta monien kiireellisten asioiden takia kansalaisadressi oli jäänyt käsittelemättä, mikä oli herättänyt närää joissakuissa. Miten ylipäätään oli mahdollista, että noin oli käynyt? Kunnan johtoa oli patisteltu tapahtuneen takia. Hiljattain valittu uusi kunnanjohtaja ei sanonut tuntevansa kiertävän sairaanhoitajan toimen perustamisen taustoja ja oli pyytänyt asiasta kiinnostuneita tiedustelemaan siitä pitäjän kunnallisneuvokselta, joka oli luultavasti paremmin tietoinen asiasta.

Niilo oli ollut valmis kertomaan adressin puuhahenkilöille ja muille asiasta kiinnostuneille kyseisestä asiasta. Hän sanoi, että kiertävän sairaanhoitajan toimi oli todellakin perustettu hänen aloitteestaan. Kaikki oli tapahtunut demokraattisesti normaalin päiväjärjestyksen mukaisesti ja hänen aloitettaan oli yksimielisesti kannatettu kunnan hallintoelimissä. Niinpä mitään sen kummempaa ei ollut tapahtunut, kaikki nämä hänen antamansa tiedot olivat tarkistettavissa sekä kunnanhallituksen että valtuuston pöytäkirjoista. Kunnallisneuvos saattoi myös vahvistaa, että kiertävän sairaanhoitajan toimen säilyttämiselle oli yhä kunnan johdon yksimielinen tuki. Tenon ja Utsjoen varrella asuvat pitkämatkalaiset tarvitsivat jatkossakin kiertävän sairaanhoitajan palveluksia. Hyvistä päätöksistä ei kannattanut kovin heppoisin perustein luopua, se olisi harmiteltavaa lyhytnäköisyyttä, joka voisi sitten kostautua jossain vaiheessa.

Lapin Kansan mielipidepalstalla oli ollut nimimerkillä pari tuohon asiaan liittyvää lehtikirjoitusta, joissa oli ihmetelty miksi noin kiireellinen asia oli jäänyt käsittelemättä kunnanhallituksen kokouksessa. Niilo oli vastannut asiallisesti nimimerkkien tiedusteluihin. Aika kohta maakuntalehden mielipidepalstalla joku oli nimimerkin suojissa ihmetellyt kunnallisneuvoksen omavaltaista tapaa kunnan asioiden hoitamisessa. Kirjoittajan mielestä kunnan asioita pitkään hoidelleen kunnallismiehen johtamismallissa oli havaittavissa jonkinlaista vanhan ajan sanelupolitiikkaa, jossa muutama nokkamies määräsi kaikkien kuntalaisten nimissä, mitä milloinkin päätettiin. Mutta ajat eivät olleet enää samoja kuin vielä parisen kymmentä vuotta sitten, jolloin meneteltiin luultavasti kunnan asioiden hoitamisessa muuallakin suunnilleen tuolla tavalla, mutta nykymaailmassa yksittäisten kuntalaisten näkemykset oli ainakin jossain määrin otettava huomioon.

Kyseinen yleisönosastokirjoitus oli poikinut vilkkaan ajatustenvaihdon Lapin Kansassa. Jotkut kirjoittivat omalla nimellään varsin asiapitoista tekstiä, mutta kunnallisneuvoksen toiminnan tuimimmat tylyttäjät pysyttelivät nimimerkin takana. Niilo oli joutunut antamaan lehteen muutaman vastineen.

Polemikointi kyseisestä asiasta oli ollut jo päättymäisillään, kun keskusteluun oli yhtynyt nimimerkki Oikeusoppinut. Hän kertoi avauskommentissaan täysin ulkopuolisena seuranneensa kunnallisneuvoksen toiminnasta käytyä keskustelua ja alansa ammattilaisena kiinnostuneensa siitä. Hän oli tutustunut annettuihin mielipidekirjoituksiin ja oli niiden pohjalta havainnut, että kiertävän sairaanhoitajan tointa perustettaessa esteellisyysnäkökohdat oli kirkkaasti unohdettu ja myös jonkinlaista nepotismia oli ollut havaittavissa, paikallinen napamies oli järjestellyt setänsä vaimolle vakituisen työpaikan ja hänen aloitteensa oli sitten yksissä tuumin puoluetovereiden tuella runnattu läpi kunnan hallintoelimissä. Niinpä ainakin kunnallislakia oli rikottu, ja pitäjän asioiden hoitelusta pitkään vastanneen kunnallismiehen toiminnassa hän oli ollut kuulevinaan menneisyyden kaikuja. Noin oli luultavasti toimittu kunnassa joskus takavuosina mutta nyt elettiin jo tätä päivää.

Tuo oli kovaa tekstiä, ja niinpä Niilo joutui antamaan oman vastineensa. Hänen mukaansa täysin ulkopuolisten oli vaikea ymmärtää, että valtakuntamme perimmäinen kunta eroaa niin asujaimistoltaan kuin myös asukkaidensa asioiden hoitamisessa muualla ainoina oikeina pidetyistä toimintamalleista. Niinpä hän sanoi olevansa valmis jättämään omaan arvoonsa

Oikeusoppineen saivartelun. Tietysti tämä voisi jatkaa samalla linjalla, sillä aina löytyy jotain huomautettavaa, jos alkaa suurennuslasilla hakea.

Oikeusoppineen kipakkaa vastinetta ei tarvinnut kauan odottaa. Niilo tajusi olevansa tekemisissä armoitetun debatoijan kanssa, joka hallitsi täydellisesti kuvionsa. Tällä oli luultavasti ainakin jossain määrin oikeustieteellistä tietämystä, koska viljeli kirjoituksessaan juridisia termejä ja muuta nippelitietoutta. Niilo tajusi nyt tarvitsevansa poikaansa taustatuekseen, luultavasti Kalevilla olisi häntä enemmän valmiuksia ryhtyä sanalliseen mittelöön Oikeusoppineen kanssa.

Kalevi oli tarkkaan seurannut kyseisen asian tiimoilta viime päivinä käytyä keskustelua. Hän lupautui mielellään isälleen kynämieheksi. Niilo kertoi mitä kaikkea hänen vastineeseen tuli laittaa, ja Kalevi laati saamiensa tietojen pohjalta kielellisesti lähes täydellisen mielipidekirjoituksen. Oikeusoppineen vastineen vastine oli kohta Lapin Kansassa asiasta kiinnostuneiden luettavissa, ja Kalevi latasi isänsä nimissä saman tien takaisin. Maakuntalehden lukijakunta oli laajemminkin mielenkiinnolla seurannut Oikeusoppineen ja taistelutahtoisen kepulaistaustaisen kunnallisneuvoksen räväkkää ajatustenvaihtoa. Isä ja poika olivat päättäneet, että viimeisen sanan tuli kuulua heille. Lopulta oli käynyt niin, että Oikeusoppineen paukut oli käytetty loppuun eikä kyseisestä asiasta enää keskusteltu maakuntalehden sivuilla.

Kunnallisneuvoksen julkisuuskuva oli kunnan alueella ja laajemminkin kovasti kiillottunut tapahtuneen takia. Hän itse oli pitänyt «voitostaan» matalaa profiilia, koska tiesi että asia ei ollut vielä kaikilta osiltaan loppuun käsitelty.

44.

Viimein oli tapahtumaisillaan se, mitä Jooseppilan väki oli pelolla odotellut. Säätiedotus oli varoitellut lännestä lähestyvästä laajan matalapaineen rintamasta, johon liittyisi runsasta lumentuloa joka saattoi ylänköalueilla äityä tuimaksi tuiskuksi.

Talossa oli varauduttu säätilan äkilliseen muutokseen. Tyttöjen sukset olivat ulkoportaiden vieressä käyttövalmiina siltä varalta, että he joutuisivat menemään hiihtäen maantien varteen koulukuljetuksen ulottuville. Antti oli soittanut vakituiselle traktorimiehelleen tiedustellakseen olisiko tämä yhä valmis hänelle tienaukaisuun tuiskujen sattuessa. Mies oli vastannut soittoon ja selittänyt, että valitettavasti heidän yhteistyönsä oli päättynyt. Hän sanoi viimein tajunneensa että ei voinut toimia vakituisena tienaukaisijana Jooseppilaan, jolloin moni muu avuntarvitsija jäisi ilman hänen tienaukaisupalvelujaan. Mies oli korostanut, että tämä oli täysin henkilökohtainen päätös ja sanoi olevansa tyytyväinen voituaan tutustua Jooseppilan nykyisiin asukkaisiin ja toivotti entiselle työnantajalleen kaikkea hyvää vastaisen varalle.

Niilon saama varsin odotettu tieto oli ollut järkytys vaimolle. He keskustelivat asiasta ja yrittivät löytää ulospääsyä umpikujastaan. Jotain oli pikimmiten tehtävä mutta mitä? Talonisäntä päätti soittaa traktorimiehelle, joka oli kohta heidän Jooseppilaan muuton jälkeen puolittain lupaillut aukaista toisinaan kiertotien maantien varteen. Hän oli soittanut miehelle ja kertonut miten oli käynyt hänen edellisen tienaukaisijansa kanssa ja oli tiedustellut, että voisiko tämä kohta alkavan tuiskun päätyttyä aukaista kiertotien. Mies oli selittänyt, että hän voisi tällä kertaa tuntiessaan tilanteen vakavuuden aukaista kiertotien, mutta vakituiseksi tienaukaisijaksi hän ei voisi lupautua, koska hänellä oli paljon muutakin tekemistä talvisaikaan.

Tuo oli hetken helpotus Jooseppilan pariskunnalle, mutta heidän tuleva oleskelunsa kotitalossaan oli yhä kovasti vaakalaudalla. Tytöt olivat arvanneet vanhempiensa huolestuneista katseista, että jotain uhkaavanoloista oli tapahtumaisillaan. Antti oli selittänyt heille, että parhaillaan elettiin talossa varsin vaikeaa vaihetta mutta kaikki kääntyisi vielä parhain päin.

Matalapaineen rintama saapui lopulta Jooseppilaan. Talon väki havahtui lauantain vastaisena yönä tuiskun tuiverrukseen. Onni onnettomuudessa oli, että runsas lumentulo tapahtuisi viikonlopun aikaan, jolloin tyttöjen ei tarvinnut lähteä kouluun. Tuuli ulvoi tuvan nurkissa ja vähitellen Jooseppilan lähitienoot peittyivät hohtavanvalkoisen lumivaipan alle. Sunnuntain kuluessa rajuilma asettui ja valtatie aurattiin. Tytöt hotkaisivat maanantaina aamuvarhain jotain suihinsa, hetkauttivat koululaukun selkään ja lähtivät hiihtelemään maantien varteen ja jatkoivat sitten koulukuljetuksen kyydissä koulukeskuksen pihamaalle.

Niilo oli ilmoittanut puhelimitse talonemännälle, että hän voisi tarvittaessa noutaa tämän maantien varrelta kuntakeskukseen ja hänen toinen autonsa olisi kiertävän sairaanhoitajan käytössä, mikäli tällä sattuisi olemaan sairaskäyntejä. Inkeri oli ottanut työlaukkunsa ja lähtenyt suksimaan maantien varteen. Talonisäntä oli jäänyt yksikseen Jooseppilaan odottelemaan kiertotien aukaisemista. Hänen traktorimiehensä oli kohta tulossa töihin ja oli puhelimitse lupaillut, että parin päivän päästä kiertotie olisi taas ainakin jonkin aikaa autolla ajettavissa.

45.

Inkeri oli käynyt ensimmäisen talvituiskun jälkeen useamman kerran työmatkallaan. Hän oli jo jäähyväistunnelmissaan. Kunnan alueella tiedettiin, että hänen työpaikkansa oli kovasti uhattuna kunnan johdon vakuutteluista huolimatta että «kaikki oli ennallaan». Kuntakeskuksessa kulkiessaan hän huomasi, miten jotkut hänen entisistä tuttavistaan käänsivät katseensa hänet kohdatessaan. Toisinaan hän kävi työtehtäviensä ulkopuolella tapailemassa joitakuita vanhuksia, joihin oli luonut läheiset suhteet. Hänen toivomuksestaan he juttelivat saameksi. Hän halusi päästä käyttämään tuota aikuisiällä jossain määrin omaksumaansa kieltä, johon oli kovasti kiintynyt. Ja samalla nämä hänen käyntinsä heidän luonaan saattoivat toimia hänelle jäähyväistenjättönä noihin elämässään paljon nähneisiin ihmisiin, jotka kuuluisivat kohta hänen entisiin tuttavuuksiinsa.

Joulun alla työmatkaltaan palattuaan hän päätti pistäytyä kunnallisneuvoksen talossa tuttaviaan tapaamassa. Hän huomasi heti sisään astuessaan, että ilmassa oli jotain outoa. Yleensä hyvin puhelias talonemäntä vaikutti vaiteliaalta ja kunnallisneuvos kovasti vaivaantuneelta.

– Työmatkalta oon palaamassa. Ihan Nuvvuksessa asti kävin. Pikkuflunssaa ja lievää kuumetta, jotka hoituvat muutaman päivän vuodelevolla ja lämpimillä juomilla, arveli Inkeri jotain sanoakseen.

–On mukava kuulla ettet ihan turhan takia käynyt, totesi Anneli.

–Ja kohta alkavatkin ne joulunvalmistelut.

Niilo loi merkitsevän katseen Inkeriin ja tuumaili:

– Ei tosiaankaan mee aina niinko ihminen ajattelee. Oisin niin toivonut että oisitte voineet viettää ne joulunpyhät siellä Jooseppilassa rauhallisissa merkeissä.

– Siis kyse on koko ajan siitä meidän yhteisestä asiasta?

– Siitä on kyse. Nyt ei enää kirjoitella lehteen, nyt vain puhutaan.

Anneli selitti:

– Oon kuullut tuttaviltani tuosta asiasta. Minusta tuntuu että sinua ollaan nyt savustamassa pois työstäsi. Juttelin toissapäivänä jonkun kanssa sinusta, kun kävin ostoksilla. Hän sanoi että sinun ammattipätevyyttäsi ei oo kukaan kyseenalaistamassa ja saamen kielen taitoakin sinusta löytyy ihan riittävästi mutta tuossa sinun työssäsi tarvittaisiin muutakin.

– No mikä minulta vielä mahtaa puuttua?

– Kyky ajatella saamelaisella tavalla. Tämä on kuulemma erittäin tärkeä taito silloin, kun täysin ulkopuolinen joutuu lähitekemisiin väsyneiden saamelaisvanhusten kanssa. Heillä kun on ihan omanlainen ajatusmaailmansa, jonne ventovieraan on lähes mahoton tunkeutua. Itte en ollut koskaan huomannut ajatella tuolla tavalla mutta täälläpäin aika moni on jo varmaan ruvennut ajattelemaan noin.

– Tarpeeksi monesti kun toistetaan jokin asia, niin kohta siitä tulee jo totuus joillekuille. On kovin valitettavaa että lähettiin tuolle linjalle. Lehtikirjoituksiin oisin ollut valmis vastaamaan mutten voi puuttua minulle tuttujen kuntalaisten tapaan nähä tätä meiän asiaa. Jokaisella on oikeus ajatella omalla tavallaan, sehän on sitä niin sanottua sananvapautta, puheli Niilo.

– Noinhan se tietysti on, Niilo! Sä et voi nousta kovin näkyvästi omiasi vastaan. Sä oot jo paljon tukenut mua ja meidän porukkaa. Ois ihan kohtuutonta vaatia sulta enempää, tuumaili Inkeri.

– Oon kovasti pahoillani että noin kävi loppujen lopuksi. Ja vielä pari vuotta sitten kaikki vaikutti niin lupaavalta. Tiiän kuinka vaikeaa sinun on ollut työskennellä kovan paineen alla. Tämä on ollut varmasti raskasta aikaa myös Antti-seälle, ikäihmiselle, jonka suurista tulevaisuuensuunnitelmista ei taia tulla mitään.

– Ja vaikeeta tämä nykyinen kova käymistila on ollut varmasti myös meidän tyttärillemme, jotka olivat varsinkin kesäaikaan tosi hyvin viihtyneet kotitalossaan.

– Inkeri ois kai syönyt jotain ja juonut nisukahvit päälle ennen kuin jatkaa matkaa, arveli talonemäntä.

– En oikein joutais tällä kertaa. Pitäis päästä hyvissä ajoin Jooseppilaan.
Antti vois aamusella käydä katselemassa meille sopivan joulumännyn. Ja il-
lansuussa voisimme tyttöjen kanssa koristella joulupuun ja sitten voitaisiinkin
ryhtyä viimeisiin joulunvalmisteluihin Jooseppilassa.

46.

Talossa oli hyvin varustauduttu tyttöjen joululoman viettoon. Tilavassa jääkaapissa ja sen pakastelokerossa oli riittävästi ruokaa, mikäli he eivät runsaan lumentulon takia pääsisi syrjäisestä kotitalostaan ihmisten ilmoille ostoksille. Joulupuu oli koristeltu ja talonemäntä oli valmistanut maukkaan aattoaterian, lahjoja oli jaettu ja muutama joululaulu laulettu.

Joulupäivä ja tapaninpäivä olivat kuluneet rauhallisissa merkeissä, mutta kohta Jooseppilan yllättikin tällä kertaa idästä päin äkillinen lumipyräkkä. Säätiedotus ei ollut osannut ennakoida sitä, ja niinpä kiertotie oli kohta tukossa ja heidän kotitalonsa eristyksissä muuhun maailmaan. Talon väki kuunteli tuiskun tuiverrusta ja meni tavallista aikaisemmin nukkumaan, ja aamuun mennessä odottamaton rajuilma oli puhaltanut itsensä tyhjiin.

Iltapäivällä Jooseppilan väki sai yllätysvieraat, kun Kalevi kaasutteli emäntä kyydissään moottorikelkalla ulkoportaiden viereen.

– Terveisiä sieltä ulkomaailmasta, miten täällä Jooseppilassa pärjäillään? äännähti Kalevi tuvan lämpöön astuessaan.

– Ihan mukiinmenevästi, taitaa olla taas se meidän kiertotiemme tukossa mut pitäis kumminkin kohta puolin selviytyä maantien varteen, tuumaili Inkeri.

– Aika tukossa oli, kun ajelimme siitä, totesi Kalevi.

– Nyt on onneksi vähemmän sitä lunta kuin silloin sen kovan tuiskun jälkeen. Mutta tuskin täältä päästään autolla omin neuvoin maantien varteen. Pitäis taas löytää jostain tienaukaisija, puheli talonisäntä.

– Arvaan että Antilla on ollut viime aikoina aika tiukkaa. Ensin ne ikuiset talvituiskut ja lisäksi muut odottamattomat ongelmat päälle, totesi Hannele.

– Niitten tuiskujen kans vielä jotenkuten pärjäisi, jos ei ois lisäksi niitä muita juttuja päälle. On ollut kovin ikävä huomata että oon joienkin mielestä ulkopuolinen lapsuuen kotitalossani.

– Nyt Antti taitaa hieman liioitella.

– Silloin kun minun lähimpiä ihmisiä ei täysin hyväksytä tänne, silloin se koskee suoraan myös minua.

– Noinhan se tietysti on. Se on kai se vieraiden vaikutusten pelko, joka vaivaa joitakuita.

– Sitäkin on ja ehkä muutakin.

– Siel ala-asteella mun kaverit puhuu että joutuisimme kohta lähteen pois, totesi perheen kuopustyttö.

– Ne on puheita vain, ei kaikkee kannata uskoa! hymähti Inkeri.

– Kyl siel yläasteellakin on ollut tosta puhetta, lisäsi Sointu-Tuulia.

Hannele puheli:

– Mulla ois muuten hieman tuliaisiakin taloon. Valmistin eilen kermakakun ja nappasin mukaan mitä siitä oli jäänyt eilen syömättä. Lisäksi meidän lapset lähettivät Jooseppilan väelle konvehtirasian joululahjaksi.

– No mehän kiehautetaan kahvit, voidaan sit yhdessä juhlia tätä meidän joululomaammme ja jutella, sanoi talonemäntä ja valmistautui kahvin keittoon.

Illansuussa vieraat lähtivät, ja talon väki alkoi valmistautua yöpuulle.

Vuodenvaihde lähestyi. Antti kävi tarkistamassa olisiko kiertotie mahdollisesti autolla ajettavissa ja huomasi, että joutuisi jälleen soittamaan miehelle, joka oli hiljattain aukaissut tien. Työmiehen saanti ei ollut mikään itsestään selvyys tälläkään kertaa. Hän joutui tosissaan maanittelemaan saadakseen tienaukaisijan taloon ja lopulta mies oli lupautunut töihin ja oli korostanut, että hän tekisi tämän työn poikkeuksellisesti mutta hänellä ei ollut pienintäkään aikomusta alkaa vakituiseksi tienaukaisijaksi Jooseppilaan.

47.

Vuosi oli vaihtunut, päivät pitenivät nopeasti ja pahin pakkaskausi oli alkamaisillaan. Pakkasten takia kiertotie olisi ainakin jonkin aikaa avoinna, mutta ilmojen lauhduttua olisi taas luvassa runsasta lumentuloa. Tytöt olivat käyneet koulua ja talonemäntä kulkenut työmatkoillaan. Kaikki tämä vaikutti kovin normaalilta, mutta Jooseppilan pariskunta tiesi että kohta kaikki kääntyisi taas huonompaan suuntaan. Niinpä heidän oli viimeistään nyt tehtävä se kipeä päätös, jonka puheeksi ottamista he olivat jatkuvasti lykänneet myöhempään ajankohtaan.

Oli sunnuntai ja talon väki oli vasta nauttinut päiväaterian.

– Meidän tulis nyt keskustella miten me vastedes jatkettaisiin, totesi talonemäntä.

– Mitä sä tolla tarkotat? kysäisi Päivikki.

– Tarkotan sitä että onko meidän tulevaisuutemme tosiaankaan täällä Jooseppilassa. Kannattaako jatkaa ikään kuin mitään ei ois tapahtunut vai löytyisikö muita mahdollisuuksia?

– Tarkotatko että me jätettäis lopullisesti tää Jooseppila ja muutettais taas etelään.

– Sitä tarkotan.

– Mitä sä isä ajattelet tosta?

– Tuskin voimme enää jatkaa entiseen tapaan. Äidilläsi on ollut kovin stressaavaa työssään. Talvisaikaan on ne ikuiset tuiskut, jolloin ilman ulkopuolista apua täältä on lähes mahoton päästä mihinkään kauemmaksi. Lisäksi hän on joutunut kohtaamaan työssään jotain sellaista, mihin ei ollut varautunut.

– Oon hyvin tietoinen asiasta. Joidenkin mielestä täysin ulkopuolinen ei oo kaikkein sopivin henkilö tommoseen työhön. Siitä mun mutsin kiertävän sairaanhoitajan duunista puhutaan aika paljon siel koulukeskuksessa. Ja varsin vaikeeta on ollut kai myös sulla, isä?

– Sitä on ollut. Oon aina pyrkinyt olemaan mahollisimman pitkälle omillani toimeentuleva ihminen. Mutta sen kiertotien takia oon joutunut aika vaikeaan välikäteen. Oon nyt hyvin riippuvainen muista. Oisin valmis maksamaan tienaukaisijalle hieman enemmänkin mutta kun rahakaan ei tunnu oikein tepsivän. Tuollanen väsyttää. Miekin oon jo ikämies ja haluaisin rauhallisin mielin elellä eläkeläispäiviäni. Niinpä oisin valmis raskain mielin jättämään lapsuuen kotitaloni.

Inkeri jutusteli:

– Oon isäsi kans keskustellut miten vastedes toimitaan. Mä irtisanoudun kesäkuun ensimmäisestä päivästä lukien kiertävän sairaanhoitajan toimestani. Ei huvita enää taistella työpaikkani puolesta, sillä kaikki on ennalta päätetty. Mä haluun lähtee omin päin toimestani, mua ei potkaistu pois työstäni. Toivottavasti tuo rauhoittaa joksikin aikaa tilanteen. Ja serkkupojalleni mul ois tarkoitus aika kohta ilmoittaa että ollaan taas tulossa kaupunkiasunnollemme.

– Ois aika kurjaa lopullisesti jättää tämä talo. Täällä Jooseppilassa oli kesäisin niin kivaa.

– Kesällä ois nykyongelmista huolimatta jotenkuten pärjäilty mutta ympärivuotisesti täällä taitaa olla mahdoton oleilla. Ja säkin oot jo lukiossa ja ryhdyt kohta siel etelässä jatko-opintoihin. Lapsuutesi alkaa olla lopullisesti takanapäin ja sun on jatkettava uudelta pohjalta eteenpäin elämässäsi.

48.

Talven selkä taittui ja pitkähkön pakkaskauden päätteeksi alkoi runsas lumentulo. Toisinaan tuiskutti ja välillä sateli taivaan täydeltä lunta, joka peitti notkelmat ja kylänraitit. Rajuilman päätyttyä Antti yritti soittaa tutuksi tulleelle traktorimiehelle, mutta tämä ei vastannut hänen yhteydenottoyritelmiinsä.

Tytöt lähtivät aamupalan otettuaan hiihtäen maantien varteen. Jooseppilan pariskunta jäi pöydän ääreen istuskelemaan.

– Nyt ollaan eka kerran tosi jumissa! hymähti Inkeri.

– No siltä vaikuttaa. Voisin yrittää vielä soittaa sille traktorimiehelle.

– Tuskin kannattaa. Traktorimiehesi ei tuu sulle töihin vaikka ehkä haluaisikin. Kai ymmärrät mistä on kyse?

– Luulisin ymmärtäväni.

He juttelivat yhtä ja toista tuosta asiasta ja havahtuivat puhelimen äänekkääseen parahdukseen. Talonemäntä kiirehti vastaamaan soittoon. Langan toisessa päässä oli Niilo. Toimelias kunnallisneuvos ilmoitti, että hän voisi puolilta päivin noutaa Inkerin maantien varrelta kuntakeskukseen ja tarvittaessa tämä voisi oleilla muutaman päivän heidän talossaan. Hänen toinen autonsa olisi taas kiertävän sairaanhoitajan käytössä mahdollisten sairaskäyntien varalta.

Aivan uusi vaihe oli alkanut Jooseppilan väelle. Antti oli jäänyt kotimieheksi ja vaimo oleili Niilon talossa, jotta voisi ihan loppuun asti hoidella hänelle uskottua tointaan. Tytöt lähtivät aamusella hiihtäen maantien varteen, tökkäsivät sukset hankeen ja suksivat taas illansuussa kotitaloonsa.

Inkeri oli oleillut muutaman päivän Niilon ja Annelin luona ja käynyt parilla työmatkalla Tenon varrella ja palasi viikonlopuksi Jooseppilaan, jotta voisi olla yhdessä perheensä kanssa. Hän oli jo ilmoittanut serkulleen, että he muuttaisivat alkukesästä kaupunkiasunnolleen. Hän oli myös lähettänyt kunnanhallitukseen virallisen tiedon, että hän irtisanoutuisi kesäkuun alusta lukien kiertävän sairaanhoitajan toimestaan ja hänen irtisanoutumisilmoituksensa oli hyväksytty.

Kuntakeskuksen koulumaailmassa eletään parhaillaan kovassa kielenvaihdon kierteessä. Rahvaanomainen paikallinen pohjoissuomi on korvautumassa nuorten keskuudessa koko ajan uutta luovaksi nopeatempoiseksi stadin kieleksi. Myös saamenkielisessä opetuksessa olevista useat ovat valinneet toiseksi kielekseen tuon muualta tuodun kielimuodon. Koulukeskuksen käyttöönoton jälkeen asetetut selvät rintamalinjat olivat katoamaisillaan. Silloin takavuosina oli virallisesti päätetty, että saamen kielellä opiskelevien tulisi olla mahdollisimman paljon erillään suomen kielellä koulua käyvistä, jottei maan pääkieli pääsisi vaikuttamaan huonosti pienellä vähemmistökielellään opiskelevien oppimistuloksiin. Tarkoitukset olivat olleet jaloja, mutta käytännössä niitä oli vaikea toteuttaa. Tuon ikäisten nuorten yhdessäoloa oli lähes mahdoton määräyksin säädellä. Paikalliset kouluviranomaiset olivat ymmällään ja levittelivät neuvottomina käsiään.

Joidenkin mielestä pääsyyllisiä nykytilanteeseen olivat «ne eteläntytöt», jotka olivat saamenkielisten ryhmään alkaessaan järkyttäneet herkkää tasapainoa. Heidät ei olisi saanut missään nimessä hyväksyä tuohon tarkoin perustein valikoituun ryhmään. Tilanteen uskottiin taas kohta paranevan, kun kuulopuheiden mukaan he olisivat kesän tullen muuttamassa lähtökohdilleen.

49.

Jooseppilan pariskunta oli päättänyt, että kiertotietä ei aukaistaisi enää talon tarpeisiin. Heidän tuli selviytyä omin avuin kevääseen ja uuteen kesään. Niinpä Inkeri oli oleillut toisinaan kuntakeskuksessa tutussa kortteeripaikassaan ja oli sieltä käsin hoidellut viimeisiä sairaskäyntejään. Antti oli toiminut kotimiehenä, ja tytöt olivat menneet aamusella hiihtäen maantien varteen ja illansuussa taas kotitaloonsa.

Pahimpien pakkasten päätyttyä olivat olleet tavanomaiset tuiskut, mutta se ei estänyt heidän elämäänsä. Luonto oli sittemmin itse hoidellut kiertotien aukaisun. Maaliskuun puolivälissä olivat olleet muutaman päivän kestäneet suvikelit, ja huhtikuun alkupäivinä oli sadellut vettä ja talven mittaan kertyneet lumimassat alkoivat nopeasti sulaa pois. Eräänä päivänä Antti sai tuiki tärkeän tervehdyksen muusta maailmasta, kun Kalevi karautti maastoautollaan ulkoportaiden viereen. Vieras joi talossa kahvikupillisen ja jutteli talonisännän kanssa keväästä ja kesän tulosta ja oli taas valmis jatkamaan matkaa. Antti lähti ajelemaan Volvollaan hänen peräänsä ja huomasi että tuttu tieosuus oli ihan ajettavissa, ei malttanut ja hurautti saman tien ihan kuntakeskukseen asti.

Pääsiäispyhät olivat takanapäin ja lähestyttiin vappua. Tytöt olivat koulussa. Taloon oli kokoontunut Kunnan-Joosepin jälkikasvua keskustelemaan, miten tämän arvokkaan hirsirakennuksen kanssa meneteltäisiin talon nykyisten asukkaiden poismuuton jälkeen.

– Se koitti vielä sekin päivä, kun meiän ois porukalla keskusteltava tuosta yllättävästä asiasta. En ois ikinä uskonut että näin kävisi mutta elämä on arvaamatonta, tuumaili Niilo.

– Oisko teillä ehotuksia miten meneteltäisiin tämän talon kanssa? tiedusteli Antti.

– Kyllä ehotuksia on tai tarkemmin sanottuna me tiietään justiinsa miten vastees menetellään. Ollaan näet jo alustavasti keskusteltu tästä asiasta.

– Millaisiin aatoksiin ootte muuten päätyneet?

– Me ostetaan teiltä tämä talo. Se ei menisi missään nimessä ventovieraille.

– Voisitko selittää hieman tarkemmin? tiedusteli Inkeri.

– Me perikunnan entiset vastuuhenkilöt hankimme vaarivainaan kotitilan. Me ollaan Annelin kanssa Kalevin ja hänen vaimonsa tukemina valmiita satsaamaan oman osuutemme siihen että Jooseppila pysyy vasteeskin suvun hallussa.

– Ja mie tulisin mielelläni vävyni Reinon kanssa omalla panoksellamme tuohon yhteiseen hankkeeseen, lisäsi Iivari.

– Tietysti meiän porukkakin ois yksissä tuumin varmistamassa että vaarivainaan kotitila pysyisi meikäläisten hallussa. Niin että mekin oomme valmiita tekemään kaikkemme tämän arvokkaan hirsirakennuksen hyväksi, selitti Leemetti.

Inkeri puheli:

– Toi oli mukavaa kuultavaa. Oon tosi helpottunut kun noin kivasti tuntuu tää meidän yhteinen asiamme ratkeavan. Olimme Antin kans pähkäilleet mitä tekisimme entisen kotitalomme kanssa etelään muutettuamme. Suunnittelimme jo sen myymistä muttei sekään oikein innostanut. Siinä ois ollut valtavasti ylimääräistä työtä eikä ois ollut mitenkään kirkossa kuulutettu että oisimme saaneet sen myydyksi tään talon syrjäisen sijainnin takia. Ja mitä ihmettä me oltais tehty sillä tavarapaljoudella, mitä tähän taloon on meidän muutettuamme hankittu? Eihän niistä ois voinut ottaa mukaan kuin pienen osasen ahtaaseen kaupunkinasuntoomme.

– Meillä vaarivainaan jälkeläisillä on sekä rahallisia ja muita valmiuksia ottaa tämän talon tulevaisuuesta huolehtiminen vastuullemme. Muutama esimerkki. Näppäräkätinen Iivari vois nimellistä korvausta vastaan toisinaan kunnostella tätä taloa ja hänen vävynsä vois hankkia traktoriinsa kunnon tiennaukaisuvälineet, jotta oisimme muista riippumattomia ainakin tuossa asiassa. Ja me pitäisimme porukalla huolen siitä että Jooseppila ois vastaisuuessa ympärivuotisessa käytössä. Niinpä kesän tullen laitettaisiin perunapelto, istutettaisiin siemenperunat ja sittemmin kesän mittaan voisimme keitellä täällä uusia pottuja, jotka ovat muuten tosi herkullisia paistettujen rautujen ja taimenten lisukkeena.

– Mä oon funtsinut miksi näin piti käydä. Meillähän piti olla periaatteessa kaikki mahdollisuudet toteuttaa suuret suunnitelmamme. Oisko teillä jollakulla selitys tähän asiaan? Yritin jutella Antin kans tuosta asiasta mutta hän tuumaili että «se on sitä elämää vain». En ymmärrä miksi meidät otettiin noin nihkeesti täällä vastaan.

– Vois olla useitakin syitä, totesi Niilo. – Jos Antti-setä ois palannut siipirikkona lähtökohilleen, hänet ois luultavasti huomattavasti paremmin otettu vastaan. Mutta hän muutti lapsuuen kotitaloonsa pää pystyssä omasta arvostaan tietoisen ihmisen kanssa ja tuo herätti joissakuissa kysymyksiä.

– Niilo on oikeilla jäljillä. Ja toisekseen Antti ja hänen porukkansa yrittivät pystyttää paratiisinsa maan päälle ja sellainen harvemmin onnistuu, lisäsi Leemetti.

– Tuo oli loistavasti lohkaistu, Leemetti! Kyllä meiän kirkkotulkkimme osasi noin vertauskuvallisesti lyhyesti selittää tuonkin asian. Ja sitten jotain yksityiskohtaisempaa siitä meiän ostosuunnitelmastamme. Me oisimme valmiita maksamaan teille mielestämme ihan kohtuusumman. Tiiämme että te ootte peruskorjauttaneet Jooseppilan ja sittemmin hankkineet tänne yhtä ja toista, mikä on tullut teille aika kalliiksi. Tämän Jooseppilan toellinen arvo on kuitenkin huomattavasti suurempi kuin me pystyisimme teille maksamaan. Niinpä meiän on otettava asiaankuuluvalla tuo tosiasia huomioon. Oomme päättäneet että Jooseppilan nykyiset asukkaat oisivat vastaisuuessa täysivaltaisia osakkaita tämän talon käytössä.

– Mitä toi muuten tarkottaa? kysäisi Inkeri.

– Se tarkottaa sitä että vaikka te ette oo enää tämän talon vakituisia asukkaita, niin te oisitte aina tervetulleita Jooseppilaan. Muien mahollisten talossa oleilijoien ois aina väistyttävä siksi aikaa pois, kun te ootte täällä. Teiän ei tarttis enää hätäillä siitä että onko kiertotie avoinna vai ei. Teillä ois aina ilmainen pääsy tähän taloon. Tätä Jooseppilaa ei otettais enää liiketaloudelliseen ja muuhun ylimääräisen käyttöön. Se vois vastaisuuessa toimia vaarivainaan jälkeläisten henkisenä kotina. Meiän muualla asuvat sukulaisemme voisivat oleilla toisinaan tässä talossa ja meiän sukumme nuorimmaiset tulisivat tietämään miten täällä päin on silloin heiän esivanhempiensa aikaan eletty.

50.

Koulut olivat taas päättyneet sille lukuvuodelle ja elettiin kesäkuun ensimmäistä viikkoa. Inkeri oli vapaa kiertävän sairaanhoitajan toimeen kuuluneista velvoitteistaan ja hänet oltiin valmiita vastaanottamaan tuttuun toimeensa kaupungin sosiaalihuollon palveluksessa. Pienehkö muuttokuorma oli vasta lähtenyt etelään.

Kunnan johto oli päättänyt järjestää kunnantalolla pienimuotoiset läksiäiset uskollisen työntekijänsä kunniaksi. Jooseppilan väki oli jo aamuvarhain jalkeilla, jotta he voisivat jättää asiaankuuluvat jäähyväiset entiselle kotiympäristölleen. Kaikki tähdellisimmät tavarat olivat jo Volvon takakontissa. Pihamaalla he loivat viimeisen silmäyksen tutuksi tulleeseen näkymään – tuossa oli se Pannepieranjärvi ja tuolla hieman kauempana sen toisella puolella Pannahisenniemi ja tuossa venevalkaman kohdalla rantatöyräällä se meidän iki-ihana saunamme. Niin he astuivat autoon ja lähtivät ajelemaan kohti kuntakeskustaa.

Seurakunnan naistoimikunta oli valmistanut yhtä ja toista pitkämatkalaisille – oli kahvia ja vastaleivottua vehnästä, lohivoileipiä ja maukkaita kuivalihasuikaleita tarjottimella.

Kunnanjohtaja toivottaa Jooseppilan entisen kotiväen tervetulleeksi tilaisuuteen.

– Tällaiset jäähyväisten jätöt ovat aina sellaisia haikeita hetkiä. Kiertävä sairaanhoitajamme on jättämässä meidät ja on jo kiirehtimässä uusiin haasteisiin siellä kotikaupungissaan. Inkeri! Sinä olet tehnyt täällä kunnassamme suurenmoista työtä varsinkin vanhemman väen terveydenhoidollisten tarpeiden tyydyttämiseksi. Minun korviini on kantautunut monenmoista positiivista palautetta ponnisteluistasi. Tuollainen ei ole mahdollista kuin täysin sydämin työlleen antautuneelle ihmiselle. Pidän

suurena vahinkona, kun et voinut enää tyttäriesi tulevien opintojen takia
jatkaa täällä toimessasi. Olisimme niin kipeästi tarvinneet sinun palvelujasi.
Tuhannet kiitokset sinulle, Inkeri!
– Kiitos kauniista sanoistasi, kunnanjohtaja!
Myös seurakunnan kirkkoherralla oli jotain sanottavaa.
– Yhdyn täysin kunnanjohtajan sanoihin. Olen kuullut joiltakin vanhuk-
siltamme, kuinka läheiset ja luottamukselliset suhteet sinä olit pystynyt luo-
maan heihin. Tietysti ihminen tarvitsee tuossa iässä asiantuntijan antamaa
lievitystä vanhuuden vaivoilleen mutta ei sovi unohtaa myöskään niitä sosi-
aalisia näkökohtia kuten toisen ihmisen läheisyyttä. Kiitos kaikesta, Inkeri!
Sitten niihin muihin asioihin. Olin kirkkotulkkimme välityksellä tutustunut
Jooseppilan väkeen, niin Inkeriin kuin hänen mieheensä Anttiin sekä heidän
tyttäriinsä. Toivottavasti meillä on tilaisuus vastedeskin tapailla toisinaan.
Toivotan teille hyvää matkaa kotikaupunkiinne!
Niilo jutusteli:
– Se oli tosiaankin suuri vahinko kun Jooseppilan pariskunta ei voinut enää
tyttäriensä tulevien opintojen takia oleilla kotitalossaan. Se on tämmöstä
täällä syrjäseuvulla, kun ei oo niitä yliopistoja ja korkeakouluja. Mutta siellä
pääkaupungissa on kaikki kootusti siinä lähistöllä. Ei oo ko valita niistä se
mieleisin ja lähteä opin tielle. Siellä on tosiaankin niitä vaihtoehtoja aivan
eri tavalla ko täällä.
– Niillä talon tyttärillä taitaa olla jo ainakin jonkinlaiset suunnitelmat mitä
he ryhtyisivät lähivuosina opiskemaan? tiedusteli kirkkoherra.
– Niillähän kyllä on. Sukkelasanainen vanhimmainen on kuulemma hake-
massa sinne Teatterikorkeakouluun ja piirtelystä kiinnostunut keskimmäinen
Taideteolliseen korkeakouluun täyentämään kuvallisia taitojaan. Ja mikäli
oon oikein ymmärtänyt, niin sillä matemaattisesti lahjakkaalla nuorimmai-
sella taas ois tarkotus hakea Kauppakorkeakouluun finanssilinjalle, jotta vois
sitten joskus myöhemmin pelailla siellä pörssin puolella. Oonkohan mie ihan
oikein ymmärtänyt, Pirita?
– Juu. Aivan oikeen. Jotain tommosta oon funtsinut.
Antti puheli:

– Meiän porukalle jäi ihanat muistot meiän oleskelustamme lapsuuteni kotitalossa. Olimme tosiaankin kiintyneet siihen. Yksi mahollisuus ois tietysti ollut vaimolleni ja mulle jäähä Jooseppilaan senkin jälkeen kun meiän tyttäret olivat muuttaneet muualle. Halusimme kuitenkin päästä läheltä seuraamaan heiän opintojensa edistymistä ja tulevaa elämäänsä kaukana Jooseppilasta.

– Tuo on Antti-setä ihan ymmärrettävissä! totesi Niilo. – Omista lapsistaan kiinnostuneet vanhemmat haluavat ainakin jossain määrin seurailla jälkikasvunsa tulevia elämänvaiheita. Mutta Jooseppilan tytärkolmikolla on vastaisuuessa mahollista pitää yhteyksiä tänne pohjoiseen, kun ovat käyneet ensin niitä kouluja ja päässeet rahallisesti omavaraiseksi. Tämähän on sitä elämää vain. Jossain vaiheessa linnunpoikaset lentävät pois kotipesästään kokeillakseen siipiensä kantavuutta pesän ulkopuolella esittääkseni tuon asian sillä tavalla vertauskuvallisesti. Oon varma että Päivikki ja hänen siskonsa pitävät tulevina vuosina jatkuvasti yhteyksiä tänne pohjoiseen. Meillä on täällä kivoja tonttipaikkoja sekä Tenon että Utsjoen varrella. Hommaavat mieleiseltä paikalta tontin ja pystyttävät siihen punertavan kesämökkinsä ja voivat sitten itse sisustaa sen sillai snadisti niinko täällä päin nykysin sanotaan.

Jäähyväisten jätön hetki oli takana päin. Inkeri kiitteli kauniisti seurakunnan naistoimikunnan jäseniä heiän ystävällisestä eleestään. Kunnantalon kokoussali tyhjeni. Pihamaalla tuttavat halailivat toisiaan ja vannoivat taas kohta tapaavansa. Niin Antti lähti ajelemaan etelään päin ja pysäytti kulkuneuvonsa Jooseppilan tienhaaraan. Matkalaiset astuivat ulos autosta ja ikuistivat kameroillaan tämän historiallisen hetken ja astuivat taas autoon.

– Nyt hurautetaankin suorinta tietä Saariselälle! totesi Antti.

– Mitä me siellä? kysäisi vaimo.

– Poikettais jossain paremmassa paikassa syömässä jotain. Vois toimia meille hieman tasokkaampana jäähyväistenjättönä maalaiselämällemme. Ja sitten kiireimmän vilkkaa Rovaniemelle iltajunalle. Pannaan Volvo kuljetukseen ja hurautetaan yötä myöten sinne Hesaan siihen tavanomaiseen kaupunkielämäämme.